排球魂

赵蕊蕊 著

译林出版社

图书在版编目（CIP）数据

排球魂 / 赵蕊蕊著．—南京：译林出版社，2023.9

ISBN 978-7-5447-9767-2

Ⅰ.①排… Ⅱ.①赵… Ⅲ.①回忆录－中国－当代 Ⅳ.①I251

中国国家版本馆CIP数据核字（2023）第087832号

排球魂　赵蕊蕊／著

策划编辑　袁　楠
责任编辑　侯擎昊
装帧设计　胡　苨
封面题字　袁伟民
校　　对　蒋　燕　戴小娥
责任印制　闻媛媛

出版发行　译林出版社
地　　址　南京市湖南路1号A楼
邮　　箱　yilin@yilin.com
网　　址　www.yilin.com
市场热线　025-86633278
排　　版　南京展望文化发展有限公司
印　　刷　南京新世纪联盟印务有限公司
开　　本　652毫米×960毫米　1/16
印　　张　23.5
版　　次　2023年9月第1版
印　　次　2023年9月第1次印刷
书　　号　ISBN 978-7-5447-9767-2
定　　价　79.00元

自 序

“你是如何理解女排精神的?”

很多人都会问我这样一个问题。

每到这时候,我都会给他们讲一个小故事——

当我还是青年队一名小队员时,教练常常会安排单兵防守的训练内容。说是防守训练,但其实更多的是练运动员的意志品质。

记得有一天,我在练单兵防守时教练扔了一个非常远的球,那个球几乎都要扔到墙根儿边上了。我转身追了两步,见没机会救起便放弃了,回身准备接教练扔出的下一个球。教练看我没去救球就准备罚我,那时我还赌气跟他顶了嘴。

在我看来,明知道救不到还要浪费体力并不是明智的选择。教练听罢没有生气,而是语重心长地跟我说:“你没有努力尝试,你怎么知道你就做不到?也许这一次你救不到,但每一次你都全力以赴,说不定下一次,或者下下次,你就能救到了。你要记住,你不迈出第一步,就永远救不到。”

教练的这番话，使我终身受益。现在回头看去，这不就是最朴实的女排精神吗？有时候，明知道救不到，却也要勇敢坚定地迈出步伐；明知道这一路没有坦途，仍固执地咬牙坚持，继续走下去；甚至有时候，明知道希望渺茫，也不想还未拼尽全力就低头认输……

女排精神，其实就是毫不犹豫的第一步，更是持之以恒的无数步；是逆境中永不言败的斗志，更是困境里决不放弃的意志。

而在所有排球人的身上，都体现着这种可贵的精神价值。

谨以此书，致敬所有的排球人，致敬永恒的排球魂。

目　录

永不服输的『独臂将军』

——陈招娣

每一朵花　都是

安静地来到这个世界

又沉默离开

若我们倾听

在安静中仿佛有深思

而在沉默里也有美丽的雄辩

——林清玄

年轻时的陈招娣(供图/陈招娣女儿郭晨)

偌大的球馆里，现场座无虚席，两支球队如火如荼地进行着比赛。远远地，我望见了一个熟悉的身影，那一身绿色的军装是那么醒目，衬着她精神的面容、干练的身姿，在茫茫的人海中，一眼就能注意到她。

她渐渐向我走来。从望见她的那一刻起，球场激烈的厮杀声就从我的耳中消失了。我注视着她一步一步的靠近，即便我的双眼早已被泪水模糊，我仍然不舍得将目光移开。

如果能这样一直看着她，该有多好！

当她在我身旁安坐后，我惊喜地叫出声，嗓子几乎破音："太好了，原来您还健在！"

而她，笑而不语，只是侧目望着我，深邃的眸子直直地望进我的心里。她微微上扬的嘴角挂着的那一丝悲伤的不舍，是那样淡然，那样不留痕迹，又是那样刻骨铭心。

转瞬，我就意识到自己卑微的奢望是多么悲怜，就好像被风吹散的云彩，就算同样的风再次吹过，云彩却已然变成了另外一种模样。

我只能掩面垂首，任由无处释放的悲鸣化作无声的泪水宣泄而出。啊，您不在了，您真的不在了……我在心中疯了一般地大叫。泪在我的指缝间盘旋，我的心在虚无中飘零，无处安放。

面对现实需要勇气，我想，懦弱的我还是不够坚强。我的悲伤顺着我们彼此紧握的手流进了她的心里，她将我的手握得更紧了些。我没有抬眼望她，但她默默落下的泪，也同样流进了我的心里。每一滴坠地的泪珠，都发出了如同梦醒前破碎的钟鸣。

比赛的进程和结果如何，于我毫无意义，也没有丝毫记忆。画面再次在眼前展现时，我们两人已站在一个像酒店大堂的空旷之地。她不知何时在军装外披上了一件带扣的白色开襟长衫，我举目望去，此处除了我一身素衣外，周遭所有人都身着一件同她一样的衣衫。白色长衫，七分宽袖，衣长过膝，腰无赘物，简如晨曦，恰有“风过轻摆舞似蝶，罗衣何飘貌如仙”的意境。每一个人都仿佛从画里走出来的仙人一般，梦幻得不可方物。

她将我轻轻地搂在怀中，似是安慰，又似道别，并在我耳边低语了一句。我再次泪流不止，嘤嘤地哭泣起来。兴许是哭得久了，我感到头痛眼胀，胸闷气短，急忙拉开和她之间的距离，想要汲取更多的氧气，舒缓这股眩晕造成的不适。

时间到了……

一个声音在我的心间响起，我错愕地盯着她。她不出一声，依然以微笑作答。不知何时，我们身侧来了两位不相识的女生，有人举起相机要为我们四人合影。我正一头雾水之际，像是要去除只有我一人衣着不同的尴尬，她脱去身上的白衫，轻挽于臂弯中。

两位陌生女生笑得灿烂，她笑得却是从容平静，而我却愁容不展，我无心探究影像中定格的画面如何，一心紧挽着她的臂弯不愿松开。她温柔地拍了拍我的手背，似是在叮嘱什么，做着最后无声的道别，我则是捧起她的脸，在她的额间深深地落下一吻。

您一定要好好的……我在心中真诚地祈祷着。

聚集着的白衫人群依序排起了长队，她重新披上长衫，在两位女生的陪伴下，加入到等待的队伍中。我循着人群望向队伍的起点，那里有一扇紧闭的大门，众人神情自若，毫无惧色，正翘首以盼大门的开启。大门的另一边是何境地，我无从知晓，亦无从觅得答案，只能从门缝间透出的温润淡雅、暖人心扉的白光中，猜出几分端倪。

大门的右侧，不远处有一个蜿蜒向上的螺旋楼梯。我深感意外，在此地逗留许久，竟一直未发觉它的存在。楼梯前，独我一人，深沉的黑暗在楼梯间蔓延。奇怪的是，从小就怕黑的我却并不惧怕这里的黑暗，因为我深知：我要回家了。

每上一级台阶，我都会驻足片刻，回望人群中的她。站在谈笑风生的人群中，默然不语的她跟周遭的氛围显得有些格格不入，而她静静地望着我远去的身影，满含在眼中的深情，仿若一位放心不下的母亲。我的步伐缓慢沉重，却又像被一股无形的力量牵引着，不得不继续前行……我们渐渐拉开了距离，在她即将从我的视线中消失前，她冲我最后颔首一笑。带着她满足的笑容，我眼中的世界模糊起来，身后的光影突然变得璀璨夺目。

永别了……

我安心地闭上眼，陷入冗长的黑暗中。

几声犬吠将我从另一个世界唤醒，我睁开迷离的双眼，眼前的一切熟悉又陌生，只有脸颊上未干的泪印证着梦里的真实。我细细一算，惊诧地发现，今天正好是她过世后七七四十九天的日子。

原来，她是来跟我道别的！

这样想着，心头一酸，泪又涌了上来，我将脸埋进被单中，把梦里的影像在心间又深深地刻画一遍。我深信她去了美好的地方，只是这一刻，就让我将不舍的眼泪全数宣泄吧！

她，就是陈招娣，我的老前辈、老领导，我们亲昵地称呼她为"陈局"。不管陈局的职位如何高升，这么多年过去了，我们依然改不过口来，不是我们不愿改，只不过我们早就习惯这样的表达方式。陈局从不介意我们如何称呼她，正如我们喜爱的是她这个人，而不是因为她名字后的高官称谓。

没接触陈局之前，我对她的理解是一种模糊的甚至是不真实的概念，因为感觉她太遥远，遥远得无法触及。在我们这些排球后辈心中，老女排前辈们就像神一般的人物，至少，我就是这样认为的。

1995年初，在我去了八一队几个月后，我老爸参加排球界元老杯的比赛。在赛场边我老爸见到了陈局，并详细询问了我的训练状况。"孩子可好了，谁说孩子娇气的？我看就很好，一点都不娇气，老赵，孩子放我这儿你只管放心。"当我第一次从老爸那里听到陈局对我的评语时，胸口一阵火热，被人认可、被人信任的感觉来得那么突然又不可思议。以前，我从未想过，一句简单的肯定，居然有那么大的力量，仿佛有人无意间，轻轻拨动了我心中那根细腻又敏感的琴弦，我竟感动得蹲在墙角泪如雨下。

我在南京体育学院长大，本以为大院里基本上能天天见到我的一些大人应该更了解我，可我大错特错，他们还不如见到我才半年的陈局了解我、信任我。陈局不会人云亦云，她更愿意通过自己的眼睛去挖掘事实，寻找真相，而不是通过他人的嘴巴。

就像许多球迷形容的“从前都是在电视上见到你，这次终于见到真人了”的感觉一样，自从得到陈局的认可后，她在我心中的形象就越来越立体，越来越真实，不再是遥不可及的想象中的人物。说来奇怪，平时见到其他大领导我都会比较畏惧，而面对陈局，我从来没有这种感觉，还常常没大没小地跟她撒娇。

我觉得，陈局应该蛮喜欢我的，虽然她从来没这么对我说过，可每一次从她看我的眼神中都能感受到暖暖的爱意。她热爱她的事业，她也喜爱我们这些不谙世事的小家伙。有人可能会说，因为你是有发展前途的队员，所以她才喜欢你。这样的说法也不假，但最重要的原因，是她喜欢我认真努力的样子。她喜欢每一位为事业全心全意拼搏的人，她也从不吝啬对他人的欣赏和赞扬，因此让人备感亲切和敬意。

我永远记得，在我骨折受伤后，陈局到漳州探望我时对我说的第一句话：“孩子，咱们解放军意志品质再坚强，也不能把腿坚持断了呀！”说完，我们两人无奈地苦笑一声，委屈的泪在我的眼中打转，可抬眼望见悬在她眼眶边的泪，我竟硬生生地把泪憋了回去。就这样，她搂着我，我依偎在她的怀里，安静地坐了很久。陈局手臂曾经骨折过，也经历过二次骨折和久治不愈的情况，所以对我的受伤感同身受。她努力想寻到当年为她医好骨折的那位老神医，只可惜断了联系许久，老神医早已不知去向。

有着“独臂将军”称号的陈局，是个不折不扣的“拼命三郎”。在鲁光老先生所著的《中国姑娘》一书中，有一篇关于陈局当年加练时的细致描写。在此，我简述如下：

> 北京初春的傍晚，暮色渐浓，灯火通明的球馆里，女排队员们一天的训练课刚刚结束。袁伟民教练却突然问道：“有没有人想加练一点?”年轻的招娣接过话，表示愿意再练一点儿。

陈招娣和曹慧英在防守训练(供图/朱玲)

加练并没有想象中轻松，她必须救起十五个球，如果救丢一球，就要倒扣一球。袁伟民教练扔的球凶狠诡谲，来势汹汹，根本不给她喘息的机会，她救到第九个球时，已经倒在地上起不来了，可袁伟民教练没有停手，排球仍然不停地砸在她的身上。

很快，她的计数就变成了负数，终于她忍不住了，嚷了句："我不练了！"说完拿起衣服就朝门口走去。

袁伟民教练没有发火，不轻不重地说："想练就练，不想练就不练，那不行。今天练不完，明天开始就练你。"

年轻的她一肚子火，可不练完就服输绝不是她的性格，她把手中的衣服一扔，回到球场继续未完成的加练。好不容易把刚刚的负球给补上，眼看着离目标越来越近，她却又倒在了九个好球的大关前，计数又一次变成了负数。

"世上哪有这么狠心的教练啊。"想着想着，委屈化作眼泪涌了出来，她再次拿起衣服，头也不回地走向大门。

"走也可以，还是那句话，明天一早就练你！"袁伟民教练不紧不慢的声音在她的身后响起。她站在门口，像一截木头被钉在原地，一动不动。

不知道过了多久，也不知道她经历了怎样的心理变化，当她再迈开腿、转身又回到了球场上时，仿佛一股邪劲儿上身，疯了一般地扑救。见她如此奋不顾身，袁伟民教练笑着说："招娣，可以减掉几个。"她却用泪目瞪着他，发狠地说："不要你慈悲！"最后，她以惊人的毅力，完成了十五个救球。

这就是陈招娣，性格倔强得有些执拗的陈招娣。

陈招娣在大力扣杀(供图/郭晨)

在老前辈们那个资讯匮乏的年代，很多这样有血有肉的故事并没有被完整地传颂下来，所以真的非常感谢鲁光老先生。老先生通过细腻的笔触，将倔强、直率、性格分明的她生动鲜活地展现在我们面前，也让我们了解到更多老前辈们不为人知的故事。

我和陈局的女儿郭晨是好朋友，当我问她，你眼中的妈妈是怎样的？她给了我三个简单的词汇——倔强、要强、不服输。

郭晨记得，某一年，她和妈妈还有弟弟在杭州打篮球，由于人员有限，他们就进行了一场三对三半场篮球赛。那是她的妈妈第一次接触篮球。对篮球一窍不通的陈局习惯用排球规则去解读篮球规则，这实在是不可行的，可即便如此，她的妈妈依然认真地抠每一个细节，想方设法争赢每一个球。

“也不能说她耍赖吧，但她那种好胜、不服输的精神真的感染到了我。”郭晨淡淡地回忆道。淡淡的声音，透着淡淡的沙哑。随着她的讲述，我仿佛看到了那场不同寻常的篮球赛。可惜，想象终归是想象，不能成真。

陈局不服输的精神，体现在方方面面，她几乎可以算是常胜将军。但遗憾的是，在死神面前，人显得如此渺小，再强大的精神意志力都变得那么微不足道。

郭晨回忆，当她的妈妈病重陷入昏迷后，她总是在妈妈的耳边低声轻语：“妈妈，你一定要坚强，你一定可以战胜病魔，每一次战胜病魔对你来说都是一次胜利，别放弃，求你……”

即使身体被病魔折磨得伤痕累累，强烈的求生意识还是让陈局从昏迷中一次又一次地苏醒过来。是啊，她还有太多的不舍和留恋：她还未看到女儿步入婚姻的殿堂，还未享受孙儿承欢膝下的天伦之乐，还未看够她用生命爱了一辈子的排球……

随着病情加重，陈局在患病后期清醒的时间越来越少，偶有能认出女儿的时候，但大部分都是很糟糕的状态。有一次，因为难以忍受的剧痛，陈局紧咬的牙关用力咬在了女儿的手指上：郭晨在博文中描写道："当你咬我的时候，我知道你很难受，你咬我的力度，我能感觉到你有多痛，我不怕被你咬，只要你能坚强地挺过去，再疼我也忍着。"

陈招娣和女儿郭晨（供图/郭晨）

我不敢想象，那种痛不欲生的痛苦是如何折磨消耗她的意志；我更不愿想象，痛过之后还要在面对失去的无可奈何中重新拾起勇气，郭晨又要付出多大的毅力！

每一天，郭晨都是在矛盾、纠结和担惊受怕中度过的。她担心妈妈睡少了休息不够，却又担心妈妈睡多了，就再也醒不过来。她一边告诉自己要坚强，一边祈祷奇迹的出现，除此之外，她别无他法。

可是，该来的，终归要来，正如生老病死不由己，我们从来都没得选择。

2013年4月1日，陈局终于永远地闭上了眼睛，她安静地躺在那里，仿佛不是离去而是太累了想要小憩片刻。没人愿意相信眼前的一切，都希望这只不过是愚人节里一个让人有些悲伤的玩笑。

两天后，就是郭晨二十六岁的生日，她明明答应好的，可她，却食言了。从那天起，郭晨往后的生日都将少了母亲的身影。

她真的走了，永远地走了……宛如一颗划过长夜的星辰，留下足以照亮整个夜空的璀璨星光，在人们流连忘返的惊叹中，又消失在寂寞的深夜里，留给人们的只有无限的追忆和怀念。

在绍兴市档案馆，专门设立了一间陈招娣档案陈列室。2018年世界女排俱乐部杯在绍兴举行，作为被邀嘉宾，我有机会走进那里，再细细地看一看她。

陈列室里罗列展出了不少陈局生前用过的物品，有赛服、护具、奖牌、信件，还有很多的照片，等等。所有的物件都留有一段精彩的故事，或悲或喜，或感人肺腑，或荡气回肠……

我静静地走着，看着，忆念着，在一张老照片前停下了脚步。照片里的陈局年轻活泼，微卷的乌发在脑后梳成两个像毛线团一样的小辫子，她微微侧身冲着镜头挥手，露出甜美的笑容。我情不自禁地抬起了手，将手掌和照片里陈局的手掌叠合在一起。那一刻，我们仿佛穿越了生死，再次挥手道别。

“陈局，再见了。”我在心中默默低喃着。

回程的路上，阴冷的雨水比来时大了许多，我依着窗，目光迷离地望着暗云涌动的天空。窗外的景物不停地向身后流去，像是那再也回不去的时光，被雨水洗刷得模糊不清，令人扼腕心痛。

我本以为早已能平静坦然地面对她的离去，但，我低估了她在我心中的重量，也小瞧了自己对她的思念之情。

陈局，我想您，真的好想您……

我眼中的泪再也无法遏制，随着拍打在窗上的雨珠，一起滑落。啊，时间或许是一味良药，却经不起哪怕最微小的触碰。

撰写陈局的这篇内容，从落笔开始，我的眼泪就没有停过，哭了写，写了哭，数度掩面抽泣，经常无法继续执笔。

我从不知道想念一个人会如此的悲伤痛苦，即使我坚信她去了美好的地方，然而，思念的力量宛如一把利锯，依旧割得我心痛难忍。每一年，到了樱花盛开的时候，我就会想起那是她离开的季节，从此以后，娇美的樱花在我眼中多了一份寂寥的哀思，每当樱花凋零，落地如雪，又仿佛是为她献上梦幻的祭礼。

曾经，陈局跟我夸口说她做的红烧肉堪称一绝，还保证一定要专门为我做一次。听着陈局的描述，我的脑海充满遐想，对想象中的秘制红烧肉开始垂涎三尺。不过，无奈得很，这一个约定，最后终成为无法完成的遗憾。想来，我是没有这个口福。随着陈局的离去，连这个小小的念想都一并被带走了。

今生，已无缘品尝您亲手烹制的红烧肉，那么……

来世，可好？

心若大万事皆小

——袁伟民

人云亦云　成不了好教练

不走自己的路　登不上顶峰

人活着总感到有压力

并非坏事

天天看到不足

才能天天去竞争

——袁伟民

年轻时的袁伟民教练(供图/袁伟民)

虽说已经入秋，9月底的北京还是热浪袭人，前两天的降温让人刚刚感受到一丝凉爽的秋意，却被顽强的不想离去的夏尾又占了上风。

北京二环路平时就很拥堵，那天中午堵得还出奇厉害。我和我的父母坐在走走停停的车里，时不时就低头看看手表，闲聊几句也显得有些心不在焉，因为早就过了和袁伟民指导约定好见面的时间。

差不多临近下午三点，我们才到了袁导家的小区。在门卫处报了姓名得以放行入内，还没等走到他家单元门前，远远地，就望见袁导的爱人郑阿姨已经在大门前翘首以盼地张望。

一进家门，郑阿姨瞅见袁导不在客厅，就冲卧室喊了句:“老袁你干吗去啦？快出来。”我老爸也紧随其后地喊了声:“阿民，我来喽。”顿时，众人皆大笑，连我这个小辈都忍俊不禁。别看长辈们常常给人不怒而威的感觉，但他们聚在一起就是一群可爱的老顽童，说话无所顾忌，可以随意地开玩笑，就连那平常无奇的昵称，都令人颇有几分感动。

对于这次见面我父母充满了期待，他们告诉我上一次和袁导见面都是三年前的事了。经父母这么一提，我细细一想，自从2008年奥运会后，我也再没见到过袁导。这不知不觉，弹指一挥间，一晃都十年过去了。

未见其人先闻其声，袁导欢快的声音还是那么中气十足，紧接着余音未散，就见到本尊大步流星地隆重登场。袁导身着浅蓝色短袖和米色粗布裤，精神矍铄，面色红润富有光泽，跟我十年前见到他时几乎没有任何变化，连皱纹都好像忘记了在他的脸上生长。无论如何，我都无法将一个八十岁老人的形象跟袁导联系在一起。

我开心地给袁导来了一个大大的熊抱，在我怀里有些“小鸟依人”的袁导也高兴地拍着我的后背，笑得合不拢嘴。与我老爸宽大的手掌不同，袁导厚实的手掌给人一种很安心的感觉。或许是小时候被我老爸打排球的大手狠狠教训过的缘故，袁导那没教训过我的大手，显得温柔许多。

知道我们下午会过来，袁导连午休都放弃了，一直眼巴巴瞅着时间，等待我们的到来。听人讲过一句话：等待是件美好的事情。我想，并不是等待让事情变得美好，而是因为等待的人、物或结果，让等待的过程变得美好了起来。正如袁导口中一声声亲切的“老战友”，这份深厚的友谊让等待充满了温暖的力量。

袁导是个做事喜欢亲力亲为的人，从我们一进门开始，他就忙前忙后地在厨房准备茶水，就连我这个小辈都完全插不上手，只能陪在他身边，帮忙完成最后端茶的工作。

手巧可能是江南男子的特质，家中的缝缝补补、收拾整理全都

袁伟民教练夫妇与赵蕊蕊父母的合影，摄于2019年9月（左二、右一为袁伟民教练夫妇）

由袁导包办，这一点我老爸和袁导真的是格外相似。别看小小的绣花针在他们的大手里显得格格不入，他们用起来却游刃有余、得心应手。袁导在运动员时期，一年两双球鞋根本不够用，经过他反复修补后球鞋实在没法用了，他就算光着脚训练，也没落下过一堂训练课。当他不经意间，将由于长期训练造成的拇指外翻而严重变形的脚趾露出来时，我惊讶地倒吸一口凉气，赶忙移开了视线。

我们总说，在其位谋其政，任其职尽其责。袁导在运动员、教练员、领导生涯中都是尽心尽力，尽职尽责，任劳任怨。虽然现在退休已经很多年了，大家坐下没几分钟，聊到的也全部是跟排球有关的话题。

由于是陈年旧疾，年轻时落下的伤病总会时不时困扰着袁导，特别在2016年接受双膝注射后，袁导的膝盖明显大不如以前，没走几分钟就感到很疲劳，甚至久坐起身，腰以下还会有一种无法形容的沉重感。为此，他连喜爱的高尔夫球运动都只能暂搁到了一旁。

受伤病影响，再加上上了年纪，袁导本可以找借口多偷一点儿懒，可他偏偏不信这个邪，给自己制订了详细的康复计划。他每天要练习膝盖静力加强腿部力量，后期还要在海绵垫上完成单腿站立的平衡训练。因为这份坚持和不服输，袁导的训练颇见成效，以至于他本人不说我们完全没发现他有膝伤的问题。

“对自己狠一点儿，再狠一点儿。”此时，我想起陈忠和指导以前在我们疲累不堪到几乎要倒下时说的话。如果要寻找这话的出处，或许能追根寻底到袁导这里。

运动员出身的人，骨子里本就有一股天生的倔强和执拗劲儿。在老女排那个各方面都相对匮乏的年代，“只有付出超人的代价，才能取得超人的成绩”这种“对自己狠一点儿”的精神，尤其显得光芒四射，令人动容和感佩。

袁导对精神和作风的要求极其严苛，从1976年组队开始，他就狠抓训练作风，从每个人、每堂课、每个球做起，要求大家在每天的训练中都要有紧迫感。进到球场就要精神饱满，不能站没站相、练没练相，不符合质量过不了关，完不成指标就不下课。

就拿捡球这么一件小事来说吧，袁导要求队员一律要跑步完成。这个要求一开始并不是人人都能做到，有的队员因为累就慢吞吞地捡球，袁导于是一边做思想工作讲道理，一边做了强制性的规定。有时候在密度很大的训练中，故意只使用十几个球进行训练，同时要求供球不能中断。这个策略使场上没有一个闲人，每个人都情绪活跃，思想集中，训练节奏紧凑有序。这不但培养了彼此之间的互相关心，还加强了人人为集体的好思想。

细节决定成败，从捡球这件微不足道的小事上，体现的不光是对细节的精雕细琢，更是一份对团队凝聚力的敬意和执着。为什么那么多人喜爱中国女排，我想，绝不仅仅因为中国女排总是能给国人带来荣耀和惊喜这么简单，而一定还有那在平凡中追求极致的纯粹吧。

说起凝聚力，袁导有一条“6>6”的理论。我第一次听到这个理论是从陈导那里，陈导引用袁导的话说：“场上六个人的力量加在一

赛前准备会，袁伟民教练在排兵布阵（供图/袁伟民）

起要变成大于六才行，这就需要每一个人都团结在一起，有了明确的向心力就可以产生无坚不摧的凝聚力；反之，则有可能变成六个人加在一起变成五、四，甚至更少。”

如何增强球队集体内部的凝聚力，是袁导带队中一直着力思考和解决的问题。曾有观众给袁导来信，信中说：“我最喜欢看你们女排的比赛，因为队员们太可爱了，不管场上出现什么艰难险阻，她们从不互相埋怨，总是相互鼓励，团结拼搏，反败为胜。”

许多人并不知道，团结协作的凝聚力，也是经过平时训练和比赛的磨砺，逐步形成起来的，有时候还要主动采取措施去培养这种凝聚力。比如，有时候袁导会将队员分组，以小组为单位完成训练指标，只要一个人完不成就会株连组里的其他人。刚开始也难免会有矛盾和埋怨，但袁导知道这是一个必经的过程。一个人扣球没扣好，其他人要像自己扣球没有扣好那样，互相鼓励弥补、出谋划策。在袁导心中，这才是排球真正需要的精神。

一人补课全队陪，新队员加练老队员帮。这也是培养集体观念的好办法。1984年初郴州集训时，杨晓君在某次防守训练中没有完成指标，已累得趴倒在地。她大口喘着粗气想要站起来，可无奈双腿像灌了铅般沉重，即使队友都在一旁为她加油鼓劲，她也使不上劲儿站起来。这时，上午在训练中挫伤大拇指，左手缠着绑带，手臂吊在胸前的杨锡兰走到杨晓君的身边，用那只没有受伤的手给杨晓君递去一枚发夹，轻轻帮她把蓬乱的头发整理好，并劝慰道：“再坚持，再坚持一下！”杨晓君见到受伤的杨锡兰没有休息，还一直为自己加油，于是心一横，咬咬牙爬了起来，继续完成未完的课业。

有时候，说来也奇怪，明明被折腾得好似是榨干了身体里最后的一丝气力，当不甘心被满腹委屈冲淡，当梦想和理想被教练的“不近人情”消耗到想要打退堂鼓时，队友的一个眼神，一声安慰，一个搀扶如同被赋予了神秘又神圣的力量，总是能让我们一次又一次站起来。因为每一位女排姑娘都明白一个道理——我们不是孤军奋战。

凝聚力绝不是纸上谈兵，也不是吹嘘的口号，风气的形成，习惯的养成，正是增强集体内部凝聚力的基础。

在上一篇讲述陈招娣被加练的段落中，其实还有一个小小的细节：原来她的加练，是源于帮另一位浙江籍队员施美莲完成任务，结果却“引火上身”，自己变成了被针对的目标。在袁导眼里，陈招娣个性外露，她聪颖、能吃苦、肯拼搏，但任性、容易急躁。于是乎，本就想“折腾”她的袁导趁此机会，展开了打磨她性格的工程。

为帮别人完成课业而“引火上身”的可不止陈招娣一人，当时还是年轻队员的郎平，也中过这种“彩蛋”。1980年郴州冬训的某一天下午，训练已经结束，袁导把周鹿敏、汪亚君、朱玲等三个队员留下来补课，一人接发球，一人传球，一人扣球。指标是三个漂亮的战术球算一组，共需要完成五组，如果三球中没有一个好球要倒扣一组，失误两个要倒扣两组，袁导隔网全力发球并评判着每一个球。

一个小时过去了，指标还没完成，袁导便问其他队员谁愿意帮助完成指标，这时，年轻的郎平首先表示愿意加入进来。她原以为有自己的助力后任务能很快完成，谁知袁导的尺度更严了，又一个小时过去了，指标不但没完成，反而因为急于求成还被倒扣了几组。

好心没帮好忙，年轻的郎平急得对袁导直瞪眼，不停地嘀咕：“这还不算好球?!”突然，火冒三丈的她举手示意，要求暂停研究研究。暂停之后稍有好转，但由于情绪不稳，质量时好时坏，她又举手要求休息一下。只见她红着眼走到墙跟前，煞有介事地像是在整理衣服，其实是在抹眼泪，汪亚君和周鹿敏也跟着急哭了。

看队员急是件很有意思的事，在袁导心中，不怕队员急，就怕队员不急，太温温吞吞的性格，很难培养出杀气和霸气。但就算再狠心，袁导的心也是肉长的，他哪里会不心疼自己的队员，可他不能做个心软的人，因为心软可不能帮中国女排夺得冠军。

等再回到训练场，年轻的郎平已然杀红了眼，不管三七二十一把全部情绪都发泄在了扣球上。之后又经过一轮的反复，几名队员全都红了眼，联合起来和袁导“斗”。等这堂高质量的补课结束时，已经到了晚上九点钟。

到我们这批队员在国家队训练时，最怕的一个训练项目，就是这个“三零零”的扣球任务，因为一传或二传出错都会计算在攻手的身上，我们也常常是像老前辈们一样，扣了无数组后还是负组。这样的训练培养了整体的凝聚力和调动性，但我们真的不愿回想，现在一提起来我们还会双腿发软。当知道这个令我们闻风丧胆的“三零零”扣球，是袁导发明的时候，我都不知道是该“恨”陈导，还是该“恨”袁导了呢。而我们的捆绑式爬山，绝对是陈导在袁导的基础上，研发出来的新的“折磨”方式。

袁导有一句经典的名言，我也是通过陈导知道的。袁导常说：“一个队十二个队员都应该有自己的个性，这样，打起球来才会有声有色，如果把她们性格的棱角全磨平了，这个队也就没有希望了。”袁导坦言，他欣赏有个性的队员，因为有个性的人有自己的主见和思想，能量强，想法多，也富有创造性。

要驾驭这样一支富有创造性的队伍，确实也不是一件容易的事，需要人和人之间的互相尊重，这必须建立在长年积累起来的感情基础上，而理解则是沟通感情的重要桥梁。

在训练中，袁导常常根据实战需要，寻觅既练技术又练思想的手段。队员状态好时就给她加点难度，如果练得快支撑不住了，就酌情放宽一些，多点鼓励。训练时紧时松，绝不是一成不变的节奏，从技术、思想、心理全方面地打磨队员。

“她们说大松博文是日本的‘魔鬼’，说我是中国的‘魔鬼’，因为我整天没笑脸，她们也很怕我，有时候她们还想联合起来‘打’我呢。”袁导扬起眉，说起往事，他的脸上总是散发着神采奕奕的光芒，声音如洪钟般沉稳有力，又不失温柔，“不过，我对她们每个人都掌握得很好，她们脸上的表情都逃不过我的眼睛，她们在想什么一目了然。我要求她们都要跟我讲真话，不要骗我，你相信我，我也相信你，这样建立起来的关系才是真诚的关系。你看她们现在对我都很好，没一个再‘骂’我了。而人啊，不管何时，都要允许别人讲真话，说得不对你可以发表态度纠正，说得对的就要听对方的，因为一个人的智慧是有限的，要运用大家的智慧，这个团队才能更强大。”

拥有智慧本就不是一件易事，更何况是有虚怀若谷般胸怀的智慧则更显得贵如珍宝。

“墩”人，是许多运动员在拿到冠军后，把教练抛向空中的一种庆祝和感谢的方式。我们这批队员在夺得冠军后曾这样“墩”过陈导，但我们也因训练太累想用加强版的“墩屁股”的收尾方式“泄愤”。结果计划实施的那天，陈导的警觉性太高了，训练课一结束，他一溜烟就跑没了影儿，留下我们在场地里捶胸顿足，指责在门口看守的队员没拦住他。

我很好奇老前辈们当时会想用怎样的手段，回敬“心狠手辣”的袁导？据老前辈们讲述，她们也曾多次想要“墩”袁导，却都被他机智地躲了过去。不过这个愿望，她们在中国女排首夺奥运冠军后终于实现了。在袁导所著的《我的执教之道》文末有这样一段记录：

> 姑娘们几次想跟我调皮，都没成功。她们觉得我不是那么好“对付”。那次，在秘鲁拿了世界冠军后，我从休息室出来，六七个队员已躲在门口，一起把我抓住，要“墩”我。我一滑溜就逃走了。
>
> 这次，再让她们扫兴一次吗？我有些不忍心了。“让我抽完烟吧！”我正想再考虑一下：是让，还是不让。没想到，不由你分说，十二个姑娘就七手八脚地把我抬了起来，抛向空中，一次又一次……
>
> 是这一双双不知打裂过多少次、不知缠过多少胶布的手，把我抬了起来；是这一个个平时曾惹你“生气”，赛时又叫你高兴的姑娘，把我抛向了空中；我有些激动了，八年来第一次……

袁导与队员之间的羁绊如此之深，令我动容不已，但就像袁导回忆时所讲的：每个人跟自己都有较劲的时候，更何况是在一个集体中，所以制造矛盾容易，解决矛盾就没那么容易了。如果教练员和运动员彼此之间没有真诚的感情基础，不能互相理解，矛盾就会越积累越多，问题终将难以解决。

苏联教育家马卡连柯曾经说过："如果有人问我，你怎么以简单的公式概括自己的教育经验的本质？我就回答说，要尽可能地要求一个人，也要尽可能地尊重一个人。"爱是教育的前提。正因为有了这份发自内心对自己队员的爱，老女排的前辈们都分外敬重袁导，袁导也非常庆幸队员们对他的理解。有一位退役的老队员与朋友谈心时说："我太留恋女排生活了，现在我更加体会到当面说不足，背后说好话才是真正关心人爱护人。我真希望在我的周围还有这样的人，经常帮助我。"

袁导作为教练，亦师亦父，他的柔情全都化入无情的扣杀和绝情的打磨队员中，因为只有天天看到不足，天天感到不安，才能天天去竞争。谁都有惰性，袁导也不例外，可是在最最艰难的时候，毫无别的办法，袁导只有用理智的自己，去战胜惰性的自己。

而面对问题，袁导从不让它过夜。比如，1981年世界杯中国女排首次夺冠，队员们换上了干净的红球衣，在过道里叽叽喳喳地议论着刚刚结束的比赛，等待着登台领奖。一位队员高兴地说："吃了这么多苦，现在冠军终于到手了。"说着，她无心地又随口说了一句："咱们十二个人，只有小周没上场，她最舒服了。"说者无心，听者有意，此话虽无恶意，却无意中伤了小周的心，她红着脸，低下了

比赛局间休息时，袁伟民教练给队员们分析比赛（供图/袁伟民）

头，后来还为此流下了眼泪。其实，小周为了备战，和其他队员一样，没少付出代价，即使没上场她也为队员加油助威、出谋划策，她从没为比赛少准备过一分一毫，休息时她还悄悄帮主力洗衣服、烧开水……事后，袁导得知此事，专门做出了教育。

“在这个队里所有人都是一样的，当然分量有轻有重，那是因为个人能力的大小决定了作用的大小，但对整个排球队来说，每个人的贡献都是平等、没有差别的。”即使这件事发生在我出生的那年，至今也过去快四十年了，而袁导提及此事，通过他的话语，我依然能感受到那份不容置疑的坚定和毫不动摇的信念。

有问题不可怕，毕竟十个手指都还有长有短，舌头有时候还会和牙齿打架呢，更何况是十几个性格迥异的人聚在一起。可怕的是，问题不解决将成为遗留的隐患。如果开始对问题不重视，并放任之，到最后，可能是连刮骨疗伤都很难修复的一种灾难。

教练就好比战场的将帅，不但在战略战术上要知己知彼，洞悉熟谙一切，在用兵不疑、疑兵不用上也要有着非凡的决断力。

1982年底，主二传孙晋芳退役后，谁来接班成了一个让人头疼的问题。经过一轮全国各省市队的挑选，没有马上能用的理想人选。在反复观察、分析和比较后，国家队决定使用杨锡兰。杨子并不是二传出身，在八一队时她一直是打接应位置。放着那么多现成的二传不用，偏偏要把一个接应改来做二传，时间有限又不允许慢慢培养，这样兵出险招，确实让许多人不能理解。

在袁导眼里，当时的杨子手上基本功不够扎实，尤其手指柔韧性和手感离主二传确实还有一定距离，但她思路清晰，胆大敏捷，组织战术意识强，这又是一种可贵的气质。对于以快速多变为主的中国女排，更需要具有这样气质的二传。

然而，启用杨锡兰的过程并不顺利。1983年夏，第一次在重要比赛中亮相的杨子，在香港超级女排赛中打得不理想。接着，在年底的亚洲锦标赛上又以0∶3输给日本队，把四年前夺来的冠军金杯拱手让出。

许多人给杨锡兰写信指责她，言语犀利苛刻，毫不顾及情面。也有人给袁导写信，说他看错了人……在巨大的舆论压力下，杨锡兰哭着说“不干了”，她想：这个二传又不是我自己愿意当的，谁有本事让谁干。

袁导理解她的压力和痛苦，也知道这球不是输在她一人身上。任何事情都不是一蹴而就的，都需要经历一个过程。认准的事情绝不能动摇，教练动摇，队员就更没信心了。袁导开诚布公地找她谈心："杨子，我过去信任你，现在同样信任你。我相信你一定能练出来，能挑起这副重担……人在压力面前能顶住，进步会更快，有点压力就被压垮，你服气吗？你不服气，我也不服气……如果一上来就能顶上孙晋芳，这个主二传太容易当了……"

得到教练的信任、队友们的理解，面对问题和困难时，委屈归委屈，流泪归流泪，杨锡兰是真没一丝松懈。用她自己的话说，"这一年，我流的眼泪，恐怕比我从小到大流的眼泪还多"。

幸运的是，付出的努力终换来了回报。当奥运会实现三连冠后，杨锡兰哭得特别凶，想想吃过的那些苦，受的"罪"总算没有白受。

能用人者，无敌于天下。1978年破格起用郎平，也是袁导成功的一次范例。

袁导第一次见到郎平，是1976年在漳州，女排刚组队集训时。北京青年队教练告诉袁导："这孩子行，条件好，也肯练，不同一般的大高个，灵活反应快，我们都认为她很有希望。"当第二年，袁导在南京观看全国比赛时，此时已经进入北京队的郎平，虽身体单薄，还略显稚嫩，但动作合理协调，特别是她那争强好胜、不甘落后的性格，给袁导留下了很深的印象。

1978年女排世锦赛，中国女排仅获得了第六名，强攻不强的弱点暴露明显。回国后，袁导大刀阔斧，决定下狠心解决这个问题，立即将年仅十七岁的郎平调入队中，重点培养，并在年底的亚运会上，大胆起用才进队两个月的郎平。当时队里的主攻是张蓉芳和杨希，论技术，当时郎平的水平还没有超过杨希，何况还是第一次出国参加国际大赛。

和日本队争夺冠军的比赛，是向国内进行实况转播的，只可惜0∶3输给日本队的结果令人大失所望。面对铺天盖地的批评，袁导非常理解大家的心情，却并不在意，因为他明白，要想有所得，必然有所失，破格使用郎平，是要付出学费的。不是常说“常格不破，大才难得”吗？于是，重用郎平，用杨希做保障的这步棋，队伍依然毫不犹豫地继续走了下去。

良材美器，宜在尽用。有发现人才的慧眼，敢用人才的胆识，会用人才的谋略，袁导用他的细心、耐心、爱心、决心、恒心和“狠心”，带着中国女排一路过关斩将，走向辉煌。

说起细心，和袁导的话题跳转到了我2004年受伤这件事上。当年，我受伤回京后，袁导专门去医院探望我，跟我说了很多，直到现在，我唯有对一段话仍然记忆犹新。袁导说：“有的队员比较喜欢表达，有时候甚至会表现得夸张点，在你面前喊这疼那痛的，那么问题肯定是有的，但不一定是太严重的问题。而如果是内向、凡事喜欢忍着的队员，要是发现她躲着你在角落里总是摸着身体某处，那一定要多多注意了，因为那个地方的伤病可能非常地困扰她。”

记得当时，袁导说完，我的眼泪就哗啦啦地流个不停，被人读懂、被人理解的感觉让我深深感动。我想起受伤前，每天无数次走到角落里，摸着胫骨上鼓起的大包，有时我甚至会打它，怨它怎么那么不争气。

“队医有责任啊，当时如果预防措施做得好，就不会发生骨折这么严重的情况了。”袁导眼中闪着光，是那种将心都揉碎的心疼，“你那时候就想着拼搏，为国争光，因为运动员都是想上场的，有着热情和激情。可队员并不知道后果会怎样，所以怎么保护好、利用好她们，教练要掌握分寸，要心中有数，有时候必须用的也可以用一下，但不能让伤情加重，用得恰到好处非常关键。”

十五年后，再次听到袁导分析跟我伤病有关的细节，我不觉又红了眼眶。可气没跟陈导真实反映我伤情的队医，可怜不懂表达只懂得隐忍的自己，可叹没有观察到我微小细节的陈导……最终让本可避免的事情，不可避免地发生了。

把所有的热情和一生的热量都献给排球事业的袁导，家中放满了大大小小珍藏的老照片，每一张装裱陈列的照片，都被擦得洁净明亮。看着那一张张一尘不染的照片，我脑海里浮现出袁导坐在晨光下，认真又充满爱意地擦拭照片的画面。

时光带走了岁月，留下回不去的昨日，但也将最美好的一切定格在此。有经历过的沧桑为伴、喜悦为依，岁月留下的并不仅仅是逝去，还有那无法忘怀的证明，以及激情无悔的青春。这一切亦让可期待的未来变得丰富起来。

突然，袁导指着一张照片问我：“这里面有你吧？”那是一张2003年我们在世界杯结束后和老前辈们欢聚在一起的照片。我点点头，指着照片中比其他人高出半头的我。

“我和你们这批接触多点儿，还蛮有感情的。还记得2004年奥运会的时候我做团长，专门给你们开过三次会吗？”

“当然记得，大赛前陈导基本都会请您出山给我们做动员呢。”

其实，说真的，我们很喜欢袁导来做动员，因为袁导总是能犀利地用三两句话就找到问题的要害，帮我们分析形势，剖析自我，卸掉思想包袱。但我们又会有些“怕”他，更准确地说，应该是因为敬畏所以会有些拘谨，可袁导就是有那种与众不同的人格魅力，总能有办法一边聊天一边叫我们开口讲出真话。

看着琳琅满目的照片，我有些目不暇接，但我忽然发现，袁导和家人的照片却屈指可数。

在中国女排整整八年半的时间里，袁导基本上没有享受过什么

袁伟民教练和队员们在欣赏照片。左起：孙晋芳、郎平、袁伟民、陈亚琼、周晓兰（供图/袁伟民）

天伦之乐，对自己的家庭也几乎没尽什么义务。某年的大年初二，袁导的爱人郑阿姨感冒发烧，她只能唤来身边唯一的亲人——年仅七岁的儿子，叫他去找男排的叔叔，到医务室拿点药。第二天，郑阿姨的病情不见好转，连孩子都发起了高烧。他们娘儿俩躺在一张床上，幸亏邓若曾教练的爱人来串门，留下来照顾了他们一天。而此时的袁导和邓若曾教练正带着队伍南下冬训，为衡阳的观众打春节表演赛。

从我父母的口中，我也听到过一些当年袁导的故事。1972年，那时候我爸妈正处于热恋中，我妈妈结束在辽宁队的出访任务后，借着几天休假就到南京来看我老爸，当时我妈妈就住在郑阿姨的房间里。那段时间正好是郑阿姨怀孕反应最严重的时期，常常呕吐不止，而袁导在这段时间以及郑阿姨生宝宝难产时，都没办法陪在她的身边。就算后来袁导把郑阿姨接来北京，因为要管理队伍，周末还要加班，常常是家人都睡下了袁导才回到家里，然而他还不能休息，还要继续为第二天的训练备课。

“我欠他们很多啊……”袁导动情地说着，或许是不想让我看见他眼中的闪光，他侧头向老伴儿的方向看去。和我爸妈聊得不亦乐乎的郑阿姨瞄见袁导的表情，颇有默契地问道：“怎么了，老袁？”

“没事没事，你们继续聊。”袁导摆摆手，就像什么事都没有发生过。

那一瞬间，我被他们平凡朴实的感情所打动。我仿佛看见了那个坐在床边只能安静看着儿子可爱的睡脸，继而又在台灯下准备课业的孤独背影，以及全力支持丈夫事业，默默承担起所有繁重家务的单薄又坚强的身影。

我猛然想起袁导说过的话：每一块金牌的获得，何尝不是伴随着某种牺牲。

天底下，没有女人不喜欢鲜花和戒指，郑阿姨也不例外。2019年是他们二老的金婚年，她开玩笑似的提议，让从没送过戒指给她的老伴儿送一枚戒指，怎知一向心思细腻的袁导摆摆手："都老夫老妻的了，买什么啊。"郑阿姨不放弃，又提议去拍一组像他们当年那样风格的结婚照，寻找一下当年的感觉，谁知道袁导又"无情"地回绝了："哎呀，这种都无所谓的啦。"

这世界上，最了解袁导的人就是郑阿姨了，自己的老伴儿早就已经跟排球"结了婚"，她怎会不知，无非是过过嘴瘾罢了。

最好的风景，不是陪你风光无限，不是共享掌声鲜花，而是挽着你的手风雨同舟，是相濡以沫默默地陪伴与守候，让你在疲累时还能望见那抹微弱却又暖人心扉的光亮，寻到家的温暖。

在袁导当队员时期的1966年，中国男排的队员在当时的捷克斯洛伐克布拉格举行的世锦赛上，由于背上了沉重的思想包袱，结果与奖牌失之交臂。而袁导可以说是那支"失败队伍"中唯一的胜利者，他被大会授予最佳全面运动员奖。奖品是布拉格的著名工艺品——一只精美的雕花玻璃杯。

全队都输了，个人得个杯子有什么意思！他的心情低落到极点，但出于礼节，他还是领回了奖品。可他有太多的不甘心，明明有能力拿奖牌，却未拿到，那个滋味又何止用难受可以形容。后来，他摔掉了那只雕花玻璃杯，因为他不想看到这件失败的纪念品。

如果说，1966年的世锦赛是袁导痛心疾首的一个遗憾的话，那在袁导执教中国女排期间，最难忘、最难熬的日子就要数1982年在秘鲁举办的世锦赛上，0 ∶ 3输给美国队后的六天六夜。

失败的纪念品还能有摔掉的选择，但煎熬的日子又能如何摔掉？参赛的队员后来开玩笑地形容：这六天六夜，简直不是人过的日子。

当时的美国队还没在世界大赛上赢过中国队，可事情坏就坏在事先一点也没想到上。比赛结束，有的队员当场就流下了眼泪，可球已经输了，人不能再输，袁导召集大家要像平常一样，礼貌地向观众鞠躬，笑着走出体育馆。说起来容易，要强行控制住自己的情感，那滋味实在太不好受了。

内心的苦涩、焦虑和不安，丝毫也不能溢于言表，袁导第一次体验到当“演员”的滋味，而这样当“演员”又是多么令人难以忍受。

“以前压力真的太大了，拿了冠军还想拿，想一直拿下去，老百姓想我们拿，我们自己也想拿，有时候都睡不着觉。现在想想，心态真的太重要了，人要能拿得起放得下，过去的事情过去就过去了，不然钻牛角尖也解决不了问题，等于在不停地折磨自己。”说着，袁导领着我们来到了他的书房，一张不大的书法桌靠着窗边摆放着，每天袁导都会抽一两个钟头在这里练字。

在我们的惊叹中，我展开了一场“搜刮”袁导墨宝的行动。袁导倾囊相赠，最后，我如获至宝，带着“拼搏”“静气若兰”“立德树人”三幅字，心满意足地离开了袁导的家。

这三幅字颇具意义，袁导还特别在“立德树人”上表达了自己

袁伟民教练的墨宝

的一点看法：这幅字一般是写给教育工作者的，提醒他们不要光教分数第一，道德尤其重要，也不能什么都拿金钱来衡量，整天钱钱钱的，钱当然重要，但要靠真本事去赚，绝对不能靠歪门邪道，不然对孩子不好。

正如袁导在《我的执教之道》这本书中写到的一样——德为才之师，才为德之资。

袁导对“德器”的看中和培养，有着极其严苛的要求。而我完成这篇文章，也多有仰赖从书中得来的许多情节和内容。我真的希望朋友们有机会找来这本书看看，它能让你更了解老女排的故事，或许你对女排精神会有更加直观和不一样的感触，它不但让你更懂排球，也定能为你解惑人生。

捧着珍贵的墨宝，我不由得感慨良多。袁导那身正气，令人深深折服，也许因为太直率，让人们会对他有些许的误会和猜疑，但接触过他的人，都被他的人格魅力和真诚所吸引。

和袁导的交谈，让我真的是受益匪浅，袁导平淡无奇的话语总是能在不经意间令我豁然开朗。而袁导的“心若大万事皆小”的人生态度，让我深感佩服。正所谓，不取于相，如如不动。

此时此刻，我想起香港女导演许鞍华，在回顾自己人生时说的话："最悲伤的生活不过如此，最幸福的生活不过如此，所以我觉得我的人生波澜壮阔。"

袁导的经历，不是一本书、一篇文章所能完整诠释的。

因为，他的人生，是一部气势磅礴的英雄长歌，是一幅静若清风的水墨画，是一杯浓淡相宜的清茶，亦是一首怀若虚竹临曲水的清雅诗词……你，只有用心体会，方能窥究其中的深意。

随着时间的流逝，我们每一个人，都不可避免地会被时代淘汰，但每一份真心爱着排球的情怀，终将被历史所铭记。

聚是一团火，散作满天星——五连冠老女排

从某种意义上说

我们的世界冠军

是抠出来的

是一次次抠问题抠出来的

——五连冠老女排

1976年组建的中国女排。后排左起：主教练袁伟民、曹慧英、杨希、张洁云、施美莲、张蓉芳、教练韩云波（已故），前排左起：沈散英、王加琴、齐丽霞、王爱香、陈招娣（已故）、孙晋芳（供图/袁伟民）

中国女排在1981年的世界杯上首夺世界冠军。后排左起：队医田永福、张蓉芳、郎平、梁艳、主教练袁伟民、领队张一沛、教练邓若曾、周晓兰、陈亚琼、陈招娣（已故），前排左起：曹慧英、周鹿敏、孙晋芳、杨希、张洁云、朱玲（供图/袁伟民）

中国女排，摄于1982年漳州训练基地。后排左起：张玉蓉、杨锡兰、郑美珠、苏惠娟、曹慧英、陈招娣（已故）、陈亚琼、周晓兰、郎平，前排左起：林国清、梁艳、张蓉芳、杨希、孙晋芳、教练邓若曾、领队张一沛、主教练袁伟民、姜英（供图/胡进）

中国女排，摄于1982年出征印度新德里亚运会前。后排左起：教练邓若曾、杨锡兰、陈亚琼、郎平、曹慧英、周晓兰、姜英、主教练袁伟民，前排左起：领队张一沛、杨希、梁艳、孙晋芳、陈招娣（已故）、张蓉芳、郑美珠（供图/胡进）

中国女排，摄于1984年。后排左起：教练陈忠和、朱玲、梁艳、主教练袁伟民、教练邓若曾、杨晓君、郑美珠、张蓉芳、队医田永福，前排左起：苏惠娟、郎平、杨锡兰、侯玉珠、姜英、李延军（供图/朱玲）

1985年世界杯夺冠后，中国女排队员和中国驻日本大使馆人员合影。前排左起：侯玉珠、林国清、郑美珠、梁艳、杨锡兰、杨晓君、殷勤、苏惠娟、巫丹。后排左一、左二为医生王河山和林万钊，左四起：主教练邓若曾、教练胡进、教练江申生、姜英、郎平、李延军，右一：于再清先生。中间排右三：魏纪中先生，右六：领队袁伟民（供图/胡进）

路过酒店的某个房间，听到屋内传来阵阵爽朗的说笑声。于是，以赠送我的自传《夜越黑星星越闪耀》为由，怀着激动的心情，我轻敲了那扇门。

为我开门的是朱玲阿姨，她开心地捧着书，邀请我进去参加她们的聊天。我这才发现，房间里还有梁艳阿姨和张玉蓉阿姨。

靠着窗边有一张双人布艺沙发，作为晚辈，我自知不适合坐在那个舒适的位子上，可三位前辈热情地“命令”，说这个位子非我莫属，我便怀着感恩的心，乖乖坐下。张玉蓉阿姨坐在写字台前的工作椅上，梁艳阿姨抱着一个靠枕坐在宽大的窗台上，朱玲阿姨则半倚着床，面窗而坐。

我们虽然都是排球人，可要见上一面着实不容易，遥想上一次跟老前辈们相聚，还是2003年的事了。所以这次在香港的赛事，活动方邀请了数位老前辈做嘉宾，我那欢喜雀跃的小心情别提多兴奋了，而且今天还有机会到前辈们的房间一起聊天，那可是我以前想都不敢想的事。

前辈们翻看着我的书，话题自然而然聊到了排球上。我开诚布公地告诉前辈们，我下一本书想写有关排球人的内容，前辈们听闻纷纷表示认可和赞同，并为我出谋划策。朱玲阿姨甚至提议让我收集素材，完成剧本，挑战影视。

剧本?!影视?!

这方面，我不能说自己完全没想过，因为我本人喜欢动漫，也希望中国有朝一日能有一部关于排球的热血动漫。可更多的，我是怀有一份期待，毕竟这需要极强的专业领域的知识功底和驾驭能力，不但要有务实的精神，也要具备充分的想象力和创造力。然而前辈们的想法也不无道理，在她们眼中，我的亲身经历是最大的财富和资本，相比许多没有排球经历的人来说，我更懂排球——这个懂不单单是指技术层面上的，还有胜利喜悦时的荣誉感，失败失落后的绝望感，徘徊不定中的挣扎感……我总会比旁人能体会和把握得更细致入微些。

“先把书完成吧，后面的慢慢来。”从事传媒工作的梁艳阿姨总结道。

“你一定要写出来，不然你自己会忘，别人也会忘。”朱玲阿姨叮嘱着，“女排有许许多多的内容，如果没有人把它多一点儿保留下来，那真的是太可惜了。”

“再过十年，这批人年纪也大了，记性会越来越差，万一……得了阿尔茨海默病，到时候颠三倒四、张冠李戴的，该说的不说，不该说的一直反反复复地说。”张玉蓉阿姨的观点，引得三人一起哈哈大笑，齐声认同。

看着前辈们像孩童般笑得灿烂无邪，不知为何，我心中一阵酸楚，咧开嘴却笑不出声。

说起老女排，大家首先想到的是五连冠，这面鲜明的精神旗帜给多少国人带来了力量，并一直影响到今天。众所周知，老女排时期的训练条件非常艰苦，物资紧缺，设备落后，各方保障都极其有限。那破旧的护膝、老旧的地板、单薄的回力鞋，以及那锈迹斑斑的杠铃片，都深深地印刻在我的记忆中，并组成了我对于“竹棚精神”理解的一个重要部分。

一提到破护膝，给人一种文静感觉的梁艳阿姨就开始“吐槽”那个年代很多装备都很稀缺也很破旧，本来服装就少，长期在粗糙的场地里摸爬滚打，质量再好的衣服也禁不住这样损耗。就这样，她们发明了在衣服外面穿一件防磨背心的穿法，因为背心的颜色跟青蛙的颜色一致，就此，这个背心有了一个“青蛙背心”的别号。

年轻时的梁艳，她是五连冠时期，唯一一位获得五块金牌的队员（供图/梁艳）

但穿着青蛙背心去练防守是完全不够的，那粗糙得都掉渣的地板，可是一倒下去都能磨掉一层皮。髋关节两侧是最容易磨破的地方，她们就想办法找来海绵或毛巾，垫在髋骨两侧。朱玲阿姨说着，学起梁艳阿姨穿上青蛙背心，两侧塞上毛巾，变成个“大屁股”在球场不停跑动扑救的样子，还有防守结束后，把毛巾抽出来很潇洒地甩出去的动作，惹得大家捧腹大笑。

这具体的细节被描述得惟妙惟肖，我仿若看到了那个身材略显“臃肿”的梁艳阿姨在舍命救球的画面，也正如朱玲阿姨说的，“这情景如果被拍摄下来一定是很感人的”。只可惜当年条件有限，这生动的场景没有被影像记录下来。

而被模仿的梁艳阿姨笑得差点流出眼泪，直呼：“两边垫上以后，真的可好玩了。”

“可好玩了……”

在恐怖的“魔鬼式”训练下，那无法用言语形容的苦与累，被摧残折磨到极点的身心，却在“可好玩了”这简单的四个字中，淡化得仿佛吃饭睡觉般平常。我试图理解这份心境，想必，不是时间冲淡了一切，只不过是经历包容了过去罢了。

每一位前辈都有被破烂不堪的护膝连累的记忆，朱玲阿姨记忆尤深。由于太瘦的缘故，每一次摔在地上就等于骨头和地板在亲密接触，那可怜的破护膝根本没有起到任何保护作用。早期时的护膝根本就是类似毛毡垫那样的材质，不但薄还很硬，摔得露骨头那是常有的事，而每天用碘酒杀菌清洗也成了家常便饭。朱玲阿姨让我摸了摸她那凹凸不平的膝盖，我想象着那血肉模糊的场景，手不禁微微地颤抖。

当我问起，最差的场地是不是水泥地时，三位前辈则齐声高呼：“水泥地都是好的了，开始都是在炭渣地上训练。”

炭渣地?!

我仿佛听到了宇宙级的爆炸新闻，不由得叫了一声。我最多在混着泥沙和青苔的水泥地上训练比赛过，那时候嘴上虽不说，心里却直嘟囔：这种场地可怎么打比赛。然而，在前辈们那个年代，这种水泥地都已经算是上好的条件了。

张玉蓉阿姨回忆道，一个摔救，炭渣会嵌进肉里，即使等皮肤好了以后，也能看到留在皮肉中的一粒粒黑点。当年她的髋骨两侧摔得流血化脓，一边要忍受着换纱布时的撕扯之痛，一边要用扇子扇着伤处，希望缓解夏日里因为发炎流脓不止的奇痒。最难熬的，是不知何时可以痊愈，也不知道，下一次旧伤未愈新伤添的日子，是否又接近了。

这样的伤情不止发生在她一人身上，看着她紧锁眉头，倒吸凉气的样子，我开始庆幸，小时候练滚翻倒地，后背和髋部也常摔得流脓发炎，但至少没有炭渣入肉的体验。

一说起那个年代的各种苦难的经历，前辈们像是打开了话匣子，娓娓道出许多故事。

朱玲阿姨告诉我，她髋关节的滑囊，到现在都还没有回到它应该待着的地方，走起路来还会“嘎啦嘎啦”地响。梁艳阿姨瞪着圆圆的大眼睛问我：“知不知道为什么老队员站着的时候，身体总是歪着的？”在我一直固有的观念里，那是排球运动员的职业病，是扣球扣多了，肩膀的伤病引起的习惯性连锁反应。直到梁艳阿姨说出，是源于髋关节滑囊或腰的问题，只能歪着身体顾着某一侧而不停地调整姿势时，我方才知道，我一直以来根深蒂固的认为，完全是错误的。

接着，梁艳阿姨又向我提问：“我的球鞋常常要在大脚趾这里挖个洞，你知道是为什么吗？”我实在是一头雾水，只得摇摇头，不明白这究竟又是怎样的“神操作”。

原来，梁艳阿姨曾患过一段时间的甲沟炎，她定期要去拔指甲盖，然后用纱布包扎好患处，可即便这样也没得休息，除了跳跃的动作，其他的技术训练和身体训练她都要参与。正常球鞋穿不了，课业又不能落下，该怎么办呢？于是，球鞋的改造工程正式展开，她的好多球鞋就这样被“无情”地挖了个洞。

用梁艳阿姨和张玉蓉阿姨的话说，她们两个的身体素质比较好，像头牛一样，天生就有力气，这让一旁听着的朱玲阿姨苦上眉梢。由于朱玲阿姨的身体底子太差，长期靠着当归鸡汤、西洋参和十全大补丸等补品坚持过来的，可即使这样补充，她的血色素平均值一般都维持在七八克，最差的一次检查结果居然只有五点七克，连上个二楼她都会嘴唇发紫。

听到这里，我实在是目瞪口呆，当年在队里，我同样是靠着许多补药才勉强在超强负荷的训练中顶了下来，也有过一次血色素低到十点九克就头晕目眩、面色苍白的体验。可这要是到了朱玲阿姨的七八克的标准，就算给我再多补药，我保准也得当场昏厥过去。

究竟是意志品质太坚强，还是身体对这种状态早已适应，我不得而知，或许连朱玲阿姨自己也搞不清楚缘由为何。

在这种身体状态下训练，定是极其辛苦的，想必对其他身体素质好的队员总是会有些许羡慕之情吧。反正，我就会非常羡慕那些体能好的队员。

拿长跑训练做个比喻，体能好的人总能健步如飞，不费吹灰之力就轻轻松松地拉开距离，甚至超过“落后分子”一圈都不在话下。

然而，对于拼死完成指标的朱玲阿姨来说，已无羡慕的闲情，她更担心被落下太远而受到训斥。她总是在心里嘀咕：你们跑慢一点吧，不要把我甩得太远了……可每一次，她同样会被落下很远；每一次，她同样都在心里嘀咕；每一次，她同样属于挨“骂”的典型。

人和人的身体机能是有明显差异的。特别能出汗的队员，往往准备活动还没做完，已经大汗淋漓衣服湿了大半。有些教练看在眼里，不免会将出汗量和是否全力以赴有所挂钩，可光会出汗还不行，能完成指标才是最重要的事情。

朱玲阿姨这类体能偏差的队员，就难免会被误会为偷懒的人。现在社会对于偷懒的定义，相对会有比较理性的认知，可那个年代如果有人将偷懒冠在你的头上，绝对是件非常丢人的事。直到朱玲阿姨查体测出尿蛋白为四个“+”后，这个标签才从她的身上撕去。

诚如张玉蓉阿姨感慨的一样，严苛残酷的训练不是最可怕的，最可怕的是有可能会被理解成“不努力、爱偷懒、没尽全力”的人。思想品质不过关的大山一旦压下来，往往会压得人喘不过气来。

这一点，我不由得联想到了自己。曾经我被贴上过“娇气”的标签，为了撕去这个标签，我最后愣是以疲劳性骨折为代价，才算为自己正了名。而后，在备战2008年北京奥运会期间，我的双膝伤情较重，严重影响状态，待奥运会结束，我不得不接受手术治疗。手术前，我告知陈导有关我膝伤的状况，他十分诧异，没想到我的伤情如此严重，并说某队员也有膝伤的情况。我记得当时回答：“可是她还能打球，我却打不了了……”电话那头，陈导一阵沉默。

后来我渐渐明白，给别人贴上一个标签，只需一件微不足道的小事、一个毫无根据的念头，或者他人一句带有偏见、可以左右人判断的评价，一朝一夕间就可轻松完成，但要去除它，却要经过经年累月的试炼或许才能慢慢撕去一角。这就跟“病来如山倒，病去如抽丝”是一个道理。其实，这无关乎谁对谁错，也无关乎对方了解自己多少，因为这世上能真正做到感同身受的人毕竟是在少数。有时候，即便心胸再豁达，心中也不免会有一丝惆怅。而人心里先入为主的固有的观念，就如同电影《哪吒之魔童降世》中那句“人心中的成见是一座大山，任你怎么努力都休想搬动”的经典台词一样，是无论你怎么努力都很难改变的吧。

通过袁导书中的描写，我了解到梁艳阿姨属于黏液质、安静型的队员。刚进队时，教练点到她的名字她都会脸红呢，而此刻，她却像一个好奇宝宝，特别好奇我们这批队员，有没有被教练怼在墙角被球砸，以及练单兵防守，然后口吐白沫的经历？

我如实告知，有了自由人之后，我们这些后排被换下来的队员就没有了这样的待遇，被怼在墙角挨砸是自由人张娜的专享。单兵防守嘛，最多是累得瘫在地上，挨几下球砸，然后被抬走，至于口吐白沫的情景我们还真没见识过。这听起来实在是有些吓人。

“杨晓君流着鼻血，边擦边练，还有周鹿敏，练到最后都‘翻白眼口吐白沫’了。还好我够幸运，没被练成这样。”梁艳阿姨笑着形容，当年的“酷刑”在现在看来，多了几分乐趣，这个“口吐白沫”也因此多了些戏剧的色彩。

“还有招娣，”朱玲阿姨接过话茬，“为了躲一个球，结果球打在了大腿上，就好像盖了个梅花印，紫了好长时间，那个印记我到现在都有印象。”

“魔鬼式”的单兵防守，就是给前辈们留下恐怖记忆的罪魁祸首。每天训练结束，袁导一定要抓一个队员出来练单兵防守。面对这个让人恨之入骨的方式，她们胆战心惊又惶惶不安。袁导挑人没规律可言，他今天瞅着顺眼的或不顺眼的，都可能成为被练对象。

不过俗话说，“上有政策下有对策”，为了躲过“劫难”她们就尽量看准时机，悄悄溜到袁导的身后，只要躲过他目光扫射的范围，被点名的概率相对会下降很多。可正所谓，道高一尺魔高一丈，袁导对她们的小心思摸得是一清二楚，后脑勺也好似长了眼睛般，即使悄无声息地躲到他的身后，有时候同样难逃此“劫”。

说来奇怪，梁艳阿姨就很少被抓去练单兵防守，究竟是幸运女神偏爱她，还是我们现在俗称的“人品爆发”，她自己也说不出个所以然。

不过，有人历“劫”少，自然就有人历“劫”多。当我好奇被抓出来最多的“幸运儿”是谁时，朱玲阿姨不假思索地说：“招娣啊，调皮捣蛋以她为首，挨罚也最多。”

这个跟袁导书中所写不谋而合。在国家队期间，有一次，袁导又“难为”年轻的陈招娣，结果她拿起袁导脱下放在板凳上的毛背心，往身上一套，然后就在地上“滚翻救球”，练起了防守。袁导知道她调皮，既是在开玩笑，又是在发泄，瞧着她那副淘气样，袁导最后忍不住哈哈大笑起来，见袁导不怒还乐，她也跟着一起开怀大笑……那一肚子的“火”和“恨”也在这笑声中消散了。因为她理解教练的良苦用心，知道教练不是不喜欢她，而是在帮她改正缺点。

被罚最多的可不止陈局一人。外号“毛毛”、我们后辈们都亲昵地称呼为“毛局”的张蓉芳阿姨，也是被罚名单里的常驻嘉宾。通过三位老前辈的讲述，我得知，毛局有过在球场上哭到抽搐，最后要用氧气袋吸氧的经历。由于她的性格太过倔强，不服气——自己已经练得很好了，明明有人练得不如我，为什么还要我加练？她这一较起真来，缓不上这口气儿，可真真的是把教练给吓到了，急忙叫了医生过来。

除了这次，袁导在书中也记录了这样一段内容。在1982年世锦赛后，中国女排进行了大换血，结果，在1983年底的亚锦赛中以0：3输给了日本队，1984年的奥运会还能否夺冠？这在每一个队员心中都蒙上了一层阴影。信心问题不解决还何谈奥运会夺冠？于是袁导分别找了几位核心老队员谈心，其中就有郎导和毛局。对当时的毛局来说，奥运会将是她最后一次世界大赛了，她希望退役时有个好结果，可队伍更新后水平下降，自己胰腺炎手术后身体状况不佳，这些都令她感到前景渺茫……她想最后争一争，但又觉得自己在身体和精神上已经忍受了很大的痛苦，她感到非常委屈，哭得特别伤心，以至于到最后哭抽了筋，急得袁导和杨希阿姨给她掐人中进行“抢救”。

哭得伤心崩溃，应该许多人都有过这样的体验，但哭到抽筋抢救，或许就难有如此的感受了。而我，还真的体验过这种滋味。

2008年北京奥运会，在本土作战，我们的压力空前巨大，陈导对主力的要求也到了鸡蛋里挑骨头的程度。就拿副攻位置的个人对抗来说，陈导安排扣二传身前战术时，对方是一人拦网，而扣背后

张蓉芳和郎平，摄于1982年印度新德里亚运会（供图/胡进）

的战术却是两人拦网。这样的安排对本就以背飞战术为主的我来说难度激增，再加上双膝软骨的伤情严重困扰我，令我很难高质量完成任务。我明知道陈导是想高标准严要求，但心中不免焦急又深感不公。

某个轮空日，我们在国家体育总局结束上午的训练后，我的队友们都坐班车回公寓了，唯独我在场地迟迟没有离开，身边只有给我做放松的小张导陪着我。过了很久，我才回到宿舍，跟我同屋的周苏红当时已经午休了，我就跑去了张娜的房间。刚在客厅的沙发上坐下便忍不住号啕大哭起来，宣泄着自己心中的压抑和委屈。由于中午我没有吃午饭，没一会儿我就躺在沙发上开始抽搐，呼吸急促不稳，双眼不停地快速抖动，睁不开也闭不上，吓得张娜赶紧找来队医为我施救。这期间，我的意识清醒，却说不出一句话，身体冷得直哆嗦，结果却连句“我冷”也讲不出来。

这种体验真的别提有多糟糕了，不仅伤身也伤神，可或许，这也是我们这类较真起来特别不留余地的人的一种表达和发泄方式吧！

袁导曾在书的开篇，引用了日本教育家木村久一著作中的一段话：“所谓天才人物，指的就是具有毅力的人、勤奋的人、入迷的人和忘我的人。天才就是强烈的兴趣和顽强的入迷。”袁导表述：“张蓉芳和郑美珠是两个从不偷懒的姑娘，是见到排球就兴奋、有球打就高兴的人。”

跟毛局交过手的日本女排的队员说，她们最怕张蓉芳，最不愿意接她的扣球。就算中日作为长期交战的老对手，日本队也没办法完全摸清她的规律。所以，人称她为“怪球手”。

十三岁时，自己主动跑去了成都后子门人民体育场，要求当排球运动员的毛局，骨子里流淌着四川人与生俱来的那股辣劲儿。与其他队员的倔强不同，教练罚她什么都行，就是不能罚她不练，要是不让她练那简直就跟要了她命一样，就算一边哭着，她也从不肯停止训练。正是这股“入迷”的劲儿，令毛局和郑美珠阿姨分别成为两茬中国女排队员中虽然个子最矮，却是技术最全面的队员。

在老前辈中，我跟陈局的接触是最多的，接下来，应该要数曾在排管中心任职的毛局了。然而刻在我记忆中最深的画面，是我妈妈跟我讲述的，她亲眼见到当年还没有成年的毛局，被四川队教练狂练防守的经过。那次，我妈妈实在不忍心看到那“惨烈”的训练场

奋力救球的张蓉芳（供图/胡进）

景，急匆匆地夺门而出。我记得妈妈回忆时，眼中流露出的一丝心疼，可能她当年在转身的瞬间，也流下了不忍的泪吧。

那个年代，排球队贯彻落实着大松博文“三从一大”的训练方针，并一直延续到现在。喜欢排球、了解排球的人，应该都知道曾带领日本女排取得奥运会冠军的著名教练——大松博文，就算不熟识他，也至少听闻过“魔鬼大松”这个名字。

1965年4月，大松博文受周恩来总理的邀请，来华担任为期一个月的排球教练，训练地点在上海。他会先训练几个省队，然后训练联队。那是一种马拉松式的大运动量训练，时间从中午到晚上十点，后来延长到晚上十二点，甚至到凌晨一点。

通过鲁光老先生所著的《中国姑娘》一书，能看到许多鲜为人知的细节。一位当年被大松训练过的北京队队员回忆道:“练到后来，我头发晕，眼发花，房子也旋转起来了。但我还得不停地去飞扑大松打来的球。他穿的是条绿色的短裤，扣球时一动一动的，仿佛两盏绿色的灯笼。我不顾一切地紧紧盯着那两盏绿灯笼，这时，世界上除了那两盏朦朦胧胧的绿灯笼和模模糊糊的白色排球之外，我什么也看不见……”

有位四川籍的队员，被大松练到昏倒在地板上，醒来后还让同伴扶着她去接大松不停打来的球……

另一位山东籍的队员，在训练中实在忍受不了了，瞪眼大骂：“你这个鬼大松，我跟你拼了！”大松问询翻译，翻译则机灵地告诉他:“她说:‘大松你练吧，我才不怕你呢！’”即使听不明白，大松也从圆瞪的双眼中读懂了她们的愤怒，因为日本女排的选手们也曾对他怒目而视。

就这样，女排队员们咬牙切齿地忍受着连做梦都想不到的“极限训练”。写到这里，我想起我老爸也跟我透露过，当年江苏排球队学习大松的训练方法，要求男排一队的队员，防守时一次滚翻要达到五百次，女排一队的队员则是八百次……光听这些数字，就已经让人浑身打战，双腿发软了。

有一次，上海举行盛大的公众活动，通往训练馆的交通完全被堵塞了。联队告知大松可能要迟到一个半小时，结果大松完全不通人情，固执地要求必须准时进球馆。在他那声“汽车开不动，你们就马拉松跑过来”的命令下，联队的队员们毫无怨言，穿过人群的缝隙，绕过小巷一路奔跑，终于在指定时间内赶到了球场。看着汗水淋漓的队员们，不容易动情的大松，也不免红了眼眶。

大松在回忆文章中这样写道：“尽管变成了那样难看的姿势，但中国姑娘们用手敏捷地抹去眼泪和头上的汗水，仍然紧紧跟随我训练。她们这时已经完全忘掉了自己，拼出去了，这可以说是一种庄严的悲痛。”

究竟，这是训练到了何种程度、何种境地，会让“铁石心肠”的大松用“庄严的悲痛”来形容？

记录的文字如同清风拂尘般轻描淡写，寥寥数语，其实根本不足以概括排球前辈们如歌如泣的岁月光景。但在朴实简练的字句中，我们收获的不只扣人心弦的激烈赛况、激动人心的超燃时刻，还有撼动心扉的莫名感动。那悄然流入内心的温暖，不也正是由庄严的悲痛升华而来的吗？如若少了那份庄严，悲痛或许会变得索然无味；如若没有了悲痛，庄严也许又会变成弃之可惜的修饰。

曾有队员问过大松：“你们是怎样练成世界冠军的？”

“对人来说，最苦的莫过于战胜自己。”大松如是回答。

战胜自己。

第一次对这四个字有比较深刻的印象，是我在八一青年队的时候。记不清那是我入队第一年还是第二年的夏天，某个周日的上午，教练安排我们在轻技术之前进行篮球热身对抗。有篮球基础的我自然比别的队员更自信，也更积极些。那天我出手完成一个常规的盖帽，不知怎么一个寸劲儿，把右手小拇指的关节给挫伤了，我勉强坚持完了对抗，可是手掌越来越肿，刺痛难忍，我自知很难完成接下来的发球指标，于是如实把情况反映给教练。没想到，却换来了教练的严厉批评："曹慧英手指骨折还扣大力球呢，你挫个手指这点小伤算什么，你不能战胜自己将来怎么成为优秀运动员？"他的话我到现在都记得丝毫不差。

老女排前辈的名字对我来说如雷贯耳，但曹慧英阿姨英勇伟岸的形象，在我心中瞬间清晰明朗起来。带着一种难以言喻的羞耻感和满心的不服气，我咬着牙完成了发球训练，以及第二天早操的引体向上。虽然之后查出我是右手第五掌骨骨折，不过，能使用因淤血而呈紫黑状的右手完成训练，总让我感到特别自豪，因为我觉得自己跟曹慧英阿姨有了些许贴近的地方。

赵蕊蕊和曹慧英阿姨，摄于2019年6月

跟曹慧英阿姨真正特别深的接触，发生在我2004年骨折受伤回京住院的那段期间。某天下午，医生告知我，曹阿姨跌伤了要住院手术。我一听就着急了，明明前不久曹阿姨来医院探望我时还好好的。我拄着拐匆匆赶往曹阿姨的病房，曹阿姨见我立刻调侃起来："孩子，阿姨怕你孤单，来陪你了。"说完就发出特有的爽朗笑声。详谈后我才知晓，曹阿姨想去高处取东西，站在梯子上不小心摔了下来，结果把膝盖的髌骨摔伤了。

这次详谈时，曹阿姨生怕我忘记她上次的嘱咐，再次叮嘱我："要全力争取去奥运会，哪怕只有一点点希望都不要放弃，如果不尽力的话，将来你一定会后悔的。"而曹阿姨那句"没去奥运会是阿姨一辈子的遗憾"则像烙印般深深地刻进了我内心最深处。每当我有所松懈时，总会不自觉地想起曹阿姨的这句话。

对于我当时是否应该在带伤的情况下，坚持去奥运会的问题，许多人持有不同的看法。其实坚持或不坚持都没有错，我只不过选择了跟命运赌一把，而曹阿姨无疑是推着在劲风中逆行的我更坚定地向前走下去，帮助我实现梦想。

我想，这也或多或少弥补了她心中的遗憾吧。

被称为"铁姑娘"的曹阿姨，不到十六岁时已长到一米七七，这身高走到哪里都招来人们好奇的目光。她的父亲看着手长脚大的女儿犯起了愁，迫于无奈居然想出了裹脚这个办法。还好她有主见有想法，没让父亲实施这个方案，之后，她在亲戚的引荐下，走进了排球这个领域。好动、朴实、勇敢的性格，使她与排球一见钟情，一路飞快成长，而"要球不要命"的作风，使她在1977年的世界杯上获得拦网奖、敢斗奖和最佳运动员奖。

独揽三个奖项本是件让人兴奋的事，可那一届世界杯中国女排仅获得第四名，无缘站上领奖台。和站在领奖台上高举奖杯向观众致意的前三名相比，中国女排的队员则每人持有一块黄手绢，那是大会发给她们的。她们站在地板上，在日本的国歌声中，挥动着手中的黄手绢，为胜利者庆贺。

轮到曹阿姨上台领奖时，她恨不得不领这个奖，在她心中，个人即便得一百个奖，也不如全队拿一个奖杯。可她依然要挤出礼貌的笑容，这种糟糕的感觉令人沮丧。

2019年，中国女排五连冠群体获得新中国成立七十周年“最美奋斗者”称号，曹阿姨作为队长代表队伍上台领奖。发表感言时，她说道：“建队没多长时间，我们参加在日本举行的世界杯，1977年本可以得到前三名，但是我们只得了第四名。当时很生气，可没办法，因为你不强。在领奖的时候，我一个人得了三个奖项，但我一点都不高兴，因为我的队伍在旁边陪着领奖……”说到这里，她一度哽咽，全场响起雷鸣般的掌声，向这个冠军团队表达最崇高的敬意。在电视机前的我，也忍不住跟着潸然落泪。

如果说，没有参加奥运会是曹阿姨一生的遗憾，那黄手绢的经历，想必就是她心中无法释怀的一个痛吧。在那场颁奖礼后，队员们唱起了《洪湖赤卫队》里的歌曲。我想那低沉又悲壮的歌声，一定也会在她们的回忆中不断唱响，在梦中继续远扬着。

曹阿姨是当时队中的老大姐，她有稳重的一面也有顽皮的一面。当年的某一天中午，她和周鹿敏阿姨还有周晓兰阿姨想游到水库中的小岛去摘酸枣。她们不谙水性，胆子却大得很，借用岸边的气垫就一股脑向小岛游去，谁知游到一半气垫破了，她们被困在水中进退两难也不敢往回游。时间一分一秒地过去，到了训练时间结果迟迟见不到她们三个，陪打教练便出来寻找她们，大老远就听到她们在水中的求救声。陪打教练站在岸边，严肃地说：“你们能怎么游过去，就能怎么游回来。”她们三个定了定神，伴随着陪打教练声嘶力竭的“下定决心”的口号声，一鼓作气地游回了岸边。

曹慧英(左)和周晓兰(右)(供图/曹慧英)

还有一次，曹阿姨和周晓兰阿姨去海里夜游，游着游着，她们在漆黑的海水里触到了防鲨网。在深邃的夜里，她们根本不知道游出了多远。这时，莫名的恐惧如同一张隐形的网笼罩在两人心头，可她们谁也不敢说出口，好像说出口连勇气都会被黑夜吞噬一般。她们默契地开始默默往回游。可海水退潮的力量让她们感觉一直在原地不动。许久过后，周晓兰阿姨问:“要不要试试能否站起身?”曹阿姨担心一旦这样做，人就放松了很难再往前游，所以她给两人鼓劲继续往前游。又不知游了多久，周晓兰阿姨实在没力气继续游了，她心一横，两腿往下一蹬猛地站了起来，这才发现水才到膝盖的位置。看着彼此的狼狈样，她们两人搀扶着坐在岸边哈哈大笑。那一刻，伴随着她们豪爽的笑声，连阴冷的月色和幽暗的海面也仿佛温柔了起来。

最顽皮的一次，还要数曹阿姨和周鹿敏阿姨用一条假蛇吓陈亚琼阿姨的事情。她们两个知道陈亚琼阿姨怕蛇，就专门找到一条假蛇去吓她，陈亚琼阿姨被突然出现在眼前的“长蛇”吓得从床上蹦了起来，飞也似的越过面前一个有一米五高的墙墩疯狂逃跑，结果手持“长蛇”的她俩不罢休，也接连越过墙墩去追陈亚琼阿姨……

现在再回忆起这段，曹阿姨依然忍不住笑出声来，接着她又摆手："那个时候太不懂事了，吓一下就行了，还一直穷追不舍的，这要是弄得她崴了脚、扭到腰多不好呀。"

像这样笑中带泪的故事还有许多，那是她们那一代人的记忆，也是我们这些能听闻到的后辈的福气。

在老女排的队伍中，有一些队员被点名练单兵防守的概率要大出许多。对此，朱玲阿姨一开始也是百思不得其解："我们有时候也在想，为什么这几个被抓单兵防守的次数特别多？"她边说边做出一副思考状，随后又徐徐道来："后来我们想，应该是袁头有意识让场上的核心队员练得多点儿。毕竟，关键时候还希望她们能起核心作用。"

在《中国姑娘》这本书里，其中一篇名为：把掌声分给她一半。文中开头这样写道："一般人看排球比赛，往往把热情全部倾注在'一锤定音'的攻球手们身上。而内行的观众，却总把自己的掌声和欢呼声，分一半给场上的灵魂——二传手。"

作为球队核心的灵魂人物，孙晋芳阿姨自然也少不了得到袁导的存心找碴儿。

训练时，她练好了，别人没练好，教练都要责怪她没带好。她不仅不能把自己的情绪带上场，还要去鼓励别人、指挥别人。反正，不管是不是她的问题，教练都是盯着她、"针对"她，处处磨砺她。因为，整个比赛中，几乎所有的球都是经过二传输送给攻手，教练的指挥，球队的战术意图也都需要通过二传去实现。如果二传心绪急了，乱了阵脚，稳不住军心，她的情绪起伏会直接影响队友，甚至影响比赛的胜负。

袁导作为二传，深知二传在队伍中的重要性，所以对二传总会有一份特殊的“厚爱”，孙阿姨也是从一开始的想不通，到后来能自觉地忍受教练的“挑剔”。

作为一名攻手，很坦白地说，我只要适应队里的两位二传就可以了，然而二传却要去适应队中所有的攻手。与其说是适应，不如说是要全力满足每一位攻手的需要，她们不但要熟知每个攻手的身体能力和技术特点，还要充分了解对方的性格与脾气等。每一次想到这些，我都觉得，这简直就是一个浩大的工程，没有绝对的细心、耐心和定力，都很难担此重任。

鲁光老先生将女排的姑娘们形容成一颗颗璀璨的珍珠，将孙阿姨比作一条闪闪发光的、把珍珠串联在一起的金线。珍珠虽美，如果没有金线穿引连接，也无法成为耀目的项链。

而就是这条名声远扬的金线，当年却因为在选拔中脱颖而出，曾躲在小山坡上偷偷掉过眼泪。

当年，孙阿姨是在中学生运动会参加跳高跳远项目时，被慧眼之人发现的。她十六岁半才第一次接触排球，那时身高仅有一米六三，好在她天赋异禀，天生协调性、灵敏性好，弥补了身高的不足。不过，一开始她并不怎么喜欢体育。

进入苏州少体校训练排球，她每天要利用课余时间训练三个小时。三个月后，就碰上了十一个地市的比赛，这个比赛同时还有一个目的，就是从参加全省运动会的二百多人中选拔出二十人参加集训。那个时候连轮次转位都还没有弄清楚的孙阿姨，竟成功入选名单，对比其他兴高采烈的小伙伴，她却在听到被选中的消息之后，偷

孙晋芳给张蓉芳传球(供图/胡进)

偷跑去小山坡上哭了起来，最后是被人发现才带了回去。原来，从没离开过家的她，是为了即将要背井离乡而哭鼻子呢。

一辈子没打过替补的孙阿姨，当时被排球界预言是国家队未来的二传。可是，天才也得有勤奋作为夯实的基础才行。

在南京体育学院的7号或8号楼的走廊里，就曾留下了孙阿姨和张洁云阿姨练习传球的艰苦又美好的回忆。为了练就传球的精准性、稳定性和果断性，每天她们要传五百个球，每个球都必须擦着高度大约两米七八的天花板，以“唰唰”的声音为标准，连续五百个球不能掉。传五百个球并不难，难的是完成任务的前提条件，实在是太苛刻了。这明明就是个不可能完成的任务，毫厘之间的差距就可能完不成指标，传球时稍有犹豫也会影响质量，前功尽弃。

刻苦训练的代价往往就是伤病缠身，每一位老前辈都留下了满身伤痛。孙阿姨除了受伤病的困扰外，身体状况也曾一度不佳。当我小心翼翼地问询，是否介意涉及病情的话题时，她特别爽快地表示完全不介意。其实，关于这方面的内容，我们并没有聊特别多。其间，她随意地说了这样一句:“没什么大不了的，我还活着，所以，要努力好好地活着。”对于生死，她比普通人总是要多一份感触，也或许因为经历患病，她早已看开生死，脸上的那份从容和淡定，令人升起崇敬之情时，不经意间，又多了一丝悲壮。

“三从一大”的“魔鬼式”训练，磨砺着老前辈们的意志，同时也折磨摧残着她们的身心。女排练得太苦太累，早已不是什么新闻。别的项目的队员都看在眼里，大家实在搞不懂女排的队员为什么那么傻，还甘愿这样继续坚持着，要换作他们早就跟教练对着干了。

是啊，她们太傻，傻得可爱，傻得执着，傻得让人心痛，但这样的“傻气”也正是她们最引以为傲、最让人感动的地方。

那个年代的训练，除了苦练还是苦练，并没有什么科学训练的基础和标准，所有人都是摸着石头过河，边练边总结规律和经验教训。她们每一个人都尿过血，但显然，对她们来说，这已经是最轻微的身体反应了。意志品质成了战胜一切困难的法宝，也是中国女排走向辉煌的一块重要基石。

家长们都不敢来看孩子们的训练，她们也不让父母来看训练，平时回到家中她们也从不说练得有多么辛苦，只说练的时候累点罢了，练完了就不累了。不然，做父母的看到宝贝女儿被这般“折磨”，非得毫不犹豫地领她们回家不可。当年，还在当队员的杨希阿姨有一次回到家，她的妈妈见她瘦得不像样，就一直追问是不是练得太累太苦了。为了不让妈妈担心，于是她顺口编了个谎话：“运动员不能胖，胖了就跳不起来，打不了球了。”她的妈妈信了，甚至到后来被街坊邻居问起同样的问题时，她的妈妈还帮着解释呢。

年轻时的杨希（供图/杨希）

有时候家长们去看比赛，看到她们在球场摔了几下，是既担心又心疼，见面时总会问："摔得疼不疼啊？"而她们的回答总是异常的统一又坚定——不疼！不过说真的，人都是肉长的，能不疼吗？

其实，家长们对孩子们经受的艰苦训练还是有所耳闻的，也常常私下问自己的孩子，还想不想练？不想练就跟爸妈回家。有时实在不忍心再看孩子受苦，不免会怒气冲天地发火："我们孩子学习也挺好的，干吗要吃这碗饭，非要受这个罪！"

对啊，为什么？为什么还要坚持受这个罪呢？

"我坚持的理由很简单……"朱玲阿姨望向窗外，缓缓道出往事。

有一次在郴州练单兵，从下午补课一直到晚上才结束，很多队员被拉来为补课的队员垫背。那天，她第一次有了逃跑的念头。还有一次在上海，晚上和日本队的比赛后，她第一个被袁导拉出来练单兵。当点到她名的时候，她突然反应过来，被练的原因是参加比赛自己忘记拿护膝，而在出发前袁导提醒之后她依然认为不戴也完全可以参赛。当时袁导什么也没说，但加练的目的很显然，就是要教训她对待比赛太过放松的态度。

加练开始前，一旁的周晓兰阿姨急忙脱下护膝给她，可一股气早就冲上心头，她接过护膝，接着像扔飞碟一样扔了出去，心想：不戴护膝我照样给你滚翻！

单兵防守什么时候结束的，朱玲阿姨已经没有印象了，因为记忆都被血淋淋的膝盖占据。

逃跑，还是留下？

看着伤痕累累的膝盖，这个念头再次在她心中升起，她真的想逃走。为此，她纠结挣扎了很久：别人都留下来了，就你逃回去，回四川队还能待下去吗？不能待下去，我还能做什么？

最后，“我，不是逃兵！”这个信念，让她选择了留下来。

和所谓的高大上的理想无关，和所谓的尊崇傲人的荣耀无关，和所谓的至高至纯的精神无关，和所谓的不忘初心的使命无关……存在于此的，只有那最真实坦白的人性。

这或许不是所有老前辈坚持下来的理由，但这个想法多少都曾化作一丝念头，像一条滑腻腻的泥鳅，在大家的头脑中转过一圈。

周晓兰和杨锡兰（图片来自网络）

说到逃兵，我不免又会想起被人们称作“天安门城墙”的周晓兰阿姨。十二三岁的她，每天清晨都要顶着月色，翻山越岭二十多公里，赶去公社小学上课，傍晚时分，在苍茫的暮色陪伴下再按原路回家。

在一个冬日的雪夜里，被大雪覆盖的山野间已经漆黑一片，踏着积雪，她爬上一道山坡，忽见两团绿光在深邃的黑暗中闪动，甚是阴森恐怖。她想起大人们说过，这山野里有狼！在这荒山野岭的漫雪冬夜里，孤身一人遇到狼，吓得她几乎瘫软。她慌忙摸索着躲进了山崖上牧羊人避风雨的土洞里。

山野间万籁寂静，雪依然下个不停。不知过了多久，她壮着胆子探出头望去，两团绿光不见了，它是躲起来了还是走开了？她不知道，她只知道要赶紧回家，不然妈妈会急坏的。

等她跑回家时，已是深夜十二点多了。由于担心说出实情父母就不让她上学了，她愣是几天后才将那一夜的险情告知父母。从那以后，求学路上依然形单影只的她，手中多了一根防身木棍做伴……

这段遇狼记，着实新鲜刺激，在看到鲁光老先生的书之前，我从未听闻过。我总是在想，如果那一夜，面对独狼的窥视，周晓兰阿姨要是做了逃兵的话，那还会有后来的“天安门城墙”吗？

命运，本就是复杂的，充满着玩味和不可预测性。就如七〇后作家阿乙，在查出患有罕见的卡斯尔曼病后，依然用他那“死不悔改”的方式醉心于写作。用他自己的话说：“我很感激生命中有写作这件事，它虽然把我推向了一个疾病的苦海，同时也把我拯救出来，拖出了这个苦海……”

如果说，以命搏文，是阿乙的宿命，那以命搏球，就是老前辈们无法逃避的宿命吧！

退役多年，即使到了今日，很多习惯和要求，老前辈们都根深蒂固地改变不了。朱玲阿姨告诉我，她对家里的孩子都比较严厉，她的外甥就特别怕她。有一次他要来成都，可一头黄发让他犯了愁，为了不被姨妈责骂，他居然想出用黑色的鞋油遮盖黄发的主意。看着那被鞋油染黑的油光发亮的头发，朱玲阿姨又好气又好笑，最后，她给大家发放“通关文书”，不再实行限制染发的家规。

把女排的严格管理模式、思维方式等带回家里的还有张玉蓉阿姨。在她家里，有一个留纸条的习惯。某一天，她在床头发现一张纸条，是当时家里年仅十一岁的老二留下的，上面写道：妈妈，这个星期我看到你心情不好，你太累了，打起精神来，这可是你教我们的。认真书写的字体，虽然看起来有些稚嫩，但其实，来自中国女排的精神力量，已在无形当中感染到了下一代。

对我来说，在中国女排的日子，就像做了一场奇幻又绚丽的美梦，实在不想醒来。然而，在离开球场的岁月里，出现在梦中最多的场景不是掌声和鲜花，不是高举金杯唱响国歌，而是找不到护膝、系不上鞋带、缠不上胶布、赶不上开往赛场的班车，以及那永远结束不了的最后一分……不光我如此，我的队友如此，老前辈们也同样如此。

在张玉蓉阿姨的梦中，还常常会出现下队后找不到工作的情景。紧张和焦虑在心中扩散，每一次她都会吓出一身冷汗，从梦中惊醒……

定格在梁艳阿姨心中最清晰的影像，是她的爸爸坐在临窗的缝纫机边，为她缝制保护髋部的海绵垫子。被淡淡洒落的柔光包围的身影，成了她记忆中永恒的画面，就连梦中她也会被那沐浴在柔光中的身影，感动到落泪……

面对药膳从未间断过的朱玲阿姨，一提到西洋参，眼中划过的是一种厌恶的惊恐。在她的记忆里，没有膳的享受，只有药的折磨。她现在是否在梦中，还会为下午服用西洋参造成过度兴奋，致使晚上失眠而郁闷？但我想，那刺鼻的药膳味儿定会在她的梦里，悄无声息地蔓延……

朱玲阿姨说，要透过现象看本质。

那梦，算不算也是一种本质？一种敬畏生命的本质？一种深入人性的本质？一种接纳真我的本质？

此时，我想起林清玄先生说过一个关于卖梦的故事，那是他母亲在他小时候说的一个故事——

> 两个朋友，一个叫阿呆，一个叫阿土，他们一起去旅行。他们来到海边，看着海中的一个岛，因疲惫而睡着了。夜里，阿土梦见岛上住了位大富翁，他的院子里有一株白茶花，树根下有一坛黄金，然后阿土就醒了。
>
> 第二天，阿土把梦告诉了阿呆，叹息这只是个梦。而阿呆信以为真，提议买下阿土的梦，阿土高兴极了，他把梦的权利卖给了阿呆就回家了。买了梦的阿呆则向那个岛出发。
>
> 到了岛上，阿呆发现果然有一位大富翁，在富翁的院子里种了许多的茶树，他留下做了富翁的佣人。春天来了，茶花开了，可惜所有的茶花都是红色，没有一株白茶花。阿呆就继续在富翁家住了下去。许多年过去了，终于有一年春天，院里开出了一株白茶花。阿呆在树根下挖掘，果然有一坛黄金。
>
> 第二天，阿呆辞工回到故乡，成了故乡最富有的人。而卖了梦的阿土还是个穷光蛋。

这是一则日本童话，林清玄先生的母亲常说：“有很多梦是遥不可及的，但只要坚持，就可能实现。”

在老前辈们的心中，一定有那勾勒过无数次的宏伟蓝图，可所有的追寻，不都是源于最初的梦想、最朴实的坚持吗？

而随着时间的流逝，盛极一时的潮流可能会过时，丰富精彩的故事可能会被遗忘。虽然痛心，但也不得不面对这样的规律和现实，毕竟时代从未停下过脚步。

感谢不嫌弃我、和我聊得甚欢的几位老前辈，感谢袁导和鲁光老先生书中的记载，感谢各位前辈的信任、帮助和支持。晚辈落笔记录的内容，寥寥数页，不可能将老前辈们每一个人经历中的精髓都完整提炼出来，这确实也因现实各种条件因素所限。

同我聊天的三位前辈最后说，很多东西不是永恒的，但女排精神一定是永恒的。

永恒的精神力量，也许用再多文字或言语也无法准确涵盖，只能在心灵深处，细细品其滋味。

散落天空如繁星，聚之一起如炬火。

我想用这句话，献给永恒的钻石一代，献给永恒的女排精神，献给每一位排球老前辈，献给为排球事业奉献过的每一个人，以及为排球的未来继续努力的排球人。

家喻户晓的『铁榔头』

——郎平

姑娘们

即使会输

你们也一定要敢于去赢

——郎平

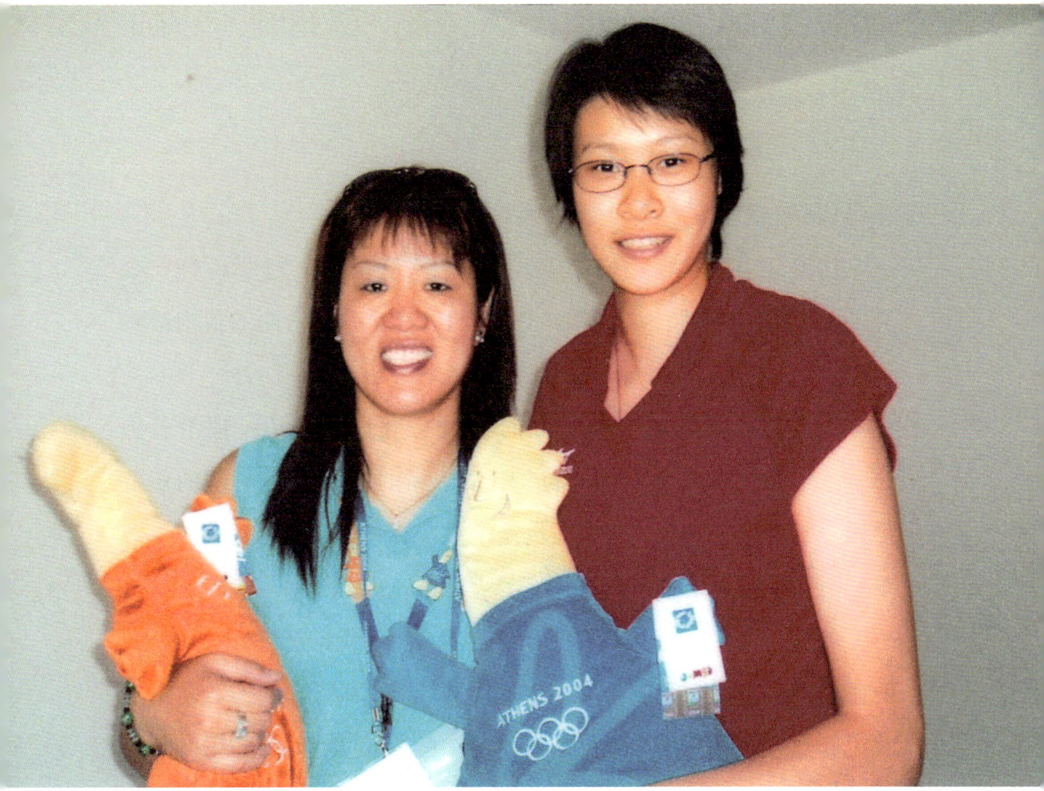

郎平教练和赵蕊蕊，摄于2004年雅典奥运村

“瞧瞧，咱们的小郎平出生喽！”

1981年10月8日，离中国女排第一次夺得世界冠军还有一个月，我在南京呱呱坠地。接生的护士们将净重八斤六两的我抱给我父母时，也为我冠上了家喻户晓的名字——“铁榔头”。

看着比普通孩子大上一圈的我，护士们爱不释手，都争着抱一抱我这个大胖妞。其中一位护士帮我完成新生儿盖脚印的任务后说：“瞧这大手大脚，将来准也是个打排球的料，肯定能成世界冠军。”没想到她当年的一句祝福，多年后预言成真了。

或许是我的父母对我寄予了某种厚望，又或者是将他们未实现的排球梦想投射在我的身上，印象中，从我懂事开始，他们就常常对我说起这段经历，可以说我是听着这个故事长大的。我记得，每当他们重提这段往事时，脸上总是洋溢着幸福的笑容，就仿佛迎春三月盛开的桃花，在春风温柔的吹拂下于枝头心满意足地陶醉着。被叫成“小郎平”是幸运的，更是在充满希望中被深深期待着的。

多年后我细细回想，从我出生的那一刻起，我和郎导就已经结下了一段因球而起的缘。

未正式接触排球前，我对郎平这位赫赫有名的大人物，仅仅停留在只闻其名未见其人的状态。当年我学着风靡全国的日本电视剧《排球女将》中"晴空霹雳、流星赶月、幻影旋风"等各式各样的绝招，跳坏了家中无数张棕绷床的记忆，确实要比现实生活中"铁榔头"对我的影响更深也更清晰些。但随着年龄和阅历的增长，我对老女排前辈们的认知越来越深刻，渐渐地，她们成了我心中的一道光，也同样是我一直以来追逐的一个梦。虽然我深知实现梦想的道路充满坎坷与险阻，不过我却从前辈们的身上汲取了敢于梦想、敢于拼搏的一份强大的力量。

我第一次亲眼见到郎导，是在1999年她和胡进指导完成中国女排主教练交接的仪式上。那天她身穿一件浅色的外套，一头微卷的披肩长发。当她将手中象征国家队教鞭的排球递到胡导手中时，从容的神色再也难掩心中的悲伤，终于忍不住流下了眼泪。她当时的泪，留给我极深的印象。看着她不管如何强忍依然夺眶而出的泪，那份对排球割舍不下的深深感情，也传递到了我的心上，我含在眼中的泪仿佛也跟着有了一种闪亮的效果。

不舍，是那时候在我的能力范围内所能理解的郎导的唯一情绪。但多年后，我再细细回味郎导那一刻的眼泪，则有了更多感触——那是比不舍要强烈千百倍的痛，是一种难以割舍却又不得不转身离开的痛。

其实，在1999年之前，郎导就已经注意到了我这个小高个儿。她曾跟一位省队的教练这样评价我："这孩子条件很好，就是身体太单薄，给她些时间慢慢成长，千万不可以拔苗助长。"当这话传到我的耳朵里时，可把我高兴坏了，没想到在我心中如神一般存在的郎导，居然会注意到了我这棵又小又嫩的豆芽菜。并且，她还叮嘱八一队的教练加强对我身体素质和基本功的训练。

作为一名排球人，我不但渴望着入选国家队，也盼望能有机会成为郎导的队员，希望能在她手下好好磨炼磨炼。这于我而言，是一份荣幸。可由于郎导卸任国家队主教练一职，我失去了这个机会。不过，在1999年郎导新书《激情岁月》的发布会上，我有了和郎导短暂相处的一段经历。

那天，正式的签名售书时间还没到，队员们把提前购买的书堆放到郎导面前，准备趁这个间隙让她帮大家先签好名。我们纷纷围在她的身边，七嘴八舌地说笑着，好不热闹。有时生怕被遗漏了，我们还会故意“争先恐后”一番。突然，埋头签字的郎导猛地回头望了望，问道:“这是谁说话和小鸟儿唱歌一样啊？”她那带着浓烈儿化音的京腔，给人一种平易近人的幽默感，完全颠覆了她在我心中固有的“冷酷铁血”的形象。而当她的目光在自己曾经带过的熟悉的队员中搜寻一圈后，最终将视线锁定在了我的身上。我们相视数秒，世界仿佛都在那一瞬间变得安静下来。郎导温柔地笑了，说了句:“蕊蕊，原来是你啊。”接着，她又继续低头完成手上的工作，害羞的我则呆愣着不知道说些什么，我感觉自己当时的脸应该都红透了。

如果说，古巴女排副攻手托雷斯是我心中永恒的女王，那么郎导和老女排的各位前辈就是我心中永远的女神。“女王”是我想要追逐和超越的目标，“女神”则是我对排球情感最深切又执着的寄托。

刚拿到《激情岁月》，我就迫不及待地读了起来。这对于当时读书还不太自觉的我来说，简直就是破天荒的奇事。我孜孜不倦地渴求着书中的内容，不单单是为了满足自己的好奇心，更是想知道“铁榔头”究竟有着怎样传奇的人生。

印象最深的是，书中记录了一段郎导带着年幼的女儿浪浪游泳时发生的事情：某一天，她们母女俩在泳池里进行游泳比赛，当然，以郎导的实力取得最后的胜利是毫无疑问的，可输了比赛的浪浪很不服气，还闹起了小情绪。经过询问，郎导得知，原来浪浪的爸爸和浪浪在游泳比赛时，为了让女儿开心都是选择故意输给女儿，所以作为“常胜将军”的浪浪显然接受不了输给妈妈这一事实，自然是表现出各种的不情愿。面对女儿委屈的情绪，郎导并没有心慈手软，不但认真而严肃地教育浪浪，还在书中阐述了对于输和赢的理解。

书中有许多精彩内容，可不知为何，我偏偏对这个故事记忆犹新。虽然仅凭记忆，我已经无法完整详述书中的细节，不过当时看完此篇章，我立刻陷入了沉思。郎导敢于直面人生的坎坷，不惧输赢的挑战，面对逆境的豁达以及对于胜负的正确理解，都给了我很大的启发。我第一次认真思考何谓输？何谓赢？又应该怎样去争取胜利？也首度体会到挫折教育的重要性。因为，没有谁的人生是完美的，只懂得赢，不接受输的人生，其实是可悲，可叹，亦是可怕的。

自那以后，再次见到郎导，是我和冯坤于2007年初前往美国接受治疗时的事了。我们三人被安排在当地时间2月1日进行手术，医生安排冯坤第一个做手术，之后是我，郎导是最后一个。我那次去美国原定只是寻求专业的康复训练，并未有做手术的计划。没想到做完一系列检查后，医生给出我“右小腿胫骨疲劳性骨折断端处的骨小梁搭建只康复到50%的程度，必须做髓内钉手术才有机会赶上第二年的北京奥运”的判断。髓内钉手术，顾名思义就是从骨头的一端将一根钢钉植入骨腔中。对于这么恐怖的手术，我充满了恐惧和顾虑，而医院又不采用全身麻醉的方法，所以上手术台前，我死死拉着一位华裔麻醉师不停地说：“你一定要让我睡过去，即使感觉不到疼痛，我也绝对不能听到敲打的声音！”隔着一道布帘子，刚刚换完手术服的郎导听出了我的担忧。她走过来，用轻松的口吻调侃我：“孩子，到时候就怕你睡得太舒服不想醒来呢。你别担心，手术一定很成功，等我手术出来就去找你们两个，乖乖等我啊。”

“乖乖等我……”就像是一份没有承诺的诺言，那种让人充满期盼的鼓励，令我的心安定了许多。

郎导果真没有食言，她完成手术回到病房没多久，居然真的拄着拐杖到我们的病房来串门了。我俩当时就傻了眼：这刚手术完不好好休息怎么能下地到处乱跑呢？郎导在讲解原委之前先给我们讲述了她亲身经历的一个小故事：有一次，她在美国做了一个颈椎小手术，术后麻药劲儿还没完全过，医生见她已无大碍就让她离开，就算她当时还有些晕乎乎的，也不能继续留在医院。说到这里，郎导还模仿起努力睁眼却因麻药怎么也睁不开眼的动作。她说，美国的医疗政策就是这样，如无特殊情况医院一般很少留病人住院，而这次因为我们两个是中国国家队的队员，院方也非常重视，担心我们不适应手术后即刻离开的程序，所以破例允许我们住院观察一晚。她还调侃道，跟着我们两个她还沾了可以多住一晚的光。有了郎导的示范，完成膝关节内窥镜手术的冯坤没事也下地溜达了起来，我则由于手术造成的伤口创面较大，只能羡慕地看着她们在医院里“自由”活动。

在当地，我们不但得到了大使馆的关心，还得到了许许多多华人朋友的帮助：有任教于医院，一直协助我们联络工作的何医生；有执意免费为我们提供住房，来自四川的牙医陈先生一家；还有在美国非常有名的唐氏钢铁集团的各位朋友；以及在出租车拒载我们后，好心送我们回家的中国台湾的餐厅老板……

唐氏钢铁集团的孙先生，不但热心细心，也经常发挥他精湛的厨艺满足我们肚子里的小馋虫，那段时间他还充当起我们的专职司机。熟稔之后，我们都亲昵地叫他“小孙”。为了避免我们上下车的不便，小孙专门把商务车的后面两排座位全部拆掉，这样我们就可以经由车尾厢的门慢慢挪进车厢，平坐在地面上。我们戏称自己如“货品”，每到目的地都要由小孙来“卸货”，而每次完成“卸货”时，周围的人都会向我们投来好奇的目光。某次，我们结束康复“卸货”回家，走进公寓的电梯时，一位先我们一步进入电梯的老先生看着我们三个大高个拄着拐接连走进来，他的眼睛越瞪越大，并诧异地问：“你们这是怎么了？”郎导一本正经地指着不远处一个近期正进行垒球比赛的体育场回答：“我们是来参加比赛的，结果第一天就负伤了。”老先生感受到来自郎导的幽默，笑得眼睛都眯成了一条缝。

通过那几天和郎导的接触，我发觉在生活中，郎导其实是一个颇具幽默感的人，她总是会不经意间说出一些玩笑话。那种刻意中不留痕迹的随意，严谨中又恰到好处的幽默，给人很愉快的感觉。

还有一次，郎导的幽默也给我留下了极深的印象。2009年夏季，郎导和她的姐姐还有浪浪一起回北京探望浪浪的爷爷奶奶，我家和白爷爷家是前后楼，我从小又很招老爷子喜欢，所以老爷子把我也叫去了他家。因为不想打扰他们的团聚，片刻后我就准备离开了，临出门前我跟郎导提出“是否可以赏个脸去我家里坐坐”，没想到郎导立刻答应了。

郎导的到来令我家蓬荜生辉，只可惜合影时当年我那年仅四岁正值怕生年纪的小外甥，就是不愿意一起合影。好言相劝不管用，生拉硬扯也不行，最后我们就威逼利诱:“郎奶奶可是宇宙级的大明星，

2009年夏，郎导与赵蕊蕊及赵蕊蕊家人的合影

错过这次和郎奶奶合影的话以后就再没机会了。”可怎奈这招也不好使，我们大人都被他搞得有些焦头烂额。这时，郎导突然对着躲在门后的小家伙说了句：“你是不是怕我这个‘狼外婆’啊？”郎导语出惊人，惹得在场的大伙忍不住笑出了声，而我的小外甥则极富个性地把卧室门关上了，完全不给名扬四海的“狼外婆”留一点面子。

除了幽默，郎导还很擅长做菜。我们在美国一起手术后不久，某一天，郎导突然心血来潮想要亲自下厨，她吆喝着：“孩子们，今晚我给你们做蛋炒饭怎样？”见我和冯坤频频点头、眼睛仿佛都能流出口水的呆萌样，她立刻行动起来。我们两个负责洗菜和切菜，郎导包揽最后的烹饪重任。三个拄着拐的大高个几乎把整个厨房都占满了，现在再回想那有趣的画面，当真是别有一番风味呢。

闲暇时，我和冯坤最喜欢的，就是听郎导分享她当时带美国队的一些经历和趣闻。

在某一场美国队的比赛中，对手只要再打好一个一攻就可以战胜美国队，郎导便叮嘱发球的队员不要拼发球，只要发球不失误，就有抓反击并追平比分的可能。谁知这名发球队员火力全开直接将球发出了界，结果比赛就这样结束了。郎导坐在场边面露遗憾之色，这名发球失误的队员突然跑过来对她说：“珍妮，对不起啊。”郎导顿了顿，表情略带严肃，指指在做放松运动的其他美国队队员说道：“你不用跟我说对不起，你应该和她们说。”这名队员扭头看了看身后的队友，咧嘴笑了起来：“没事，她们没关系的。”说完，便像是没事人一样地跑开了，留下哭笑不得的郎导待在原地。

美国女排的“潇洒”还不止这一件事。2006年世锦赛的前夕，美国队的一名队员突然提出她将放弃参加此次世锦赛的想法。大赛出征在即，人员临时调动是队伍的大忌，郎导感到很为难，急忙问询，希望能做通这名队员的思想工作。

“你们猜猜她为什么不想去世锦赛？”

晚餐后，我们围坐在餐桌旁，一边欣赏着芝加哥冬季的夜景，一边听郎导抛出谜题。我和冯坤苦思冥想，只能想到“家中有急事不得不离开”这唯一的答案。

揭晓答案时，郎导提高了嗓音，还佯装生气拍了下桌子——“她是有急事，她的急事是要去见男朋友，说是因为长期集训没时间陪他，所以她要跟男朋友去度假。”

我和冯坤顿时目瞪口呆，惊讶得下巴都快掉到了地板上，因为这样的事情是绝对不可能发生在中国运动员身上。

陈导曾表露过，希望我们学习学习美国队队员不管打好打坏都能很潇洒地去面对的状态。此刻想来，陈导希望我们做到的“潇洒”，是那种拿得起放得下的大将风范、在逆境中能屈能伸的傲骨、在重压之下能心如止水的超然……这和郎导口中的美国队队员略显任性的“潇洒”还是有着本质上的区别。我首次深切地感受到中美文化的差别是如此之大，东西方思想又是那么的迥然不同。西方人的价值观比较注重以个人为中心，而中国人的价值观更加强调的是群体意识。正因为观念上的巨大差异，也注定了中国运动员生来背负的不管是使命还是各种压力，都要更多一些。

而在贯彻教练意图上，郎导形容她带过的中国队队员和美国队队员相比也有很大不同。她给我们做了一个比喻：如果她告诉队员拦网对方主攻直线，该队员会认真坚决地落实，虽然态度可取但不免又会出现过于死板的情况，也就是说，明明对方不可能扣直线球时队员往往还是会坚决执行教练的意图。郎导也曾问队员：“这样的情况下为何不临场应变？”队员则是很认真地回答：“是你叫我拦直线的，如果从直线打下来就是我失职，所以任何时候我都不能放掉直线。”这名队员说得也有她的道理，但明显不够变通。自从那以后，郎导更加注重以对方的思维方式与她们做细致的沟通交流，她也不止一次感慨中国队队员思维的灵活性和变通能力。

除了这些不为人知的小细节，郎导还透露，美国室内排球的重视程度并不高，所以队伍的经费筹集、调配和使用都是件很愁人的事。经郎导这么一说，我想起我们2001年建队初期，队伍的装备不足，经费也非常紧张。陈导曾无意中提起过，为了给队伍拉赞助，他不止一次拉下脸面跟他的福建老乡提出经费支持的请求。那时候能拉到十万元的一笔赞助，大家都会高兴好久，教练眉宇间紧锁的愁云也能稍稍舒缓片刻。

术后，郎导和我们在芝加哥小住了一段时间，便返回她在洛杉矶的家中继续康复休养。我和冯坤在康复比较理想的情况下，也于回国前专门飞去郎导家做客。为了给我们腾出床位，郎导当时还把浪浪“赶去”了她爸爸家里住，冯坤被安排睡浪浪的房间，我则因为行动利索些使用客厅的折叠床。那段时间，郎导不但继续大秀厨艺，还常常开车带我们在洛杉矶到处转转。最兴奋的就是我们一行数人去环球影城游玩，因为郎导和冯坤的膝盖那时还需借助单拐走路，也不宜行走过多，我们就在现场为她们两人申请了轮椅。借助这一便利条件，

郎平教练、白浪、冯坤和赵蕊蕊在美国环球影城，摄于2007年

可以享受优先体验的服务。为了我们玩得开心，除了惊悚刺激的内容，郎导几乎参与了其他每一个项目，就连我们坐进去显得有些狭小拥挤的可供小朋友游玩的小火车，郎导也跟着一起体验了一番。我记得她当时的笑容，那上扬的嘴角仿佛沐雨的浅樱般明媚。

每一个经过郎导手下锤炼的队员，对郎导有着各式各样的评价，但对于训练场上的郎导，她们有着非常统一的答案，我用自己的话总结归纳了一下，那就是：不近人情的严厉，毫不留情的铁血。可生活中，我在她身上完全找不到相关形容的体现，所以我很好奇，也非常憧憬，是否将来的某一天在机缘成熟时，能有机会体验她的“严厉和铁血”呢？

这样的机会，在2009年终于到来了。郎导任期届满结束美国女排主教练的职务后，成为广东恒大女排俱乐部的主教练。那一年的1月我完成了双膝关节镜软骨修复术，手术后，恢复情况是理想的，但康复的效果却不太好，为这事我专门找郎导聊过，郎导诚邀我加盟恒大女排，并愿意为我提供最好的康复治疗。

那一刻，我真的心动了，我曾以为到了不得不告别排球的时候，郎导向我抛来的橄榄枝又燃起了我心中的希望。遗憾的是，术后我在八一队进行的康复训练并不顺利，甚至可以说举步维艰。面对退役，其实，我也苦苦挣扎过，可即便面对方方面面的困扰和难题，我都没放弃。我每天给自己制订详细的康复计划，就连全运会后队伍休假期间，我都没有偷过一天懒。无奈的是，离开专业、系统的康复训练，我的伤病光靠自觉、坚持和自我恢复是不可能痊愈的。

那个时候，一位参与我手术的骨科医生见我仍然不想放弃，私下里便找我谈心:“你再这样不爱惜身体，你的膝盖将来做人工置换的日子会提早到来。”我淡定地问他:“肯定会做人工置换，只是早晚的问题，是吗？”看着他用力点点头，再加上一些现实的不可抗力，我只能忍痛放弃最后一丝希望，不舍地告别心爱的球场。队伍的态度我能够理解，却难以苟同，这或许也成为我最终决定脱去军装的一个重要因素。而那之后，我联系陈忠和教练，选择去福建女排执教，作为不是正式编制里的助理教练，身份的转换给了我很大的成长空间。

对于在康复之路上愿意为我伸出援手的郎导，我真心地表示感谢，而郎导对于我选择退役感到很无奈。说到伤病，我们总是有一些共同话题和感同身受，她曾不止一次感慨我退役太早，而运动生涯最好的时期却用在了康复伤病上。所以刚退役的头几年，每当我去现场观摩比赛遇见郎导时，她的第一句话永远是“快换衣服，准备上场！”。在她那简单的玩笑话里，隐约听得出被掩藏起来的遗憾。

以上，就是我和郎导之间的一些小故事，虽然内容不多，但在我心里却弥足珍贵，也足够精彩。

她，既是伟大的，亦是平凡的，更是传奇的。

她，可以是透过朝露望见的闪耀晨曦，可以是太师椅上美丽的雕花，可以是伫立于海边照亮暗夜的孤独灯塔，可以是不慎滴落画布上的颜料展现出的一抹惊艳，可以是跌宕起伏的人生路上留下的浅浅足音……

正如郎导在我的第一本小说《末世唤醒》里寄予的赠言：

“在排坛上曾经拥有奥运金牌，而今天的蕊蕊内心充满了球场以外五彩缤纷的世界，真是太神奇了，我衷心祝福你永远有一个多彩的世界！”

在这里，我也由衷地祝福郎导未来的生活，多姿多彩。

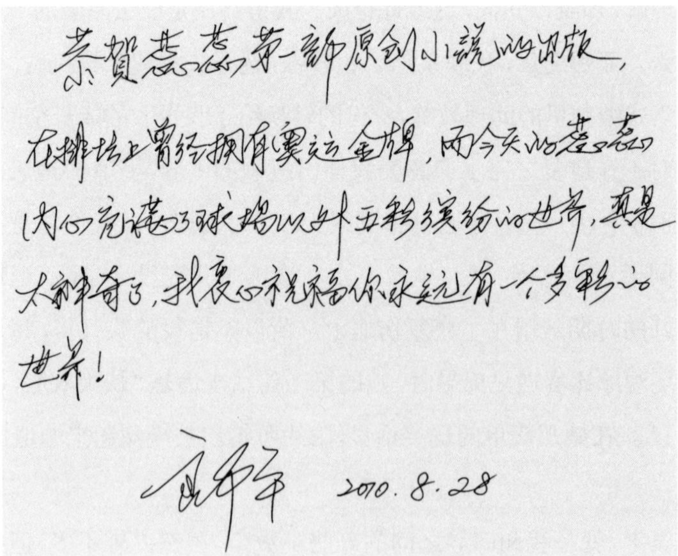
恭贺蕊蕊第一部原创小说的出版，

在排坛上曾经拥有奥运金牌，而今天的蕊蕊内心充满了球场以外五彩缤纷的世界，真是太神奇了，我衷心祝福你永远有一个多彩的世界！

郎平 2010.8.28

『球痴』的挑战

——胡进

女排精神就是：

团结拼搏

为国争光

即使赢不了　也要表现出

中国运动员的精神面貌

因为

国在心中

——胡进

年轻时的胡进教练（供图/胡进）

“8号，赵蕊蕊。”

1999年4月底，在中国女排宿舍楼的会议室里，胡进教练按号码顺序大声宣布了参训队员的名字。当听到8号是我的那一瞬，我下意识地歪头看了一下不远处的殷茵姐，因为在此之前都是她身披8号赛服的。宣布号码完毕，胡导又在黑板上画起了主力队员的位置图，当米字图中已经写上了五个号码时，胡导的眼神不经意间向我的方向望了一眼，提起笔一边说着“吴咏梅的对角是赵蕊蕊”，一边在最后一个空位写下了8号。现在回想起来，胡导的眼神颇有深意，也包含着深深的期许。

我当时还未回过神来，这第二波的冲击显然来得更加猛烈了一些。这个消息也令当时在场的所有队员都睁大了眼睛，我被大家盯得有些红了脸。我心心念念能在国家队多点打球的机会，但一下子成为主力实在让我始料未及，而比成为主力更让人意外的是我还要从接应二传改成副攻——要知道，我在副攻位置上可不是简单的经验少，而是完完全全地没经验！我不知道胡导是出于怎样的考量做出这样大胆的安排，我想大家一定都有同样的疑惑。

2000年赵蕊蕊为胡进教练画的素描作品

“五老带一新，赵蕊蕊年轻经验不足，老队员们要多弥补、多带着点儿她，赵蕊蕊也要在场上体现年轻人那种初生牛犊不怕虎的劲儿。”胡导的语气温和，却有着不容置疑的笃定。记得当年的南北明星赛的训练中，胡导让陈导教我学习副攻位置最简单的快球，我那时真是一头雾水又手忙脚乱，紧张的情绪包围着我，但可以打球的兴奋让我很快就忘却了所有的不安。那个时候真是辛苦两位老二传，要弥补迁就我时快时慢又有些“随心所欲”的节奏。不过才练了一两堂课的我，在比赛中和诸韵颖配合了一个非常干脆的快球，因此被胡导好一通表扬，我到现在都记得那种惊喜的感觉。

这就是我对胡导最初的记忆。他以前是辽宁男排的球员，算是我妈妈的师弟。当年他在我面前夸赞我妈妈打球聪明有灵气，拉近了我和他之间的距离，从某种意义上，也安抚了第一次上国家队的我那惴惴不安的紧张情绪。

不过，对于胡导给我改位置这件事，我心中一直存有疑问。好在这次聊天，让我有机会提出困扰自己多年的疑惑。

“从九十年代开始，我就看到要发展网口的高度，要强调攻势排球，看看日本女排的防守、串联、作风都很好，可高度不行，网口受限，打起比赛难度重重。网上的高度是排球发展的趋势，不把握这个排球的自身规律是不行的，所以1999年国家队集训，我调了你和上海队的主攻刘振家，都是大高个。”胡导说着说着，憨厚地笑了起来，那是一种对排球人才充满欣赏的笑容，“那年排球联赛你们八一队和四川队的一场比赛中，我注意到了你。有时候一攻打不死，你来不及换回边上拦网，我发现你在中间的拦网步伐还不错，灵活性、临时反应都可以。和别人不一样，我一直在观察你的脚下移动能力。虽然很多人认为你这样难得的大高个应该放在主攻或接应位置上，可你的力量不够，而你的整体协调能力又打动了我，最后就决定要把你改成副攻。你很有天赋，不善用其能就太可惜了。”

感谢胡导的慧眼，发现了我的能量和才华，把我放在了能最大限度发挥我专长的位置上。我有时也常常回想，如果没有胡导果断地给我改位置，我还能有机会上国家队吗？我会承担怎样的角色？又会有怎样的未来？这些问题我没有答案，不过我非常清楚一点，如果没有1999年和2000年在副攻位置上积累的经验，我相信我是不可能在2003年有那样出色的发挥，因为适应一个位子绝不是一蹴而就的，更何况副攻位置上的球又是以千变万化的姿态展现的，所以这需要时间的积累，而这两年的基础对我来说就显得尤为重要。

除了我，胡导还把李珊从副攻改成了接应二传，把陈静从主攻改成了副攻……对他来说，把队员放在最合理的位置上，发挥其最大的能量，是他觉得最成功的事情。虽然他没有带着我们这些孩子拿到冠军，但看着我们成长、夺冠，他心中充满了自豪感和成就感，就像自己拿到冠军般激动。

胡导对攻势排球的“执着”，有一个很有意思的小段子：1999年在北京集训的某一天，队里的老队员们议论起教练们哪项技术水平最突出，以及是打什么位置的。当聊到胡导的时候，不记得哪个队员大声问远处的胡导：“您哪项技术最强？”胡导脱口而出：“我什么技术都好，就是传球最差。”那名队员又接着问：“那您以前是打什么位置的呀？”胡导一本正经地回答：“我打二传的。”当时所有人都愣住了，大家一时没反应过来，这打二传的却评价自己传球最差，究竟是什么情况？但没人去探究原委，因为大家很快都淹没在了狂笑之中，看着笑得人仰马翻的我们，胡导的脸上也扬起了温柔的笑容。

胡导十岁就接触了排球，当时一米五〇的身高算是队里最突出的。他的爸爸是军人，妈妈是单位里业余篮球的好手。某一次，从一张妈妈手捧篮球的老照片里得知了篮球这个运动。出于这个原因，他对圆圆的球总是有一种莫名的好感。

在进入辽宁省青年队之前，胡导在鞍山体校一直是打攻手的，只因后来身高不争气，他才不得不转行去打二传。那时候队伍主打“四二配备”，也就是场上会有两个二传。在国家队时，特别喜欢进攻的他常常被教练安排从四号位站位开局。在这里顺便和大家科普一下：在排球的规律里，多数情况下会选择接应二传或者是得分能力最强的选手从四号位开局，目的无非是保证三点攻的轮次或者得分实力强的队员轮到前排的机会多一些，除非是要对应对手的站位，我方的轮次在排兵布阵上会有所调整。当然由于现在后排攻的普及，从四号位开局的重要性也显得不是那么突出了。虽然看起来传球是胡导的主业，但他总觉得二传才是他的副业，就连教练们都经常调侃他“不务正业”。胡导对进攻的喜爱，让我联想到了冯坤，是否二传对进攻的渴望都是如出一辙的呢？

退役以后，平时就酷爱学习的胡导选择进入北京体育大学深造。本以为会迎来一段平淡的读书生涯，没想到，在读了一个学期后他就被调入中国女排做助理教练。在此之前他没有教练的经验，一下子直接调入国家队，这个起点还是蛮高的。1986年，邓若曾指导因为身体原因辞去了中国女排主教练的职务，胡导的爱人、老女排队员张蓉芳，接过了国家队的教鞭。因为要避嫌，胡导便从教练组里撤了出来，但又在一个月后回到了中国女排的队伍中，成为一名陪打教练。直至参加完当年的亚运会，整个中国女排教练员班子重组，再加上爱人怀有身孕，胡导才陪着爱人回到了成都。

1988年，胡导成为国家青年队的主教练，同时他又组建了一支国家二队，一门心思扑在中国女排后备力量建设的工作上。结果中国女排在汉城奥运会获得第三的成绩与预期有较大落差，就这样，有过在国家队执教经验的胡导被推上了中国女排主教练的位子。他把在国家二队培养的七名年轻队员一起带入了国家队，这里面就有大家熟知的赖亚文。接下来的四年时间里，胡导带着这支年轻有朝气的中国女排，在1989年的世界杯上获得第三名、1990年的世锦赛和1991年的世界杯获得第二名，总的来看成绩还是不错的。不过令所有人意想不到的是，在1992年的巴塞罗那奥运会上，中国女排遭遇滑铁卢，只获得第七名的成绩，胡导因此离开了国家队并在

1994年执教四川女排。

“胡导人好，爱钻研，业务水平能力很强。”这是我听到的许多排球业内人士对胡导的评价。

有队员佩服胡导的头脑可以和电脑较量。在那个没有高科技手段辅佐的年代，胡导仅依靠自己反复的研究就能推演出比分及对方轮次的进展，而且精准度还很高，这真的令人惊叹和折服。其实，在我们眼里的不可思议，并没有什么天赋和捷径，无非是来自胡导对排球踏踏实实的钻研，就如王丽娜描述的那样：每一次路过胡导的房间，都能看到他不是在看比赛录像研究排球的技战术，就是在自学英语，感觉他每一分每一秒都在学习，在不断地充实自己。

对于这样的评价，胡导微微垂首，嘴角扬起了一丝略带腼腆的微笑：“说得好听点儿是敬业，说白了其实就是喜欢。”

多么朴实的话语。一句简单的喜欢，涵盖了胡导对排球所有的情感，也让他无怨无悔地扎根在排球的世界里。他喜欢研究和排球有关的一切，怎样才能把握赛场上的制胜规律成了他日思夜想琢磨的问题。除了在细节上精益求精，积小胜为大胜、掌握更多赢的机会外，他希望每一个排球运动员都能多思考排球赛场上规律性的东西，并最大限度地掌握这些核心的知识。

胡导形容自己一辈子就干了排球这一件事，早就离不开这片热爱的球场了。他用孺子牛般的精神为自己钟爱的事业默默奉献着，可排球却好像总喜欢和他开玩笑。不知何时起，胡导的身上被贴上了“运气差”的标签。

我忐忐忑忑提及“运气差”这个有些敏感的话题时，还是颇有些顾虑的，好在胡导毫不介意，他的坦诚和直率让我微微放下心来。他告诉我，对于这类的评价他也略有耳闻。他觉得运气和把握比赛的机会有关，现在回想起来，如果当时在技战术和人员调配上有一定的变化或变通，可能最后的实际效果会更好。把问题归咎于运气不好，从某种意义上讲，也是一种逃避现实和不负责任的态度。但显然工作踏实努力的胡导，即便有人给他贴上了“运气差”的标签，他还是一如既往地在自身寻找可提高改善的空间，希望下一次能尽善尽美、做得更好。

不过，运气确实又是以一种与众不同的状态体现着其存在的特有意义。胡导举例跨栏运动员史冬鹏，他是一名非常优秀的运动员，只可惜同时期有刘翔这样更强大的对手，于是赢的希望就变得如梦境般虚幻。“当你很强的时候，对手却比你还强，碰上这样的情况不知道是否也跟运气有关？”胡导说着摇了摇头，眼中闪过一丝难以用语言精准描述的复杂光芒，就好像是在无尽的遗憾中流露出的惆怅和释怀，那是一种互相撕扯又相互融合在一起的微妙的不堪与不甘。

众所周知，有着“加勒比旋风”美誉的古巴女排，从1989年至2000年，几乎包揽了这期间所有大赛的冠军。巴西女排攻防平衡、特点突出，是中国女排一直以来的头号劲敌。还有实力雄厚的苏联女排，曾有一位老队员跟我说过，“你没和苏联女排交过手，她们可比之后的俄罗斯女排要难对付得多”。面对这几座大山，又赶上古巴女排的巅峰时期，或许再多的好运也无济于事吧。

和第一次执教国家队相比，胡导觉得1999年第二次执教的压力和难度要比第一次大许多。他从没想过这一次会接手一支完整的队伍，而且仅剩下一年半的时间就要面对奥运会的考验。他没办法像迎接新的奥运周期那样有足够的时间考核培养队员、做人员的调配，当然队员年龄老化也是非常棘手的问题，而队里唯一一个身高超过一米九的我还受伤了。胡导形容悉尼奥运会的参赛队伍里，中国女排是年龄最大、身材最矮的。

当1998年，郎导因为身体原因辞任中国女排主教练一职后，排管中心曾三次提出希望胡导再次执教中国女排。胡导开始还是婉拒了，因为那时候他带着沙滩排球国家队，经过一年时间组建刚刚起步的沙排渐渐步入正轨，备战悉尼奥运会也非常有希望。可那时候中心的领导征询了在郴州集训的各队教练的意见，有70%的人推荐他做主教练。面对胡导的坚持，排管中心的领导只能对他下了“最后通牒”，让他牢记自己是党员，应该服从党组织的安排，必须接下这个任务，并且提出两个指标：队伍要保持在世界第一集团的行列和悉尼奥运会要拿一块奖牌。胡导心知这个任务太难完成了，甚至也有不少人劝他“明知道失败的概率大就不要接手”，可他不能无视中心领导和推选自己的教练们的信任，而且到了这个份儿上，就算他不去别人也得去，总归是要有人担起这个重任的。

“我那时给自己定的目标是——挑战。虽然知道难度很大，但唯有全力挑战，谁叫我那么喜欢排球呢。”说到最后一句，胡导的语气明显温柔了许多，而他同样温柔的笑容里透着一丝问心无愧的坦然。

我的脑海突然划过“知其不可为而为之”这句话。与小时候理

2000年中国女排景区合影。前排左起：王丽娜、队医田永福、诸韵颖、孙玥、李艳、殷茵、吴咏梅、主教练胡进，第二排左起：邱爱华、赵蕊蕊、陈静、李珊、桂超然、何琦、教练赖亚文、教练陈忠和、教练王宝泉，后排左起：张越红、丁红莹、领队李全强、教练马璋

解的莽撞冲动不同，长大以后我才明白这里面体现着令人钦佩的勇气，却又不仅仅是勇气，还包含着顾全大局的眼界和胸襟。

那两年的执教，对胡导来说可谓是如履薄冰。先是在1999年的瑞士女排精英赛上孙玥姐的膝盖被古巴队队员撞伤，严重影响到她之后的状态；接着，世界杯前自由人李艳姐摔伤胳膊无法参赛，临时将周苏红改为自由人；我又因右膝的内侧半月板旧伤复发需要手术，从上海队急调桂超然入队……世界杯第五的成绩，让中国女排失去了在第一时间拿到奥运入场券的机会，而第二年的奥运落选赛更是让人捏了把汗——中国女排一上来接连输给意大利队和荷兰队，差一点失去奥运会的参赛资格。

时间短，伤病多，人员调动大，新老交替还未完成，以及老队员也比较有思想有主见……胡导要考虑、协调、平衡方方面面的事情。更糟糕的是，因为沙排成为奥运会项目，国际奥委会决定将室内排球的参赛名额缩减至十一名。这个小细节我还是第一次听闻，胡导说当时为此感到异常头疼，排兵布阵成了很大的问题。直至临去奥运前差不多一个月，国际奥委会才同意国际排联的申请，仍然保留每队十二个人的名额。

当我问胡导在他整个执教生涯里，哪一场比赛是印象最深的，胡导首先提到了悉尼奥运会八进四与俄罗斯队的比赛，每一局都输两分，最后憾负对手。而在胡导的记忆中，有两个比较重要的阶段，分别是1990年和1991年。

1990年的世锦赛在国内举行，各项赛前工作都已妥善做好，再加上郎导的回归，可谓是天时地利人和。体育运动讲究的是实力，不过通常大家还会有那么点小“迷信”，如果之前穿着红色衣服赢了比赛，就想一直穿红色，或者头上戴着的小饰物、特定的动作语言等，反正只要赢了比赛，所有的程序和状态都希望保持不变，这是运动员们心照不宣的做法。然而决赛当天的准备会时，却发生了一些意料之外的小“状况”：几位领导参加了那天的赛前准备会。因此，大家原先开会时所坐的位置发生了变化。每个人的心里都感到很别扭，夺冠之路是否会出现变数？这种心理暗示带来的潜移默化的影响还是蛮大的。赛前准备活动，巫丹姐的肩不巧又受了点小伤，还有原先处理探头球可以拦网抓球的规则在半决赛时突然被改动，比赛中，队员好不容易抓了一个探头球还被裁判吹拦网过网击球失误，这让早已习惯并擅长这一技术的亚文姐和李月明姐变得犹豫不决，错失许多良机。最后，中国女排以1：3负于苏联女排，收获一枚银牌。

再说说1991年的世界杯，当时古巴队、苏联队和中国队三个队之间的比赛互有胜负，结果中国队因为在对阵秘鲁队时多输了一局，小分不利再次与冠军失之交臂。

“如果要说运气不好的话，在这两场比赛上可以多说上那么几句，毕竟两次离冠军那么近却没拿到，确实有些遗憾。”胡导轻叹一声，眼睛向上方望去，定格在某处，足足有那么几秒钟。在我的印象中，胡导是个性情中人，爱说爱笑，而那一刻，他的笑容消失了，就像落入眼中的雪花，寒冷了风景也寒冷了他的笑容。我不知道那一刻，他眼中浮现出怎样的光影，又有怎样的思绪在他的心间流淌？是游走天际的浮云？是梦回赛场的虚无？还是最后那残酷的一球落地，击碎了经年以来的所有梦想，让离金牌最近的距离一瞬间又成为最遥远的距离？那声宣布比赛结束的刺耳的哨音，或许是所有亲历者心中抹不去的痛。

留在心中的遗憾，就是一道道不愿揭露示人的伤疤，更是不愿回忆的过去。时间不能修复一切，只不过是有些痛，被藏了起来。然而当胡导用一种不显于表的平静说出“遗憾”这两个字时，反而更加刺痛了我的心。

现实，如同一位踽踽独行的老者，以傲慢的姿态、清醒的头脑、冷酷的心境与每一个人打交道，我们天真地祈祷他会温柔以待，却不曾想总是被他伤得猝不及防，就连时光也会因为他渐渐变得光怪陆离起来。有时候，还彰显着一种说不清道不明的恶意。

已年过八旬的中国科学院昆明植物研究所的教授级画家曾孝濂老先生，在访谈中说过这样一段话：“我从年轻时就下定决心，要用画笔把我看到的好东西尽可能多地画下来。就这样认准了一条道走到黑，死不悔改。我有很多东西做不好，但非常愿意做好。我画了一辈子植物画，也是从一而终。单调里蕴含着丰富，我感到非常知足。”

是啊，胡导何尝不是用这样“死不悔改”的方式爱着排球呢？

因为对排球的喜欢，他变得入迷；因为入迷，他又变得执着。他把毕生的情感和精力都投入到排球事业上，兢兢业业，任劳任怨。即使他的身上被贴上了各式各样的标签，有五花八门的评价，即便他没有“冠军教练”的称谓，没有傲视群雄的成绩可以宣扬，但那又何妨？没有什么能减损半分他对排球的热爱，更没有什么能影响他心甘情愿为排球付出的真情和决心。

和袁导见面，我不光觉得自己是在和一位长辈交谈，更像是在跟一位智者对话；而和胡导聊天，他无时无刻不在讲解排球的技术、规律、形式、整体的发展趋势，以及由意识形态衍生出来的深层次的问题。从头到尾他没离开过排球这个话题，这让我感觉自己仿佛又回到了球场上，回到了那段紧张又充实的岁月里，但更像是重新上了一堂久违的排球课。不但如此，胡导还能精准无误地叙述过去每一场比赛的过程，连那些微不足道的小比赛，他都可以讲出其中的细节。我想，这不单单是跟他记忆力好有关，更重要的是，他用心在记录跟排球有关的一切。直到这一刻，我才意识到，他原来就是个名副其实的“球痴”。

遥想刚进国家队之初，胡导曾问过我：“有没有想过，你为什么打排球？”用现在的话表达就是，“你打排球的初心是什么？”我不记得自己当时是怎样回答的了，毕竟那时我还太年轻。不过我记得胡导说：“要热爱你选择的事业，只有这样，才不会辜负事业，也不会辜负你自己。”

《朗读者Ⅱ》第一册中有一段对初心的解读：

> 初心也许是一个简单的愿望：凭知识改变命运，靠本事赢得荣誉。有的初心，走着走着，丢失了；有的初心，走得再远，我们依然会坚定地去靠近它。到最后我们会发现，所谓初心就是在自己所有的愿望、誓言和梦想当中，离自己的本心最近的那颗心。

感谢胡导让我明白，真心的热爱比掌声鲜花、荣誉地位、金钱利益，甚至比证明自己更重要，让我在多年后可以骄傲地跟自己说：“谢谢你，对得起自己的初心。”

也借此篇，向所有的排球教练表示感谢和致敬，因为每一位排球运动员的成长，都少不了你们的付出和培养，每一位冠军的背后都有你们的默默支持的影子。

从陪打教练到『冠军教头』

——陈忠和

我这一生啊

为了排球

付出了许多

也牺牲了许多

但

我从未后悔爱过排球

最值得骄傲的事情是

我　是个排球人

——陈忠和

2003年世界杯夺冠后队员们将陈忠和教练抛至空中(供图/谭美舆)

2004年雅典奥运会,中国女排赛前合照。前排左起:张娜、王丽娜、陈静、周苏红、宋妮娜,后排左起:队医卫雍绩、教练赖亚文、杨昊、刘亚男、张平、赵蕊蕊、冯坤、张越红、李珊、主教练陈忠和、教练张建章

我和陈忠和教练的缘分要从1999年开始算起，当时，他是中国女排的助理教练，辅佐主教练胡进。我印象中的他总是乐呵呵的，说话轻声细语，着急时最多也就皱个眉，不像成为主教练后那样对我们“凶巴巴”的，整日没个笑脸，搞得我都怀疑之前遇到的陈导是不是一个冒牌货。

众所周知，陈导的普通话很不标准，关于他口音的笑话，真真可以整理出一箩筐那么多。记得1999年，队里只有一台洗衣机，大家要轮流排队洗衣服，前面的人洗完要是没立刻拿出来，排在后面的人就会把衣服先用脸盆装出来，以此节约时间。走廊里常常会听到找寻衣服的问询声，而在陈导那标准的“福普”(福建普通话)“谁拿了我的衣胡(服)啊？”之后，房间里总会不约而同地响起跟腔，“我没有拿你的衣胡(服)啊！”随后，整个女排宿舍就被欢笑声包围。只有在这时，我才感受到陈导的嗓音原来也可以达到这样的高分贝。

虽说陈导始终保持笑容可掬的样子，可对于刚进国家队的我来说，面对他时还是会感到些许拘谨。而打破我心中那份拘谨的功劳，还要算在陈导儿子陈翔的身上。

不知为何，当时年仅三岁的陈翔特别喜欢我，可能是我高高的个子吸引了他的目光，他甚至告诉幼儿园的小朋友我是比奥特曼还要厉害的人物，所以不可以欺负他，不然他就叫这个比奥特曼还厉害的姐姐出面帮他。乍听起来，这是个无厘头的人物设定，但我却有些小小自豪的感觉，因为我也能成为孩子心中的英雄呢。

小陈翔没事就喜欢来我的房间找我，学着他爸爸的“福普”大叫一声“赵蕾蕾”，然后又调皮地跑开。某一天，我向他发起了“反击”，一路追着他回到他的房间。没想到他害羞地把脸藏进了被褥里，陈导和他的爱人东红姐在一旁乐得直摇头。小陈翔那可爱讨喜的模样和当时欢乐的氛围，我至今还记得清清楚楚。

还有一次外出比赛，用完餐后我行至餐厅门口，突然被坐在门口的陈导叫住。我以为自己犯了什么错，心中直打鼓，结果陈导把手机递给我，一脸无语地说:“我儿子不要和我讲话，非要找你。”同行的队友捂着嘴笑着先行离开，我愣愣地接过手机。电话那头却传来了陈导爱人东红姐的声音——原来小陈翔知道我真的来了，却突然弃电话而逃，不知踪影。

由于小陈翔的存在，辛苦的训练也多了一份祥和的欢愉。可在陈导成为主教练之后，为了让丈夫能安心带队，东红姐主动带着小陈翔回到了福州生活，从那以后我就较少再见到这个喜欢围着我、视我为“英雄”的小家伙了。

当年，排管中心公布2001年新一届中国女排主教练是陈忠和时，外界可谓是炸开了锅。呼声最低的陈导，不，准确地说，应该是没有呼声的陈导在激烈的竞争中脱颖而出，就连陈导自己都用“一没好的背景、二没光环笼罩、三没成绩傍身、四没主教练经验”来形容当时的自己。

是啊，谁会看得上一个名不见经传的小陪打呢？

一开始，陈导完全没设想过自己会成为主教练。排管中心徐主任在征询了袁导、郎导和亚文姐等人的意见并得到积极正面的答复后，第一次将目光聚焦在了陈导身上。就在徐主任问他“有没有信心带这支女排队伍”时，他依然力荐胡进教练，认为应该再给胡导一次机会。可徐主任非常严肃地让他不要考虑他人，只问他是否有信心，陈导当即表态：如果给我带，我非常有信心。他的信心来自对女排队伍的一举一动都了解甚深。这种了解不但指对国内球员的了解，还包括对国际球员的了解。虽然他自认自己不是一位多么出色的教练，但在特定的条件环境下，他可能比任何人都适合当这个女排主教练。

或许是陈导的这番话打动了徐主任。最终，经过紧锣密鼓的推敲和商榷之后，后来被他人形容为“笑到最后的真命天子”的陈忠和教练，成为新一任中国女排主教练。

上任初始，陈导大胆起用新人，让不少正值当打时期的老队员作为后备，只留下了吴咏梅这位老资格的球员完成新老交替的衔接任务。本身就没有什么资本可夸耀的陈导，感受到了前所未有的压力，舆论一边倒地炮轰他乱点鸳鸯谱。外界没有一个人看好这支队伍，没有人对这支队伍抱有希望，认为她们可以拿到世界冠军。媒体对此炒作了差不多一年时间，很多人抱着看笑话的心态，等着这个被他们视为“过渡期”的教练什么时候出丑下课。

对于这些舆论压力，陈导表示理解，并不去争辩什么。他知道体育要靠成绩说话，如果他没有能力将队伍带出成绩，被责骂和诟病是理所当然的，到时候不用别人多说他也会主动递交辞呈。

其实一开始，他还蛮在意舆论对他的评价，不过为了不影响心情，渐渐地就不再看了。他暗自发誓：把训练带好，作风抓好，管理形成好，好好闷头苦干。尽人事之后，一切，就听天命吧！

对于当这个主教练，陈导也不是没有想法，他跟徐主任提了两个条件：一是，要给他时间，不能一输球就炒掉他；二是，要给他尚

2001年新一届中国女排队员在郴州集训前合影。前排左起：张越红、冯坤、张娜、陈静、白云、温媛、宋妮娜，第二排左起：队医卫雍绩、林汉英、张静、赵蕊蕊、吴咏梅、刘亚男、李珊、周苏红、杨昊，后排左起：教练张建章、教练郑宗源、教练赖亚文、领队李全强、教练王宝泉、教练包壮、主教练陈忠和、队医秦玮

方宝剑，对队伍的用人和调配有绝对的决定权。得到徐主任的首肯后，陈导就带着我们这帮孩子开始了“八年抗战”的岁月。

集训初期，陈导安排设立了学军规、走队列、升国旗宣誓等环节，再加上严格到有些“不近人情”的二十七条队规要求，不为别的，只为能将队员的思想统一好、规范好。为了形成良好的队风，陈导不但让我们学习老女排，还组织队伍去贫困地区参观扶贫，希望我们能吃苦耐劳，懂得珍惜和感恩。在陈导心里，技术水平重要，品格和精神更重要。他一边抓训练，一边教我们如何做个合格的人，不能只想着金钱名利，干事业要有崇高的理想，要将国家和集体时时刻刻放在心里。

跟着陈导的回忆，我恍惚回到了从前。那时，对于舆论的内容我略有耳闻，只是被陈导练得晕头转向的自己早就没有闲暇心情去顾及他的感受。然而此刻细细想起，当时的陈导该有多难熬，又有多少的苦水无处吐露，只能默默地咽回肚子里。

第一年组队参加比赛，陈导特别希望队伍能多赢几场漂亮球，这不但能增加一支年轻队伍整体的自信心，也能树立他自己的威信。可我们输谁不好，偏偏在第一年，于瑞士女排精英赛和香港站大奖赛两度负于日本队。一谈起输给日本队，陈导几次用非常难受来形容自己的心情，而那种难受是无法用语言表达的一种复杂情绪。从他紧蹙的眉头中，我们能感受到，那是用任何力量都无法化解的刻骨心痛。

在2001年瑞士女排精英赛中，我们第一次输给了日本队，无缘奖牌。赛后，陈导一个人坐在场馆边的石阶上发呆，周苏红和林汉英发现了他落寞的身影，走过去陪他聊天，安慰他。看着日本女排年轻的主教练趾高气昂的神情，陈导只能忍辱把泪流进心里。他不能让队员看到，更不能在日本队面前流泪。他站起身，拍掉衣衫上的尘土，望着在夕阳下泛着金色粼光的湖面。烟波浩渺的日内瓦湖仿若被打翻的葡萄酒，只能闻其酒香却失去了天然浪漫的气息。

“我承认我输了，再难受我都必须尽快摆脱这种情绪，还要动员队员一定要笑着走出去，不要输了就低下头。我们赢得起，也要能输得起！”陈导默默想着，转身朝队伍所在的方向走去。这个可以用“诗和远方”来形容的美丽小镇，此时此刻在陈导心中的只有茫茫未知的远方，却没有诗意为伴。

当年，大奖赛有一个分站设在哈尔滨。有当地的观众跟陈导说“什么队都可以输，唯独不能输日本”，这是历史伤痛的原因。陈导明白大家的心情和期待，但队伍当时还没稳定到有百分百战胜日本队的把握，压力和担心萦绕在他的心间久久不散。

那段时间，陈导对于主二传的人选还在考察中，他认为冯坤条件好，但和宋妮娜相比细腻度还不够，可宋妮娜又欠缺冯坤能豁得出去、能尽快摆脱逆境的顽强劲儿。犹豫间，陈导决定当晚对日本队的比赛先派宋妮娜首发，然而局面没像陈导预想中那样发展，我们输了第一局，陈导赶紧调整阵容换上冯坤。之后我们连扳三局赢了日本队，从那以后陈导下定决心狠抓冯坤。

我们那一批和日本女排的关系总的来说还是不错的，赛场上我们是劲敌，赛场下彼此相处得也算比较友好。特别是日本队的球员高桥美雪，她非常崇敬陈导，每一次见到我们就眼巴巴地搜寻陈导的身影，有时候我们还会寻她乐子调侃几句，她倒也是表现得落落大方。这些片段，每每回想起来，嘴角总会流出浅浅的笑意——笑那刻骨铭心的记忆，笑那悄无声息溜走的岁月，笑那无怨无悔的真情付出，以及笑那再也回不去的幽幽过往……

陈导对队员从思想到技术全方位的严苛要求，用鸡蛋里挑骨头来形容一点儿都不为过，我形容他就好像拿着一个放大镜在一直找我们的“碴儿”。陈导坦言，以教练的心态他只有不断地加压，不断地找差距，队员才能有提高的空间和可能。如果只看到优点却看不到问题，总是心软让队员舒舒服服地过每一天，到头来，只是害了自己又害了队员，最后必将以失败告终。

“那时候练你们是极苦的，队里有个‘轻伤不下火线’的口号，上强度时，每周至少五十六个小时的大运动量训练。特别是雅典奥运周期，很多人一堂训练课都没落下过，感冒发烧都还照样坚持着，你们真的是扎扎实实从苦练中走出来的。有时回想起那种煎熬的苦，我自己都觉得后怕。”辅佐过几任教练的陈导，对运动量的评定可以说非常有发言权。他很庆幸我们这帮孩子听话肯练，能统一思想踏踏实实地跟着他，心往一处想，劲往一处使。

高强度训练意味着挑战身体的极限，但没有高强度训练又想达到超负荷的恢复同样是非常难以实现的事情。其实这本就是一种矛盾，也可以说是一种以健康为代价的豪赌。在陈导眼中，既然选择了这份事业，要是不趁年轻时轰轰烈烈有所作为，怎么对得起我们的青春？怎么对得起我们重回世界之巅的誓言？

就像电影《浪矢解忧杂货店》里，不喜儿子从事音乐，但又不愿儿子在从事音乐之后又半途而废的鱼店老板，在病榻上对儿子说的一席话：只要你战斗了，打败仗也没关系，至少要留下努力过的痕迹。

陈导对我们的批评永远多过夸奖，他利用各种方法“打击”我们，磨砺我们的心智。我印象中最深的就是，陈导总会把“老女排的后排技术特别过硬”挂在嘴边，然后对比我们的技术如何粗糙。有时我们也开玩笑抱怨我们是不是“后娘”养的，怎么教练永远对我们不满意。其实不然，自己一手带起的队员陈导哪有不心疼的道理，只不过现实的压力没有给你喘息的机会，他只能将柔情化为铁腕施压在我们身上。

最近有机会跟陈导聊天，我终于听到他亲口表扬我们这批队员技术水平很细腻，那一瞬间我还以为自己听错了。这一声夸赞虽然来得有些晚，但不知为何，又感觉如此恰到好处。

纵观陈导整个排球生涯，许多教练都对他有着巨大的影响，但影响最大的还要数袁导。刚从运动队下来，陈导就直接进了中国女排做陪打，从1979年到1984年跟了袁导五年的时间。这期间，他感触颇深，从袁导身上得到很多启发也学到很多东西，比如既能管理严格，又能和队员相处融洽，还有最触动他的是袁导在带训练时眼睛特别有神，威严的眼神仿佛有一股与生俱来的震慑力。

“您觉得自己继承了袁导这种威严的力量吗？”

“我觉得还可以吧，张平说这两年才渐渐不‘怕’我了，包括大梅也是这样。”陈导抿了口茶，盯着我笑眯眯的眼睛，好似在问：你呢？

我笑而不语。说来奇怪，面对陈导我只有一份敬重，却从未有过害怕的感觉，或许是跟我那个当过教练的老爸有关。我老爸总不忘叮嘱我：教练狠练你不是跟你有仇，而是因为看你有希望才会无情地狠练，你要能理解教练的这份苦心。所以，纵使练得再苦再累，我也能很快地跳脱出埋怨的情绪，平衡自己的心境。

沟通是门艺术，也是通向理解的重要桥梁。陈导自认自己做思想工作的能力还是不错的，虽说不上有多么细致，但也能观察到一二，有时候还组织一些娱乐活动，或者促膝长谈去化解队伍中的各种矛盾。他也秉承袁导的“问题不过夜”的原则，有什么情况一定立刻谈心解决，所以效果还不错，很多人都是哭着过来笑着出去。

“我怎么记得我是哭着过来，又哭着出去的？而且走的时候比来时哭得更凶呢。”我小声嘟囔了一句。

“你啊，比较特殊，”陈导突然接过话茬，“你真的太倔强了，真的是又倔又拧，不容易沟通，属于思想工作难做的那类。有一次我找你谈话谈了六个小时……”

“您还记得啊，”我不好意思地摸摸鼻子，“问题是，六个小时最后也没谈出个所以然来。”

具体因为什么事谈了六个小时，陈导已经不记得了。其实，那是发生在我疲劳性骨折后康复阶段的事。某位领导来看我恢复的情况，说了句：“你要更加努力训练赶上奥运会。”我一听，立马回了句：“不是奥运会在那儿要我拖着伤腿去打，而应该是我伤好了能打奥运会。”谁知领导跟陈导提及此事，陈导便找我谈话，从晚上八点聊到了凌晨两点多。我呢，一直哭个不停。我搞不懂，由于伤病我的身心受创，为什么领导的眼里只有进度表，却吝啬给予我真诚的关怀？反而还觉得我的话伤了他的心？为什么我已经非常努力了，对方却好像看不到？明明最需要安慰的人是我，反过来却要我去鼓励安慰别人？如果我的一句“豪言壮志”能给对方很大的力量，那为什么不能给我哪怕是最微小的人性上的一丝温暖？

我的内心，真的有太多太多的为什么……

平时，我是一个听话、不会随便顶撞领导的人。那时那刻，我的不服气、我的执拗无非也只是想要争个理罢了。

当然，最后还是我服了“软”，给领导发去了道歉短信。现在回想起来，沟通是需要双方共同努力的，领导想要我给他信心，我同样也需要他给我信心，可惜当时谁都没有先迈出这一步。

陈导评价我是一个不懂得圆滑的人，连装装样子说点好听的话都不会。我则回应道:“不是我不懂圆滑，而是不想圆滑，因为选择圆滑，坦诚和真实就要为其让步，这不是我喜欢的相处方式。天秤座是天生的社交高手，骨子里都带着圆滑和八面玲珑的基因，可如果有一天我选择用圆滑来面对您，就算我待在您身边，您也等于失去我这个弟子了，不是吗？”

听罢，陈导点点头，接着又闷声摇摇头。我猛然想起2004年那次长谈时，陈导曾对我说:“我特别理解你，也很了解你。”而我要强地别开脸，淡淡地说:“您根本就不了解我。”其实，要做到真正了解一个人真的没那么容易，有时候连最亲的家人都未必能做到。

这段回忆把我们带到了一个伤感的话题上。在我眼里，陈导是一位既理性又感性的人。当我们聊到2002年世锦赛“让球风波”时，他用了“不堪回首”这四个字来形容。

那时候我们本该摆低位置全力冲击对手，却在躲躲闪闪地选择对手后变得缩手缩脚输不起了。其实，想赢不是错，那是人性的一种本能，毕竟没人喜欢输球。陈导后来还被评为“体坛十大悲情人物”之一，可就是这样一个富有悲情色彩的人物，在面对任何一次失利或者多么艰难的时刻都没有落过一滴泪。他会在夜深人静时独自月下惆怅，会在品味清新的茶香时陷入沉思，会选择吸烟来排忧并对着吐出的袅袅烟雾感慨万千……而唯独，他不会选择用落泪的方式来排解心中的压力和苦闷。

对陈导来说，男儿有泪不轻弹。泪，是懦弱的象征。

赵蕊蕊和陈忠和教练，摄于2002年釜山亚运会开幕式

然而，面对我的受伤，成为主教练后的陈导，竟第一次落泪了。我未看见他为我落下的第一滴泪，但我记得我刚手术完不久，他坐在我隔壁病床边掩面哭泣的样子。他佝偻着背，颓废而消沉。在他颤抖变调的哭腔中，一滴泪悄然滑落在他的衣襟前，像极了冬日里傲于天际最后却融于水面的冰凌霜花，轻柔而滚烫，凛冽又炽热。那是在懊悔中无法抽离的深深煎熬，是被自责困缚住的戚戚悲痛。

“这都是命啊，是你的命，也是，我的命……”陈导仰起头，轻叹一声，眼中仿若蒙上了一层朦胧的色彩。我想起我受伤后，妈妈曾不止一次哀叹，希望能把她的膝盖换给我，希望我身上所有的痛苦都由她承受，而陈导眼中闪现的光芒，和我妈妈看我的眼神一模一样。

何谓命运？

这是个值得思考的问题。是在无可奈何后的低头？是在无计可施后的放弃？是在心灰意冷后的妥协？或者，是在努力挣扎后的放任？我搞不懂，不过我向来很佩服敢于向命运挑战的人。我欣赏那种勇气，就像我欣赏电影《哪吒之魔童降世》中那句“我命由我不由天”的台词一样，可有时候命运真的如同孙悟空翻不出佛祖的五指山，是任由你使出浑身解数也越不过的一道隐形的墙。

我命中的这个劫就是如此，本可避免却最终避无可避。我本该怨恨那个不负责任的队医，亦有资格怨恨要求我们意志品质过硬的陈导，可奇妙的是，我竟从未怨恨陈导练伤我。我也是个平常人，有任何负面情绪和想法在所难免，然而我真的无法怨恨一个为我数度落泪的人，而他的心痛和内疚又何尝会比我的痛苦少半分呢？

如果说，我是陈导命运中缘分比较特别的队员，那王一梅就是陈导最为牵挂的队员了。一提起大梅，陈导眼中闪现出自豪和惋惜的复杂神色。

大梅势大力沉的暴力扣杀，令人印象深刻，过目不忘。很多老球迷一提起她的扣杀，那绝对是赞不绝口，欣赏有加。不过陈导却说，当初很多人评价大梅练不出来，让他不要在大梅身上再浪费时间。但陈导觉得她有希望有潜力，所以排除万难一直不放弃培养大梅，看着她不断地进步和成长，陈导打从心底里感到开心。可惜的是，大梅的运动生涯也充满了诸多波折。陈导数次用“可惜”这个词表达心情，对他来说，大梅是个优秀的排球选手，却没有一块世界大赛的金牌加冕于身，这或许是陈导用摇头扼腕亦无法释怀的一份遗憾。大梅的体重也一直是令陈导头疼的问题，为了保障她营养足够又不会增加体重，陈导可谓是费尽了心思，恐怕陈导连儿子陈翔喜欢吃什么都一概不知，却对大梅胃口的喜好了如指掌。

2008年北京奥运会，大梅已经成长起来，挑起了中国女排主要得分手的重担，只是那时老队员的伤病集中爆发，再加上本土作战思想包袱过重，严重影响了队伍的整体发挥。相比2004年雅典奥运会无所畏惧的全力冲击，2008年北京奥运会的守护桂冠就显得举步维艰。

陈导直言，真的非要把这两届奥运会放在一起比较的话，北京奥运会在他心中的分量会更重一些。他曾问过队员：“死人和活人有什么区别？”队员们不明就里，生怕回答了什么奇怪的答案，纷纷不敢吱声。陈导自问自答：“差的就是一口气啊！”接着，他又问道：“人生什么最重要？”队员这一次好像抓住了要领，一个接一个回答，有说生命最重要，有说事业最重要，也有说健康最重要，陈导点评:“你们的答案都正确,但在特定环境的当下,奥运会最为重要!因为经过百年奥运会才在中国举行,而我们却未必有福气能活过百岁,所以从这个角度来看,某种意义上奥运会就是最重要的!”

思想重视是好事,可过分重视也可能收获适得其反的效果。陈导形容自己当时太想拿这个冠军了,太想在自己的祖国取得好成绩,所以,心态上起了变化,变得容易着急,在组织、暂停和换人上处理不够冷静,特别是在小组赛领先的情况下却先后负于古巴队和美国队,这都令队伍的整体士气受到了影响。其实,不光陈导想拿这个冠军,队员们也非常想拿,加之外界对女排有着很高的期望值,大家在方方面面的考虑不知不觉多了起来,潇洒和忘我不知所终,只有无处释放的压力在深深纠缠。那一年,获得北京奥运会金牌的巴西队全年唯一输的一场球就是在大奖赛负于了我们,她们对我们是有所顾虑也是有所忌惮的,只可惜我们有机会却没有把握好。

北京奥运会在陈导心中留下的不仅仅是一个遗憾,还是份无法名状的心痛,甚至是有时候突然想起会不寒而栗的耿耿于怀。迄今为止,每当这种情绪疯狂而猛烈地袭来,陈导只能努力调整心情,告诉自己尽量不去多想。

在2008年队伍解散前最后一次队会中,陈导在会上几度哽咽,他还曾因为控制不住情绪夺门而出,在洗手间用冷水洗面冷静心绪后,才再度返回会议室。陈导深知,等到来年再组队时,整个团队就要面临人员调整的情况,这一朝分别,大家必将各奔东西,想再原班人马相聚在一起,真不知会是何年何月何时何地了。我们明明知道流泪无用,也知道应该如“莫自使眼枯,收汝泪纵横”一样,可除了用泪水来宣泄，我们还能用什么来表达即将分别的不舍呢？

带队实在太辛苦了，在国家队这八年时间里，全队真正只放过一天假。在北京奥运会结束后，陈导第一次有了离开的想法。当然辛苦只是其中一个原因，主要还是因为陈导的身体状态并没有健朗到毫无疾症的境况。我知晓陈导的心脏不太好，但直到近日，才知道陈导原来还一直饱受高血压的困扰。

在伦敦奥运周期即将开始前，徐主任曾对陈导表示“希望他继续干下去”的期望，他立刻忘记了自身的困难，坚定地表态：只要信任我，我豁出这条老命，从哪里跌倒定会从哪里站起来。

有成功和失败的经历，令陈导对未来充满了希望和信心。在接下来的述职过程中，他形容自己当时的表现虽欠一些逻辑性，却有着无限的激情。

而在此之后，他迟迟等不来任何消息，就连当时激战正酣的女排联赛的冠亚军决赛也未邀请陈导观赛。他隐隐察觉到什么，但一直用良好的心态劝慰自己“中心另有考虑实属正常”。他唯一的小小情绪，仅仅是觉得，如果在宣布主教练人选之前，没有人告知他并找他谈话的话，他会认为合作信任多年的排管中心有点儿不太够意思。

即使总成绩不俗，并有几冠加身，他依然没等到他期待中的暖心的谈话和通知。排管中心直接宣布了2009年中国女排主教练的人选。名单公布没多久，数名队员还有几位一起工作生活多年的队中工作人员，纷纷给陈导打去了电话，大家无一例外都在电话那头哭了起来，每一个人都为陈导感到不公平。我也是其中一员。

“在我赢球的时候，希望人们不要把我捧上天，在我输球的时候，也不要把我说得一无是处。"这是陈导在2003年世界杯夺冠后说的一番话。然而，世事就是如此难料，你诚心所愿，他人却未必愿意随之。

我们当时打电话本想安慰陈导，没承想最后变成了陈导反过来安慰我们。"没关系，挺好的，既然选择别人我也没什么怨言，我终于可以好好休息一下了……"我永远记得电话的另一头，在听起来仿佛带着春风微笑般的语气背后，那透着微微颤音的不甘是多么令人心痛。

陈导不善表达，也不喜表达，处处选择用坚韧的态度处事。他为人和善，乐于助人却又不懂审时度势婉拒他人，这是他的优点或者也能算是他的缺点，因为心软的人总是不忍做出拒绝的姿态。看着他的眼角慢慢爬上了皱纹，红润的面色藏不住历经的沧桑，眼神里满是揉进的悲喜和无尽的苍凉，我心中感慨良深：这是一个将一生都献给排球的人，他一生深爱着排球，即便他的人生被悲情的色彩苦苦眷恋不放，他也未曾忘记用真诚的心去深爱的那种感觉，并用那不为人知的方式默默守候着毕生挚爱。

受排球迷父亲的影响，陈导从小就酷爱排球。虽然生性活泼，调皮好动，却从在航管局当船员、轮机长的父亲那里，秉承了对待生活乐观努力的态度，从母亲那里继承了勤劳善良、吃苦耐劳、克己待人的朴素品格。

他是家中最小的儿子，他的母亲将他的小名取为"忠仔"。闽南一带老百姓相信忠义是为人之本，和平是立身之基，凡是被公认为忠义耿直之人，朋友就多；被认同为和平善良之人，朋友就长久。"忠仔"也从未忘记长辈赋予他名字"忠和"二字的含义，做一个忠诚敬业、平和待人的人。

微笑是陈导的标签，也是他最大的魅力所在，赢的时候他笑得自信，输的时候他笑得从容，被诋毁时他笑得坦荡，被忘却时他笑得傲然。

哥哥以及前妻分别两次的车祸意外身亡、父亲突发重病去世、母亲急症引发的瘫痪……这些巨大的悲痛，仿佛都无情地集中在了他一人身上。究竟有多苦多难？旁人无法知晓，其中的痛苦或许也只有他自己才能体会。而他从不曾抱怨什么，也从未向现实低下头颅，依然用坚毅的笑容越过了每一道坎儿，就算眼中噙满泪水，他也没忘记微笑的力量。

除了笑容，陈导的人品也值得欣赏，我曾用“始于球技，忠于人品”来形容他。对于物质他看得很淡，但凡有些好的东西他第一个想到的都是留给自己的队员们。记得在国家队时，队中一位陪打教练告诉我一件鲜为人知的事：陈导知道陪打教练既辛苦钱又少，于是偷偷用自己的奖金补贴队里的陪打教练们。做了好事他还不愿留名，直到今时今日也未曾听他提过只言片语。他总是选择用这样低调的、无私的方式默默付出，任由他人评价指责，依然无意去辩解。

他不是完人，却常常被同样不是完人的我们苛责要求。我们好像都忘记了自己也并非完人，又有何资格要求他人成为完人？

此时，我想起一部电视剧中的一段台词：管他诽我谤我，问心无愧而已。

是啊，问心无愧心安宁，无怨无悔此生行。

愿善良的陈导，余生都能被时光善待及厚爱。

是责任，也是本分

——孙玥

一切都过去了

不管遗憾也好　本分也罢

因为排球的缘分

把我和一些人　一些事

联系在了一起

我　无悔无怨

这一生

我　值了

——孙玥

比赛中的孙玥，摄于1995年（供图/谭美兴）

“回想以前在运动队的日子，真的很苦很累，特别是在国家队累得不成人形时，常常想，早就不想待在这里了，什么时候可以离开呀？但，真到了离开的那一天……”她垂下眼睑，似是要隐藏那起了波澜的情绪，而顿了顿，当她再次抬眼时，她的眼中浮现出一种看破一切的平静，泪水浸润其中，渲染出一层朦胧的光泽。“留在国家队中的行李很多，都要用火车运回老家，当时队员没剩几个，整个楼道里空荡荡的。我喜欢安静，可在那一刻我却对那种安静感到不安和恐惧，还有一种说不出的伤感。我坐在会议室里，回想自己走过的一路，仿佛放电影般，一幕幕、一幕幕地在眼前掠过……”

我还是一名小队员时，许多老队员都对我说过类似的话，表达的方式虽有不同，意思却都是一样的。有人把不舍宣泄在泪水里，有人让感慨融入于叹息中，有人将叮嘱和寄托化作轻音留在你的耳边，扎根心间……当时我还年轻，不能完全理解这种心情，然而十多年后，岁月已让我成了新的一批继承这种心情的“老人”。

人们总说“恐惧来自未知”，可有的时候，未知未尝不是一种幸福。年轻时，我们的“未知”里没有“退役”这个词汇，或者说没有这个概念，所以不会为此感到恐惧。而随着时间的推移，退役成了倒计时中的必选项目，那种掰着手指头倒数的“恐惧”，是只有走过这条路的人才能领会的。

就如她所说，当2000年悉尼奥运会最后一场与韩国队争夺第五名的比赛结束后，常规的礼仪性握手让两队多年的老对手们感慨万千。她们会心一笑，拥抱变得像是一种道别，因为大家都明白：今日再见，以后不会再见。随后，她和几名队友举着国旗绕着球场跑了一圈，她们跑得很慢，彼此无言，其他人在想什么她不知道，但她深知，这应该是自己最后一次代表中国女排参加比赛了……她挥舞着五星红旗，看看自己这身赛服，把泪默默地流进了心里。

那一年，她二十七岁。

回忆的思绪如同漫天散落的柳絮般缠绕上来，她终于忍不住泪如雨下，就好像要把她在中国女排谢幕战后未流的泪，在此刻流个痛快。我和她相处有差不多两年的时间，这是我第一次见她落泪。我举起茶杯，以茶代酒向她表示敬意，而后我俩又像是在祭奠回不去的光景，将茶一饮而尽。

她，就是带过我打球的前辈，我的南京老乡，人称“小老虎”的孙玥。

和许多在排球家庭里成长的孩子一样，孙玥姐对排球最初的记忆同样和球车有关。她的爸爸曾是江苏女排的教练，只要带着她去球场，定会把小小的她放进球车里。球车成了她的宝地，也把她和排球联系在了一起。八岁时她去了南京市体校，结果去了两次她就和妈妈提出不想再去练球了，因为枯燥，排球打到身上又有点疼，再加上水泥地和简陋的环境，这些都让在酷热夏季里训练的她，对排球失了兴趣。于是，曾经从田径项目转练排球的孙妈妈便决定把她送去练跳高。在孙妈妈心中，一定觉得排球才是女儿的最终归属，所以选择了和跳跃有关的田径项目。两年的跳高训练，小孙玥的各方面能力都长进不少，可她由于胆小不敢尝试背越式动作，孙妈妈便借此机会劝说女儿再打排球。这一次有四个年龄相仿的小伙伴结伴练球，她也不再感到枯燥和苦累了。

训练安排为一周三次，主要以对墙传、垫这些基本功训练为主。二百次一组、共要完成十组的训练内容，常练得她们眼干手麻。虽然单调枯燥，却为她们积累下过硬的球感。每次练完一组练习，这帮小萝卜头们就会坐在地板上看着高组别的大姐姐们打对抗。看着她们羡慕的神色，教练在一旁鼓励："等你们把基本功练好，一年后也能像大姐姐们一样。"带着这份期待的心情，她练得分外刻苦。很快，到了要练习倒地滚翻的时期，教练拉着她的手，让她做跨步，然后教练往后一拽，第一次与地板亲密接触就这样完成了。练倒地她没觉得疼，不过脏兮兮的地板让她记忆尤深。那个年代条件有限，连块像样的垫子也没有，喝的都是自来水，练完也没有地方洗澡。她记得每次坐公交车回家都是一身臭汗、灰头垢面的，车上的乘客纷纷对她们避而远之。

那时候练球她是抱着一种玩的心态，让她练下去的唯一动力，不是什么光宗耀祖、为国争光、证明自己，仅仅是训练间隙免费提供的一根小小的冰棍。大铁盆子端过来，一人一根，人少时有机会可以分到两根。讲到这里，孙玥姐耸了耸肩，脸上洋溢起孩童般的笑容，好似此刻，在她的面前正摆着那个盛满她记忆的装冰棍的大盆。一层柔光在她的眼中一闪而过，那是她对年少时期单纯懵懂的怀念。

大概六年级时她进了江苏省体校，同龄人里大把将近一米八的大个子，当时只有一米六四的她就好像是被丢进鹤群里的丑小鸭。比起身高的压力，让她觉得浑身不自在的是教练给她扣了一个“走后门进队”的帽子，为此她总是偷偷溜回家，还被孙妈妈赶回去两次。虽然队里照顾她想家的心情，特许她每周可以在家多住一晚，她还是回家一次就哭一次。她没告诉妈妈实情，只说想回学校读书。孙妈妈被女儿哭得没了辙，最终还是把她接回了学校。本以为日子会在边学习边在学校打球中平静地度过，身高猛蹿却打破了原有的一切。她突然意识到“鹤立鸡群”的自己和别人不太一样，也第一次问自己：是不是应该再回去打球？

决定回去打球，不光是因为身高，还有一层原因是：孙妈妈一个人的工资要养两个孩子，实在辛苦，去运动队的话就能领工资，不但有机会往更高水平发展，也能分担妈妈的压力。这一次刚进队没几天，她就赶上青训队去漳州冬训，恋家的她因为舍不得妈妈经常哭鼻子，好在队中有南京籍的大姐姐给予关照，她也就很快适应了。

1987年全运会，江苏女排罕有地未获得出线资格，队伍立刻进行了大调整，将二队所有的队员全部调入一队。经过一个冬训的考核，当时在二队还没打上主力的孙玥和几名年轻队员被退回了二队。面对这个结果，她很坦然接受，能力不够被退回去是必然的事情。一年多后，在全国锦标赛前的一段时间，一队又将她调了上去，然而这一次也好景不长，没多久她再一次被退回二队。相比第一次被退回，这一次的打击要大许多，她的信心受到动摇，一度怀疑自己不是打球的料，孙妈妈也为女儿的二进二出感到担忧。就在她们母女俩犹豫着是否要放弃排球时，江苏女排在全国锦标赛上只获得第十四名的成绩，队伍又面临一次巨大的人员调整。新上任的王建华教练不但重新调回孙玥，而且重点培养她打主力。为了不辜负教练的期望，也为了证明自己，她付出了超常的努力。

“那时候教练让你二进二出，你有没有怨恨过他？”我好奇地问。

“没有，终归自己当时的水平就摆在那里，但多少有些不服气的，我并不觉得自己真就那么差。”说着，孙玥姐微蹙了一下眉头。我不知道在她那略显严肃的凝神背后，究竟还深埋着多少不愿回首的不堪和隐忍。其实，有的时候我们差的不光是自己有待提高的水平，更是他人怎样区别看待你的眼光。

南京的夏天酷热难耐，每日三练总是让人体力透支，连吃饭都变成了一份苦差，又热又累让她在大运动量训练之后完全没有食欲，只能靠喝点酸奶应付了事。用孙玥姐的话形容，“在食堂一周的饭量都没有周六回家一天多”。当时她的身高已达到一米八四，却只有一百二十斤，实在是瘦得可怜。加之年轻队员每堂课后加练各种扣球和防守已是常态，有时累到回去宿舍，她只想瘫在那里，也管不了一身臭汗，因为她连脱护膝的力气都耗尽了。到了晚上，为了能安睡，她和室友将凉席置于吊扇下方，席地而睡，只要热了就从头顶淋一盆凉水，再擦大量的花露水降温，半夜如果被热醒，接着再去淋一盆凉水……

孙玥姐说那时候练得非常苦，但她的进步飞速，而那段时期，应该也算是江苏女排最低谷的阶段了。从低谷往上爬的过程对她来说真的很煎熬。她记得1989年在漳州冬训，大年三十那天因为练得不好，全队加练防守，要求三米线内救起一球后立刻回身接教练扔到后场的球，救起两个好球才算一组，共要完成十组，如果其中有一球没碰到还要倒扣一组。八一女排那天刚刚抵达漳州，上午十点多来场地练了点轻松的内容，十二点左右就结束训练了，而等到她们下午两点多再走进球场时，江苏女排上午的课业还没有结束呢。

等江苏女排结束当天的训练，回到房间开队会时，几名年轻队员忍不住伤心地抱在一起号啕痛哭，因为那天可是大年三十，而且她们刚刚参加完青年队的高强度集训，紧跟着又加入到成年队的冬训中，强度和密度都让她们的身体吃不消。说起这段往事，孙玥姐摇头笑了笑，那神情不知是对当时那种心酸的无奈，还是对自己恋家号哭的不解。但我知道，这第一次在外过春节的经历将是她毕生难忘的。当然，毕生难忘的还有当晚在楼顶放烟花的记忆，因为在夜空下闪耀的美丽烟花，也是在她心中长明不灭的希望火花。

孙玥姐之后的运动生涯，倒也算走得顺风顺水。很快，她就被专门考察甲A2组比赛的教练看中，推荐给了时任国家队主教练胡进。当时，国家队的几名主攻手伤病较多，面对转年就要举行的巴塞罗那奥运会，队伍不能没人训练。于是，在"补充年轻队员、提高训练氛围"的宗旨下，她接到了进国家队的调令。看到调令，她心中充满了疑惑，不明白为什么会选自己，而她的第二反应更加直接——我不想去！曾经，她看着身披国家队战袍驰骋于赛场的前辈们，总是心生羡慕，幻想着有朝一日也能如前辈们一样。可她是个有自知之明的人，她知道自己的实力和能力还不够火候，第二年的奥运会跟自己肯定没有关系，与其有个美其名曰的好听的头衔，还不如等有了实力后再去。

省队的教练知道了她的想法，着急地直劝她："玥啊，你太傻了，那么多人想去去不了，你却不去，你要明白，去了才能知道自己有没有机会，万一你能去奥运会呢？可你不去肯定没这个机会。"教练的话对她显然是有触动的，不过孙玥姐坦言，她不想去还有一部分缘由是——恋家。在和她的交谈中，她多次提到"恋家"这个词。对于许多孩子来说，恋家是非常正常的一种情绪，但对于六岁便失去父亲的她来说，"恋"是一种微妙的维系——在这个家里不但能得到亲人的陪伴，更能在这里找寻到父亲的影子。父亲是她心中的一束光，能替她驱散心中的阴霾与不安。

出发去国家队的前夕，她的好朋友专门跑去运动队帮她打包好被褥等行囊为她送行，坐在回家的公交车上，她却是一路哭个不停。孙妈妈得知女儿入选国家队的消息，可谓是喜上眉梢，却并不直言表明，只是用满桌子的美味佳肴犒劳女儿。看着平日里最爱吃的菜肴，她杂乱的心绪也稍微平复了一些，可接下来，当她踏上北上的绿皮火车时，母女俩依依不舍地抱在一起，两人都哭得肝肠寸断。

经过一夜的颠簸，到达北京时已临近午餐时间，来接站的是老女排队员陈招娣，她接上孙玥和同一天报到的李勇指导直奔训练局食堂而去。那时候队员都要自备餐具并自行清洗，陈局一见孙玥拿出的碗筷太过秀气，马上提出要求，"孙玥啊，你这样不行的，这碗太小了，要买个大点的才可以”。对于陈局的这句嘱咐，孙玥姐表示记忆深刻，她知道陈局怕她吃得少，没体力扛住国家队的大运动量训练。

同样记忆深刻的还有当天下午她参与的第一堂国家队训练课的情景。中国女排下午的训练内容安排的多是轻技术和力量训练，由于紧张，简单的接一传她愣是完成不了，连续换了几个教练发球她都完不成，其他的队员都练力量去了，只有她一个人还在接发球，她是越着急越紧张，最后是教练放了水她才勉强过关。

孙玥姐是个很能吃苦的人，在胡导那里也得到了“她很能吃苦也很争气”的评价。如果你说她运气好，我不否认，毕竟年纪轻轻就进了国家队还立刻跟队去了奥运会，这种机会可不是人人都能有的。可没有努力付出来做支撑，好运也会变得不堪一击。

当年，老队员许新手术后恢复的情况不太好，称霸排坛的古巴女排又强大到根本撼动不了，于是邀请赛上就培养新人，给了孙玥以赛代练的机会。令人意外的是，她在和古巴队的比赛中表现得可圈可点，效果尤佳。虽然那时候她的状态起伏性还较大，也有因状态不好灰心失意过，不过最后，还是顺利地搭上了前往巴塞罗那奥运会的末班车。而带上她的唯一目的，就是希望她在对阵古巴队时能起到奇兵的作用。

奥运出征前，南京体育学院的一位领导前来祝贺，直夸她好福气。在大家心中，中国女排不是拿第一就是得第二的成绩，至少拿个牌是没问题的。然而结果却令所有人大跌眼镜。没人接受得了奥运会第七名这个成绩，队员们更是接受不了，特别是那些即将离开国家队的老队员们。队伍出发前，就订好了奥运会最后一天的返程机票，没人考虑到根据比赛实际情况再订机票，因为大家都认为打进决赛是铁板钉钉的事。改签机票也没想象中那么容易，最后整个队伍只能无所事事地耗在奥运村里度日如年。每天到了吃饭的时间，老队员们从不踏足餐厅，而是由孙玥这些小队员带回水果和简餐果腹，一方面她们没心情饮食，另一方面也是怕撞见其他运动员。

离开奥运村前的那个晚上，队里的老队员苏惠娟和李国君把孙玥和王怡叫了过去，语重心长地叮嘱："你们要加油啊，你们还有机会，我们，已经没有了……"说到这里，孙玥姐的脸上挂上了一抹浓浓的哀色，那是一种想要改变，却又无法改变的无奈。她感受到老队员们被深深的遗憾包围，而她则是被沉重的无力感所包围。

"挺残酷的，真的挺残酷的，一切，都是为了成绩……"她原本就略带沙哑的声音，此刻变得更加低哑，眼中饱含着将落未落的泪珠。

1992年奥运会结束后，来自八一队的栗晓峰教练接替胡进教练成为新一届中国女排主教练。队伍平稳过渡一年后，在1994年的亚运会上先是丢掉了亚洲霸主的宝座，并在之后进行的世锦赛上仅获得第八名。队员的情绪一下子掉进了低谷，队伍的整个气氛也突然微妙起来。老女排队员张蓉芳找到孙玥等几名队员谈心，想了解掌握问题的根结所在，队员们回答："练得多苦都不怕，但如果队伍继续保持这样的氛围下去，我们宁可不来国家队，因为，看不到希望……"

那一年，孙玥二十一岁。差不多到了"八年成器"的时候，血泪和汗水早就揉进了苦累中习以为常，排球对她而言早就如呼吸般自然而然又不可或缺，可希望被剥夺的话，即便她和她们再不甘心又能怎样？这世上，没有什么比让人徒劳地追逐梦想更残酷的事情了。

很快，郎平教练执教中国女排的消息，如一缕春风吹散了压抑在队员们心中的阴郁。当时，各省队正在柳州集训，郎导带着她的教练团队观看所有队伍的训练后，确定了国家队的大名单。孙玥姐说，郎导来看训练时，她是又紧张又兴奋，虽然感觉自己可以入选，可名单没下来前心里依然没底儿，所以就拼命地想好好表现。

国家队集训的第一天，郎导对大家说："技术不重要，问题是我们现在看不到女排团结拼搏的精神，这个是最难的。中国女排一路传承下来的优良品质都不见了，我们此刻最要紧的就是抓作风。"

作风体现在方方面面，意志品质就是其中一项。魔鬼式的单兵防守是女排队伍里令人闻之色变的传统项目，然而和单兵防守比起来，孙玥姐说她们主攻宁愿练单兵防守也不愿意练单兵扣球，每当要抓练防守的"幸运儿"时，她就在心里祷告：叫我吧，叫我吧。因为不练防守就必定被抓去练单兵扣球。

孙玥姐恐惧单兵扣球不是没有道理。扣球前，她们要先完成一个四号位的撤位防守，起球效果好进攻难度自然就小一些，如果防得不好等于就是在给自己的进攻找麻烦，同时还有点、线、力量的要求，失误的话还要倒扣，扣十个好球才算一组。这可和依靠教练掌握节奏、控制难度的单兵防守不同，单兵扣球时你是没可能像防守那样，假如瘫在地上，教练可以心软送"菜球"放你一马，进攻最后那一下你只能靠自己的力量完成。孙玥姐说，每一次单兵扣球下来，她的嘴唇都是紫的，十秒钟的心跳甚至能达到四十三次左右。就算现在想起这种无氧运动的极限挑战，她都感觉瑟瑟发抖，也想不明白究竟是怎样的动力让自己一路坚持了下来。

当我问她，整个运动生涯中有没有比较难忘的比赛，又有哪些感到遗憾的经历时，孙玥姐不假思索地提到了1998年世锦赛，在日本的鹿儿岛小组赛输给韩国队的比赛。看着平时极少赢过自己的对手在场地里有些夸张的狂欢，对中国女排每一个人来说都是个不小的打击。两队用餐的地方紧挨着，中间仅凭一面屏风隔开，和屏风对面举杯欢庆的韩国队相比，屏风这边的中国队的气氛显得异常低落。不知道是不是故意想气中国队，韩国队庆祝的声音大得特别离谱。孙玥姐说当时她就听着对手的欢呼，拼了命地狂吃。一份用很大的盘子盛的面，平日里这一盘子的量她都嫌多，然而那一顿她将悲痛化为食欲，足足吃了三大盘。

之后队伍要转战去另外一个赛区，乘坐新干线时韩国队又无巧不巧地紧跟在后面，一路叽叽喳喳的，和以往表现出安静气质的韩国队完全不一样。于是，憋着一肚子火的孙玥姐在商店里疯狂买起了小挂饰。

听到这里，我们在座的所有人都被她这个“化悲痛为购买力”的举动惹得笑出了声。这是一个多么可爱，多么真实，又让人忍不住为她心疼的孙玥。其实，那段时间她吃不好，睡不着，煎熬的感觉几乎让她崩溃，虽然郎导一直鼓励大家比赛还未结束，可残酷的现实就摆在眼前，由不得她自欺欺人。所幸的是，后续的赛况出现了转机，中国队抓住机会最终闯进了决赛。

而谈到遗憾的话题时，孙玥姐先是沉默了一阵，待她微微调整了一下情绪，才娓娓道出1996年奥运会最后一场和古巴队比赛的细节。当时，大局1 ：1打平，第三局中国队14 ：11领先，但有两个非常好的反击球没有抓住，一个是传球的人直接将球传到了标志杆外，攻手完全没法打，第二个也是球传得不好，攻手只能处理给对方。那个时候还是发球得分制，如果按现在的每球得分制，那一局比赛早就拿下来了。

“运气就是这么回事，给了你两次机会可你都没抓住，能怨谁？”孙玥姐摊了摊手。想要战胜鼎盛时期的古巴女排必须自己超水平发挥，同时还要赶上对手发挥失常才有机会取胜，可如果大局2 ：1领先的话，想继续卫冕冠军的古巴队必定会背上思想包袱，这对中国队来说是个绝佳的挑战机会。只可惜，比赛场上错过的一切，都没机会重新来过。

比赛一结束，队员们都哭成了泪人。如果一路被对方压着打也就输得心甘情愿、无话可说，然而明明有机会却让机会溜走，有希望又眼睁睁地看着希望化为泡影，一步之遥的距离变成了一道永远跨不过去的鸿沟，这种绝望的感觉简直让人透不过气来。郎导心疼地安慰大家：“孩子们，你们已经很棒了，不要流泪，要笑……”郎导话音未落，队员们却哭得更凶了。

比输球更令大家伤心的，是郎导在1998年底因为身体原因辞去了国家队主教练的职务。队员们都接受不了这个事实，在她们眼里，郎导就是队里的精神支柱。在孙玥姐看来，队伍当年并不具备绝对夺冠的实力，就算郎导继续带队也不一定能拿到冠军，但冲击冠军的心气会旺盛些，而2000年的悉尼奥运会肯定是她自己最后一届的奥运会，不管最后的结果如何，她只希望能尽全力做到最好。

孙玥和家人的全家福（供图/孙玥）

所以当得知郎导辞职，她突然迷茫了，不要说期待冠军了，她连心中期望的“最好”都失去了方向。又一次体会到希望被夺走的感觉，让她第一次产生了放弃的念头，她想出国打球，不过排管中心还指望她效力，最终没有批准她的计划。

她留了下来，成为队中名副其实的最老资格队员，带着新生代的小家伙们开始了新的征程。可没想到的是，在1999年的瑞士女排精英赛上，和古巴队的比赛中，一次意外的撞击，严重撞伤了她的膝盖。后续的恢复并不理想，带伤坚持的结果是另一个膝盖也跟着不行了。看着状态的下滑，她的心再一次产生了动摇。这时，已经成为教练的赖亚文找她谈心：“孙玥，教练知道你的伤病比较重，但你看看这帮小的，你得带着她们啊，当年你是小队员时不也是老队员这么带着一路走过来的吗？”

“是啊，我必须要坚持，那是我的责任啊。”孙玥姐说着，叹了口气。当年，综合队伍的实力和现状，她很清楚地看到，队伍别说夺金牌了，连块奖牌都拿不到的，不跌出第四名都是幸运的了。

“你明明已经预见了糟糕的结局，就因为责任，所以你依然选择坚持？”我歪着头问，脑海中浮现出孙玥姐带着我们打球的画面。

“不，不仅仅是责任，那也是……我的本分。”她的眼中仿佛燃起了悲壮的火焰，庄严而不带有一丝杂质。那一瞬间，我的心像被什么东西刺中了一般，隐隐作痛起来。她这份充满决意却又无奈的心情，是当年作为“小拖油瓶”的我绝对不能领会的。

悉尼奥运会后，她离开了国家队。就像文章开头所描述的那样，深深的不舍与不甘一直裹挟着她，好在球场里还有她追逐排球的身影，在她内心久久不能平息的焦灼也慢慢归于了平静。直到2005年全运会后，那种不舍与不甘的感觉再次涌现。这一次来得更加猛烈，因为她知道，自己到了要和排球说再见的时刻。

全运会第四名的成绩，让她无缘站上领奖台。那级最矮的台阶成了她竭尽全力却又望尘莫及的高度，不管她多么渴望用一块奖牌慰藉自己的退役，她也只能无奈地站在地板上仰望着五星红旗的升起。

第一次，她感受到来自地板的寒度，那种冰冷的感觉透过脚底袭入心扉。很冷……很冷……

“真的要说再见了……”孙玥姐仰起头，望着屋顶的某一点，我随着她的视线望去，似乎看到了当年那面高悬于场馆中央的五星红旗。缓缓地，她的眼中升起了一层雾，渐渐凝结成泪珠滑落，最后她竟哽咽哭泣起来，随着她的泪，我们仿佛走进了她心中那座伤心之城。

差一点，总是差那么一点点……

一代排球巨星的运动生涯，就在这总是差一点点的遗憾中，画上了句号。

那一年，她三十二岁。

如果你问她，从什么时候爱上排球的？估计她自己也说不清楚，可能就从尝了那一根被盛在大铁盆里与排球有缘的冰棍开始的吧。只不过她的爱，又总是被或许是命中注定的遗憾，纠缠不放。

此时，我想起了李元胜的《微粒之心》——

一粒朝露，有没有泥土的咸？
一缕轻烟，有没有大地的重？
一首短诗，有没有心的不甘？

早已顺从尘埃般的生存
像扬起的微粒，满载自己的宿命
万物循环，我们知道结局，却又永不心甘……

跟孙玥姐相识这么多年，我还是第一次与她这般聊天倾诉。她年长我八岁，我们之间终究是有年龄上的代沟的。同在国家队时，我们的交谈也仅限于和排球有关的话题，她给我的感觉一直是比较严肃的，甚至给人一种不太容易亲近的感觉。然则，今时此刻，我很幸运地感受到她的另一面。

其实，她小的时候就是个爱哭的小鬼，为了等妈妈打来的电话，可以像一座石像般，一动不动地守在电话的旁边。她说自己胆子小，但我发现她又很喜欢看恐怖片，当年我们两个抱着玩具公仔一起追过《鬼娃花子》，还有她和几位队友躲在漆黑的会议室看《午夜凶铃》，结果被房间里突然而至的电话铃声惊吓到尖叫不断……这都让我觉得她所谓的“胆小”要画上一个问号。她一直有晕机的情况，也不喜吃生冷与带有酱汁的西餐，在“挑食”这方面说不定我俩能一较高下，不过我从未见她因为旅程不适或者餐饮不惯而落下过一堂训练课。她外表高冷，内心却热情洋溢，像一株绽放于茫茫风雪中的傲梅，为白雪盛开又不顺从于寒冬，只为自己独一无二的生命怒放。

而孙玥姐口中的“本分”，让我想起带我打过球的八一队前辈吴咏梅。我们小队员都叫她吴子姐，她也曾是我心中学习和赶超的目标。吴子姐的脾气特好，和她打球几乎没有压力，只要你努力了，打得再差，她最多着急得直跺脚，也不会埋怨你一句。可如果你懒散松懈，态度不正，性格温和的她亦有同你生气脸红的时候。在她眼里，你可以做得不好，但不能不努力。现在回想起来，这也许就是她心中坚守的本分。她用自己特有的人格魅力教导我，并展现出老队员应有的姿态和风范究竟应该是怎样的。

赵蕊蕊和吴咏梅，摄于2003年世界杯颁奖礼后

我们都在慢慢地老去，时光将我们的经历做成一张张剪影，刻录在时空走廊上，留在这里的是我们青春的记忆，还有经由我们每一代排球人传承下去的女排精神。在这个传承中，与能力的高低之分、成绩的金银之别无关，每一个人、每一代人都是不可或缺的。

正如那句“只有经过人生的荒凉，才能抵达内心的繁华”，对排球人而言，正因对排球真诚的热爱和义无反顾的付出，才有了内心世界的一片繁华。

借此文，向所有与冠军失之交臂的排球人表达一份敬意，你们同样都是最优秀的。同时也要对曾带过我的前辈们道一声感谢，谢谢你们带着我，一起经历了那段意义非凡的岁月。

经历生死的修行

——汤淼

经历了生死
经历了炼狱
才拥有此刻的平静

也曾流下绝望的泪滴
也曾愤恨地抱怨不幸
看似简单的平静
承受了多少痛苦的洗礼

这便是我人生的修行
这就是我难念却一直念的经

——汤森

球场上的汤森(摄影/中国体育图片 刘亚茹)

我十指灵活而飞速地敲击着电脑键盘，不出两分钟，汤淼富有深意的诗句就呈现在了电脑屏幕上。我头脑中有许多的内容，迫不及待地想通过手指将它们展现成文字表达出来，可是，我脑海里猛然闪现出汤淼用他那仅能握拳的握笔方式，手握一根木棒，重复着如同捣蒜一般的动作，慢慢地、慢慢地……他吃力地敲击着键盘上的字母，动作迟缓却目光如炬。

这个画面在我的脑中盘旋，久久不散。要打出一个字，他要花费比我们普通人多几倍甚至几十倍的时间与精力。对我们来说轻而易举的事情，于他而言却是一项巨大的工程。

看着屏幕上他写下的诗句，我正敲打键盘的手陡然悬在了半空——那可是他经过反复推敲，用不幸熬炼出来的心血！每一个文字里都满含着他的故事、他的思绪，以及他想诉说的每一种细腻又复杂的心情。

纷乱的心绪在我的胸中翻腾，最终化作泪水夺眶而出，落在我微颤的手背上。就像是嘲笑寂静时光的流逝与黑夜暗涌的沉默的“疯狂暴君”，缠绕上来的记忆瞬间就占据了过去所有的空白，岁月仿佛也渐渐变得稀薄起来，如梦似幻。

如果，一切都只是一个梦，痛一痛就醒了，该有多好……

我无数次这样幻想过。我想，汤淼定也如此。

在2007年6月中旬的某一天，我们结束了上午日常的训练任务，乘坐训练总局的班车回到了运动员餐厅。临下车前，被我们亲昵地称为“大炮”的周苏红接到了一个电话。本以为是一个平常无奇的来电，不曾想，听着听着，大炮轻松愉快的神情瞬间阴沉下来。她强忍着泪挂断了电话，紧咬着牙关，勉强将猝不及防猛然袭来的苦涩嚼碎吞下。但一滴不小心滑落的泪，打破了她努力维系着的某种平衡。她在车里涕泪如雨，最后，竟哭出声来。

我们在场的其他人，都被大炮的反应吓到了。大家非常担忧，想围过去关心问询，但紧挨大炮而坐的几名队员见状，赶紧挥手示意不便围观，让我们先行离开。带着满腹狐疑，我下了车。这时，我听到身后有人悄声议论:“好像汤淼受伤了！”

汤淼受了什么伤，可以让大炮哭成这样？

我在心中纳闷，接着又给出了自认为合理的解释——汤淼可能膝盖受了比较重的伤，所以参加奥运会的希望变得渺茫了。因为我长期深受腿伤的困扰，很自然地就会往腿伤方面去联想。

午饭后我回到宿舍，同屋室友大炮还没有回来。我在屋里来回踱步，不知道等一下该怎样安慰她，更不知道该如何开口。我担心说出的话万一不合适，会更加刺痛她的心。说真的，我从未对该如何开口说话而感到如此焦虑不安。

不知过了多久，大炮在几名队友的陪伴下回到了房间。她的眼睛哭得通红，我不知道她有没有好好吃午饭。其实，我都不能确定她是否走进了餐厅。

队友将大炮交给我后便离开了。看着她哭肿的双眼，我在心中努力组织好的安慰的话全都哽在了喉间。我只能默默地将她搂进怀里，而她像一只受到惊吓的小鸟，紧缩着肩膀，刚刚止住的泪又再次决堤而出。我的心也跟着痛了起来，一滴泪竟不自觉地落在了她的发丝间。

“别担心，汤淼会好起来的。”我轻轻拍着她的后背，在她耳边低语。只不过事后我回想起当时自己低沉的声音，像是在说一个连自己都骗不了的谎言，充满了无力感。

“汤淼瘫痪了，他……好不了了……”大炮说完，在我怀中传来更猛烈的一阵哭声。她微颤的身体如同想要抖落掉一身雏羽的雏鸟一般，可遗憾的是，她无法抖落掉几乎禁锢她到无法呼吸的绝望。直到此时，我才意识到汤淼的伤情，已经超出了我们想象中能承受的范围。

那段时间，汤淼受伤的话题仿佛成了一种禁忌，当着大炮的面，队中每一个人都非常默契地闭口不谈。私下里，我听大家议论过汤淼受伤的经过：有说他是不小心撞在地上受的伤；有说他在完成背人的热身训练时，被背着他的队友摔到地上而受伤；还有说他在背人热身的项目中，其实是背着队友的一方，因重心不稳摔倒在地导致最后的受伤……

汤淼究竟是怎么受的伤？就像一个未解之谜一样，让每一个关心他、关心这件事的人都疑窦丛生。

但，不知何时起，我们也不再纠结所谓的真相了，因为悲剧已经发生——汤淼受伤了，而且伤得很重。这是一个无法改变的事实。

汤淼回到上海治疗后，为了方便大炮探望和照顾他，国家队做出了相应的调整。如果我没记错的话，队伍批准大炮不用参加周日半天的体能训练。于是每到周六训练结束，大炮就赶飞机回到上海，周日晚上再赶回队里。在不影响比赛的情况下，她风雨无阻地坚守着这个和他相约星期日的约定。

在汤淼受伤的前不久，体操队运动员王燕在比赛中发生意外造成颈椎受伤，新闻媒体和整个社会都高度关注。我们每每看到她一点点的小进步为她感到高兴时，又会暗暗地伤感：汤淼什么时候可以好起来？

可惜，幸运并没有降临在汤淼的身上。

奥运梦，是每一个运动员执着又庄严的梦想。对于汤淼来说，2008年北京奥运会是实现梦想最好的机会。然而，他还没来得及拥吻梦想，甚至还未走近梦想，梦想就碎裂成一地沙砾，随风散去了。

他有多少次在梦中重回熟悉的球场，最后被颈椎骨折的脆响和无法形容的痛楚撕裂美梦？又有多少次看着队友在赛场拼杀，幻想着自己的身影也出现在其中，结果发现苦苦追寻的身影却是属于别人的球衣号码？又或者，他仅仅奢望能再次张开自己那双大手，紧紧抓住心爱的彩色排球，而不是用只能微握成拳的无力的手指，重复着那些看不到希望的康复训练。

看着张不开的手指，他是否会望向窗外，问着苍天：我究竟做错了什么？然后，无助地泪流满面。他是否会不忍直视，镜中那个

比赛得分后振臂庆祝的汤淼(摄影/中国体育图片 刘亚茹)

和记忆里判若两人的自己?也许此时,他连仅有的望一眼的勇气都被梦魇一并吞噬了。又是否,他会在夜深人静时,用他那不太灵活的手掌无数次地拍打毫无知觉的下肢,只是希望将身体中沉睡的那一部分唤醒?毫无意义的动作在只有目光恍惚间扫过双腿时,才证实敲打的确实是自己的身体,是自己身上那无论如何都不愿醒来的地方。

汤淼曾跟我们说过:“只有低头看到自己的双腿,才会意识到,哦,原来我是有腿的。”

痛苦于他而言,不单单是活着的证明,还是醒着的残酷,更是哭着也无力改变的现实。

我不敢去设想这一切,因为相似的痛苦经历让我不寒而栗,可与汤淼相比，我经受的折磨却远不及他承受的万分之一，简直渺小到根本不值一提。

2008年底的一天，陈导带着几名在北京的队员，去探望刚从上海转入北京博爱医院的汤淼。我记得出发前，陈导和大炮都叮嘱我们："见到汤淼绝对不能哭，只可以笑。"大家默默地点头，却不知道有多少的坚强可以用来抵御视觉上的冲击。

入夜后，我们出发了。进入病区意外地发现此刻居然还有记者留守，大家便行色匆匆地快步走入汤淼的病房。知道我们要来，汤淼的家人都非常开心。汤淼躺在靠近窗边的病床上，努力展露出他最灿烂的笑容。大家迅速聚拢到他的病床边。此时，大炮又给我们使了一个"不许哭"的眼色，然后用像哄小孩子般的口吻一边说着"整日躺着又长高几厘米，咱已经够高了，可不能再长个子了"，一边把汤淼的病床微微调高一些。

我们的心中像打翻了五味瓶般复杂，只能说着一些无足轻重的鼓励的话。明知道这些话苍白无力，可除了安慰和鼓励，我们还能说些什么呢？我常常会幻想，如果自己是超级英雄该有多好，那样就可以用拥有的神力救治汤淼。但可惜，超级英雄只存在于科幻世界里。

汤淼那时候还很虚弱，拔掉喉间的呼吸插管后还没有恢复到能说话的程度，所以，他都是安静地听着我们在说，然后用点头、眨眼和最简单的抬臂动作回应我们。平时，我们还会说上几段无关痛痒的玩笑话，但当时却是连说几句俏皮话的心情都没有。就某种角度而言，硬撑着挤出来的笑容，如同戴上了水泥面具般僵硬。即便无可言喻的悲凉席卷全身，我们也不能表露出哪怕一丝一毫的悲伤。

那天还发生了一件出乎意料的小插曲——在我们步入汤淼的病房前，一位坐在轮椅上的叔叔出现在走廊上并一直紧随着陈导。我们心想他是一位喜爱排球的球迷朋友，没有过多在意。等我们走进汤淼的病房，没想到他也跟了进来。对于这位不速之客，我们本想烦请他离开，不曾想他竟死拉着陈导的手不放。当众人都被弄得有些不知所措时，只见这位叔叔突然提高了音量，用激动的口吻大声说："陈导啊，我真的很崇拜您，见到您，我都能……站起来了！"说着，他真拽着陈导的手臂，颤颤巍巍地站了起来，而且还挪动着走了几步。当我们大眼瞪小眼地以为见证了"偶像疗愈法"这一奇迹时，就听汤爸爸在一旁没好气地说："陈导您别听他乱讲，他是汤淼的叔叔，在和您演戏呢。"

这一个小小的玩笑，瞬间冲淡了压在每个人心间的悲伤情绪。虽然笑声里充满了苦涩，可大家依然会坚强地展露笑颜。因为，我们每个人，都看到了彼此眼中隐忍着的微微闪光。

我对这一幕的印象非常深刻，不光是因为当时的影像如同嵌进了我脑海中一样，还有回程时陈导含泪说下的一段话：在这样巨大的悲痛面前，他们一家人还能选择苦中作乐，这种坚强，真的让人佩服，令人感动。

是啊，面对这样的悲剧，他们一家明明可以选择用悲情示人，以卖惨的方式博取人们的同情、理解，甚至是怜悯，可他们没有这样做。就算哭泣到心碎一地，他们依旧选择用笑容向无情的命运发起抗争，他们要向命运证明——事件是悲剧的，但并不代表他们的心向悲剧低下了头。

待那次一别后，我再次见到汤淼是十年后的2017年的夏天了。

得知我们几名女排队员要来拜访，汤爸爸和汤淼都非常开心。汤爸爸早早地准备好了超甜的西瓜和水蜜桃，还一大早亲自去采摘了新鲜的葡萄来款待我们。由于要照顾行动不便的儿子，汤爸爸的脸上堆积出由操劳而形成的纹路，但每当他看着儿子，嘴角又会流露出如阳光般温柔坚强的笑容。

汤淼的样子并没什么太大变化，只是比十年前微胖了一点，皮肤更白皙了一些。他戴着一副无框眼镜，双手交叠于身前，笑眯眯地坐在他特制加长的轮椅上看着我们。他笑得开心时，可爱的双下巴也会来凑个热闹。不知为何，那一瞬间，我竟觉得他的气质像极了《灌篮高手》里的安西教练。坐在他面前，能感受到一种神奇的宁静，虽然我们已有十年未见，彼此间却没有半点陌生感。这或许就是排球人之间的一种默契吧。

汤淼受伤前，我们之间并不熟稔，最多就是点头之交，我和他寥寥无几的对话可能用十根手指头都数得过来。但之后，因为对文学诗词的爱好，对哲学的思考和探究，以及对佛学的兴趣与渴求，随着时间的推移，我们之间建立起了深厚的友谊。我们用“师兄”取代对方的名字，探寻生命的意义和心灵的归宿，是我们之间永恒的话题。

而那次的长谈，似是叙旧，但更像是在填补十年前对于他受伤事件了解中的些许空白——

2007年的6月14日，差不多晚上十点多，上海男排一行抵达了俄罗斯圣彼得堡，随后他们到达酒店。为了适应时差，队伍并未做过多休息调整，就安排队员们换好训练服在酒店楼下进行体能训练。

体能训练中有一项，是背对背的背人训练。这个热身的拉伸项目我们女排也常常练习，可以说是非常入门级的基础训练。可汤淼就是在完成这个平常到不能再平常的训练时，发生了意外。原来，他们在背人的基础上增加了一些环节——被背着的队员要在背着他的队员背上做仰卧起坐——而汤淼就是下面那个背着队员的人。

随着汤淼发生意外，这个背人训练便被永久取缔了。当时我一直搞不明白，这个几乎每个运动员从小练到大的项目怎么就能造成这么大的伤害？这个疑惑一直困扰着我，直至汤淼说出了详情。我万万没想到，一个简单的训练经过小小的改动，会演变成具有毁灭性的项目。这个真相对我来说，有些猝不及防，或者说，是难以接受。

“我是正面先重重地撞向墙，然后顺着墙很快地滑下，接着下巴狠狠地撞到窗台（这时我听到自己颈椎骨头断裂的声音，并感受到剧烈的难以形容的疼痛），最后面朝下又狠狠地摔在地上，整个过程都是背着另一个运动员，后来其他队员一起把我小心地翻过来（面朝天），并且在我身边安慰我。此时我发现双腿已失去知觉，胸部以下的身体部位都没有感觉了，一点都动不了，呼吸也越来越困难，意识也渐渐不太清楚了，后来模糊地听到救护车的声音，再后来我就昏迷了……”

汤淼透过他简练的笔墨，讲述了意外发生时的经过，我将他写下的内容未做任何修饰，原封不动地摘录在这里。说真的，看到这段内容时，我感到一股深深的寒意袭入心间，泪止不住地流了下来。我想起自己骨折时，那个拉开悲剧的序幕，犹如丧钟般的骨折脆响又在我的耳边不停回荡。而汤淼又是否会在午夜梦回间，一次又一次地重复感受着令人惊悚的骨折异响，一次又一次地从梦中惊醒？

事后多年，汤淼回忆道："颈椎断裂的同时伴有的剧烈疼痛，这种突如其来的痛苦，让我没有时间去思考任何事情，因为一切发生得都太突然，除了痛还是痛。伴随着剧痛的侵袭，紧随而来的是呼吸困难和意识模糊。昏迷前，有那么一瞬，我的心头猛地闪过一念——我是不是要死了?!"

在那之后，陷入昏迷的汤淼，被紧急送往了医院，可先行送往的医院不具备做手术的条件，他又被转送至另一家医院进行手术。

从昏迷中苏醒后的情景，他用文字这样描述道："在医院醒来后，我发现自己还没死，但是身体还是动不了。我想说话，可是我发不出任何声音。我感觉到气管里插了一样东西(后来知道那是气管切开插上的氧气管，因为我当时已丧失自主呼吸的功能)，鼻子里也插着一根管子(胃管，从鼻子一直插入到胃里，用它来注入流食)。我的心里升起了莫名的恐惧，一种从未有过的恐惧，我不知道自己究竟是怎么了，没过多久我又昏迷了。这样长时间的昏迷后短暂醒来，然后等来的是又一次的昏迷。大概经历了五六次同样的情况后，其中有一次醒来时，我想，我是不是只是暂时还没死，但，这将是我在人间最后的弥留之际？"

可纵使他痛苦、绝望，想过一了百了，想过结束这生不如死的折磨，就算他希望自己永远睡去再也不要醒来，命运还是一次次地让他从悠长的沉睡中睁开了眼。

最近，我再次重温了畅销小说《相约星期二》，书中记录了幽默风趣的老教授莫里在身患绝症后说的一段话——死亡是一件令人悲哀的事，可不幸地活着也同样令人悲哀。

人世间充满了太多太多的悲哀，只不过，活着，是自己在感受悲哀；死去，则换成别人在替你承受悲哀。这本是两个充满对立的矛盾体，却又是某种和谐相融的共生体，而境界，是超越生死之外的人生至高追求，也是令生充满韵味、令死归于纯净的哲学命题。有时候你还会发现，自身承载的悲剧，往往会成为别人眼中的闹剧，就某种意义而言，这种悲哀甚至大过悲剧本身。更有时，当你庆幸自己

受伤前的汤森，摄于普陀山（供图/汤森）

活着的偶尔间，却发现活着仿佛才是一种最大的悲哀，到最后，你可能又会意识到，悲哀本身并不具有意义，它不外乎只是活着的最含蓄的讽刺罢了。

孰悲孰幸？

或许，看不透，理不清，才是真正的悲哀，与生死无关。

此时，我又突然想起《哈姆雷特》中那段经典对白：生存还是毁灭，这是一个值得考虑的问题；默然忍受命运的暴虐的毒箭，或是挺身反抗人世的无涯的苦难，通过斗争把它们扫清，这两种行为，哪一种更高贵？

在我看来，这个简单却又深奥的问题并没有所谓的标准答案。我们没有感受过他人的经历，实在没资格给出任何有价值的回答，即便是发生在自己身上的事，得到的结果也不过是众多参考答案中的一种而已。就像在《哈姆雷特》这段经典对白里另一个微妙提问——死了；睡着了；睡着了也许还会做梦；嗯，阻碍就在这里：因为当我们摆脱了这一具朽腐的皮囊以后，在那死的睡眠里，究竟将要做些什么梦……

至于汤淼，他会期待在何种境况下拥有怎样的梦呢？可能他自己也没认真思考过这个问题。但显然，他接下来会得到怎样的梦，上天早已有所安排。

在俄罗斯接受手术后，汤淼的伤情一直不见起色，状态也极不稳定。为了能给他提供最好的治疗，上海方面决定包机接他回国。

在回国的飞机上，他的病情曾突然一度出现恶化，血压完全测量不出来，用现在的话形容就是血压已经爆表了。迷迷糊糊中他听到医生焦虑不安的声音:“他快不行了!”医生的宣判,无疑是在汤爸爸的心头上狠狠割了一刀,汤爸爸伤心欲绝地喃喃自语着:“我儿子要死了……”沉重又悲伤的气氛在机舱里迅速蔓延开来。

“您儿子不会死的。”就在这时,一位机组人员突然给出了一个笃定的回答。

“为什么?”汤爸爸追问。

“您看窗外……”这位机组人员边说边向窗外指了指。

循着他的手指的方向,汤爸爸向窗外望去,惊然发现——天空中有一尊巨大的佛像!佛像闪现着金色耀目的殊胜光芒,如高山般巍峨的身影几乎遮住了半边天日。飞机用了五分钟的航程才从佛像的面前飞过。之后,大家仍不停地继续回望,直至佛像完全从他们的视线中消失……

“你们开飞机是不是经常能看见这样的奇观?”汤爸爸问道。

“虽然我们天天飞,但也是很难得能亲眼看见一次如此圣景。”刚刚为汤爸爸解惑的机组人员如实回答。

说来也奇怪,经过佛光的沐浴后,汤淼的血压竟恢复了正常,命算是保住了。

对于飞机上的这段经历,从汤淼的语气中能感受到他有那么一点小小的遗憾,因为他当时只能躺在担架床上,所以没办法目睹一切,只能听着对佛法知之甚少的父亲描述所有的经过。也是从父亲口中才得知,天空中显现的佛像和寺庙里供奉的佛像,简直一模一样。

这是否就是上天赋予汤淼具有深意的示现呢?

答案没人知晓。

回到上海以后，汤淼的病情依旧不容乐观，医院几乎每天都会发病危通知书。因为炎症感染非常厉害，他连日高烧四十度不退，而上下午的时间分界线，仿如在带他体验着什么是冰火两重天。上午他会感到冷得直打寒战，就像是要冻死了一样，可到了下午，又好似有一团火球在他身体里燃烧起来，炙烧的感觉让他难以忍受。汤淼形容这犹如佛经里提及的“热地狱”和“寒地狱”，他一天要经历两种“地狱”的折磨。每天只能睡着两个小时，这生不如死的日子他足足熬了一个多月。最后，他奇迹般地活了下来。

由于长期借助呼吸机，汤淼早已丧失了自主呼吸的能力，他只能依靠呼吸机每分钟设定好的次数，保持规律的呼吸。可长此以往并不是个办法，要想未来的生活有所进展，他必须彻底摆脱呼吸机。

呼吸，是我们自出生以来不用学习就会的浑然天成的本能，可汤淼却要再次找回这种本能。这让我想起自己受伤后第一次丢掉拐杖重新学习走路时的情景，那种熟悉却又好像被自己遗忘掉的感觉，真的非常糟糕。

要适应没有呼吸机的帮助，是个循序渐进又漫长的过程。从开始每天锻炼自主呼吸一小时，慢慢增加时间，直到最后能保持八小时的自主呼吸后，才能算真正告别呼吸机。

汤淼这样写道:“刚开始真的非常痛苦，没有呼吸机我感觉自己就像快要断气一样，必须使出全部的力气拼命地呼吸每一口气。当我锻炼自主呼吸的时间达到五小时的时候，我觉得自己快坚持不下去了，每天的锻炼让我非常疲惫。结果有一天，我练了三个小时就又重新插上了呼吸机，那一刻我真的非常沮丧，但又感觉身体确实承受不住了。当时，我父亲和周苏红在我的床边，我开口说话但因为气管切开了，我只是嘴唇在动，却发不出任何声音。奇妙的是，周苏红知道我在说什么，我说——明天自主呼吸锻炼，如果我坚持不下去想放弃时，我再痛苦再难受都不要理我，继续锻炼！然而第二天的锻炼比我想象中还要痛苦，有几次我都希望能停止锻炼。周苏红实在不忍心，有两次她想给我插上呼吸机，都被我父亲阻止了，他含着泪告诉周苏红，'必须让他坚持，他不能一辈子戴着呼吸机活着！'然后他又严厉地对我说，'不是你自己昨天说再痛苦都不要理你的，你忘了吗？你要坚持，坚持下去……'"

就这样，在汤爸爸"狠心"的要求下，伴着难以忍受的痛苦，在"坚持"和"放弃"这两种念头交替徘徊的苦熬斗争中，汤淼最终完成了当天的训练。他像被掏空了灵魂一样筋疲力尽地躺在病床上。他并不知道，当天原计划要进行五个小时的锻炼，自己竟坚持了六个小时。

正式脱离呼吸机，对汤淼来说是一个里程碑式的进步，然而气管上的伤口愈合是他接下来要面对的另一个残酷的考验。如果创口上的肉长得不好，就必须用刀子把那些长得不好的肉刮掉。由于过度使用麻醉药对汤淼的身体恢复不好，所以处理创口的整个过程都是在他保持清醒的状态下完成的，而这种清创大概每两天就要进行一次。汤淼虽然是高位截瘫，但他的胸部以上和我们一样是有着异常敏感的触觉的，可想而知，这是怎样的一种折磨。对于自己曾感受过的痛苦，汤淼没有用任何具体的词汇来形容，只是淡淡地写下了几个字——那种痛真的是……

省略号后的空白，俨然是一种最苍白无力的诉说，也是没有亲历的我们，无法真正感同身受的某种抽象的猜测与假想。

高位截瘫患者的康复是非常艰辛的，汤淼形容那感觉就好像是在用一根头发丝去拉一块巨石，明知道是不可能实现的可笑举动，却依然对奇迹充满了期待。而这种辛苦和打球时的辛苦完全不同，打球时可以通过自己付出的努力拼搏取得成绩，但高位截瘫的康复并不能改变他瘫痪的事实。

看着练了十几年排球的身体突然间缠绵于病榻，辛劳练就的结实肌肉在一个星期内就变得像海绵一般，直至最后完全退化，别说不可能再次跃起扣杀了，就连生活自理都做不到，这种无法言语的无奈，令汤淼心灰意冷。他曾幻想过自己像电影《阿凡达》里的人物一样，换一个身体后能自由地行动、奔跑、跳跃……他也常常在梦中重回赛场，每一次接触到排球的感觉都是那么的真实和熟悉，真实到令他动容，熟悉得令他落泪。可到了从梦中剥离的时候，他只能接受最熟悉的感觉变成最遥远的距离。

无数次，他闭上眼问着自己：放下过去还好，但要如何面对未来呢？

在汤淼的眼里，未来，或许就是一个没有具象的空洞的名词而已。

有人说："如果是命中注定，那我就坦然接受。"然而，有多少人能真正做到坦然？至少在意外降临的那一刻，没人能冷静地做到。

对于自己的遭遇，汤淼一开始也很难接受，悲观和绝望的心情也曾牢牢占据他的心中，可每当望见父亲那日渐老去的沧桑面庞，他的心中总会有种说不出的愧疚感。就像他在诗中写道：

您肩上的担子有多重，
有多重就有多痛，
忍着心里的痛，
收拾一个家庭破碎的梦；
生活的选择应该有很多种，
您却只有一种，
度过无奈的漫长岁月，
日复一日的辛苦谁懂？
我懂，我痛，
我恨瘫痪的自己真没用，
抱着缥缈的希望，
面对残忍的绝望，
每一次内疚就像一个耳光，
却打不走命运给的悲伤……

一想到父亲心里的痛和苦甚至比自己还多，看着父亲不管多苦、多累都毫无怨言地强撑起了整个家，汤淼告诉自己，为了父亲，也为了他自己，不能再继续消沉下去了。他要用阳光般的微笑驱散心中的阴霾，要像坚韧不拔的小草一样努力地好好活着。就如同父亲在他耳边常说的那样——活着就是幸福，能活着就是不幸中的万幸！

命运，是一把绝情的利刃，它以摧枯拉朽之势破坏了汤淼拥有的一切，并将他的人生分割成“瘫痪前”和“瘫痪后”两种永恒对立的境地。站在其中一个角度去看对面的境地，得出的也是“幸福”与“悲惨”这两种永远相悖的结论。

“人生既已如此，消沉也不能改变什么，那就试着尽力把当下活好，虽然很难，但人生本就是一场修行，只要做好每一天，就会迎来最适合自己的未来，我也会倍加珍惜现在所拥有的一切，就像泰戈尔说过的那样——如果你因为错过太阳而哭泣，那么你也将错过漫天繁星。”汤淼这样概括道。

学会接受，真的没那么容易，这需要拥有莫大的勇气，那是一种和过去握手言和、与当下促膝长谈、同未来笑对人生的勇气。我想汤淼他做到了，并且做得很好。

而汤淼的话，又让我想到《相约星期二》中，莫里教授给学生上最后一堂人生课时的经典总结——有一个重要的哲理需要记住：拒绝衰老和病痛，一个人就不会幸福。

幸福是什么？对汤淼来说，做运动员时好好打球，退役后成为一名教练，简简单单地过一生。这就是他期待中的幸福。

在汤淼的身上，我还感受到一种胸怀，那是一种更广阔的、满怀悲悯之心的胸怀。每一个关心、在意他的人都在为他的经历悲痛，他却常常会为新闻事件里那些陌生人的痛苦遭遇揪心难过，只要对方有任何需要帮助的地方，他都会尽最大努力给予力所能及的帮助。据我所知，汤淼默默为许多人捐了善款，特别是那些同他一样身体残疾的朋友。

他将自身的痛苦，转化为一种毫无保留的爱的方式。

因为他知道，接受爱，更要施爱于人。

在国家队时，汤淼在我眼里就是一个高大帅气、活力四射、整日有着用不完的精力的愣头小子。虽然年长他一岁又同样有着愣头青精神的我，好像并没什么资格这样评说他，但后来，我慢慢发现，在他高大的身躯里，除了那个天性率真的汤淼外，其实还住着一个内秀、敏感、心细如发又温柔善良的汤淼。

这次对汤淼进行采访，当我将问题用文字一一整理好发给他后，他第一时间回复我“定会知无不言，言无不尽，认真作答”，就算我担心他身体吃不消，数次提出用语音留言回复我就好，他却自始至终坚持用文字回答我的问题。每当看到他洋洋洒洒的文字，我的内心感到温暖的同时又会有一丝不忍，而他用文字回复我，明显减

受伤前汤淼拍的写真，他就是一个爱笑的大男孩（供图/汤淼）

轻了我的工作压力。这就是汤淼体恤他人的细腻之处，他本可以选择一种对自己来说最轻松的方式，却慎重地不想给任何人再多添哪怕是一丝一毫的麻烦。

经历过重大创伤的人，内心总会比常人要更敏感脆弱些，只要不是过度索取型人格，普遍的心理都是尽量不想给别人添麻烦，因为担心有所得之后，却无以为报。于是，这份心情便被小心翼翼地深藏起来，生怕被别人发现，生怕辜负了他人的好意。

当然，汤淼也有情绪化的一面。有一次我们在探讨某个话题，因为当时没有得出非常明确的结论，他有些任性地闹起了脾气，说了一些略显消极的话，但没多久工夫他就发现自己的不理智是多么的可笑。从这点来看，他又是一个很有智慧的人，他有难能可贵的自省能力，有至纯至净的真诚之意，以及从不敷衍的谦卑之心。所以，随着对他了解的深入，我总会不自觉地想到那句话——好看的皮囊千篇一律，有趣的灵魂万里挑一。而“有趣”这个词在我看来，并不能完全涵盖汤淼，因为他有着出淤泥而不染的莲花般清透的心，那是比他表现在众人面前更加珍贵的灵魂。

提到莲花，这或许是汤淼的任性里唯一的“执着”。经受过命运的洗礼，苦难的淬炼，现在的汤淼已然有一种更超然脱俗的心境。正如他前几年有缘得到的一支签，他由内而外散发的高洁就如同签文一样：碧玉池中开白莲，庄严色相自天然。生来骨格超凡俗，正是人间第一仙。

在这里，谨以本篇，向所有男排前辈表达自己的一份敬意，向那些为排球事业继续奋斗着的男排后辈送上祝福。

文末，也借用胡歌的话送给大家："愿所有的朋友，都有接纳无常人生的勇气，都有感知生命实相的机缘。"

以下是才华横溢的汤淼撰写的诗集精选。

汤淼诗选（一）

山不是山，
那是你眼中的云端，
水不是水，
那是你心里的深蓝；
也许一念之间，
就能到达彼岸，
也许用尽一生，
依然如此茫然；
山还是山，
远方的远是你梦时的灿烂，
水还是水，
眼前的景是你现实的灰暗。

汤淼诗选（二）

有时
看一朵云很久
迎一缕风柔

有时
读一首诗泪流
思一念忧愁

有时
任时光匆匆走
忆一段守候

有时
叹岁月难回首
望一方尽头

绝望的　无奈的　痛苦的
默默承受
向往的　憧憬的　美好的
期盼拥有

有时
喜百朵芬芳一树收
有时
悲一夜春雨花不留

因排球结缘的跨国爱情

——冯坤

感恩上天的眷顾
让那么多爱围绕着我
现在的我
享受着当下的
每一时　每一刻
每一个瞬间
都让我觉得无比幸福
谢谢你们
也请你们一定要幸福

——冯坤

冯坤在2003年世界杯赛中获得最佳二传（供图/冯坤）

“你改行了吧你，一会儿当作家，一会儿当记者的。”

2019年6月5日晚上十点多，冯坤在我房间的沙发上刚一坐定，就开始“调侃”起我来。我俩相视一阵，接着憨憨地傻笑起来。从她那带着纯正地道的京腔“调侃”中，我感受到满满的信任和支持。我们相处的方式从来都是这么直截了当，毫无掩饰，毫不做作。还别说，许久未见冯坤，真是非常怀念她特有的京腔。细细一想，我们都快有两年的时间没见了。

冯坤有一个可爱的外号——熊猫。这是所有关心喜爱排球的朋友们都知道的事情，可缘由是什么大家未必弄得清楚。在国家队时我就问过冯坤这个问题，不过迷迷糊糊的她，自己也搞不清楚是怎么回事。不知从什么时候开始，突然间，就发现大家喜欢送她跟熊猫有关的礼物，不知道是不是跟她慢悠悠的性格有关，反正，久而久之这个外号就扬名天下了。

她的慢条斯理可是出了名的，给大家讲一个在国家队时的小故事吧。有一次队伍外出比赛，定好了早上八点整出发，大概七点五十左右，队员们陆陆续续都已经在大巴里安坐了，陈导上车后问了句:“都齐了吗?”几乎全车的人异口同声地回答:“还差冯坤。”此时,说曹操曹操到,就见冯坤拖着行李从公寓转角走了过来。我们全车的人都忍着笑,注视着她慢慢靠近。冯坤一上车看到所有人的眼睛都看着她,好像意识到什么,语带怀疑地轻声问了句:“我不是最后一个吧?”全车的人齐声喊道:“就差你一个。”随即大家爆发出震耳的狂笑。她连续说了几次不可能,觉得今天已经很早了怎么还会是最后一个,她以为我们都在骗她,就自己主动点起人数。当她数了几遍确定我们没有讹她后,就憨笑着坐上座位,那神态和憨态可掬的熊猫真没两样。

别看冯坤总是一副不着急不着慌的样子,她小时候可是出了名的疯丫头。她的父母十分喜爱体育,特别是她的爸爸曾是空军篮球队的队员,喜欢各种运动,打什么球都很在行。她说她爸爸这方面跟陈导特别像,玩什么都很得心应手。得益于这份体育基因的遗传,她从小就特别好动,而且和男孩子很玩得来,属于那种天天在外面疯得和泥猴一样,不到天黑不回家的类型。

这一点我和冯坤真的是格外相似。我小时候是爬树摘果,下河捞鱼,样样手到擒来,甚至比男孩子还在行。用我老妈的话说,就差没上房揭瓦了。每天晚饭前老爸一定在外面追着我,上演一出老鹰抓小鸡的饭前运动。明知道逃脱不了被追捕,我还每天乐此不疲,现在回想起来,真的是心疼父母一万遍。

从小学一年级起,在北京垂杨柳小学就读的冯坤,就是校田径队里的队员,平时上学每天都能运动消耗一下过剩的体能。可到了寒暑假,父母要上班,家里就没人陪着好动的她了。于是,到了二年级的暑假，父母带着她去了工体的业余体校。原计划是准备送她去田径队的，可谁承想，那天无巧不巧，田径队正好没人训练，旁边的排球队却练得热火朝天。

冯坤的出现，让正带着排球队训练的王桂芳教练眼前一亮，她一眼就相中了冯坤。在简单的交流沟通后，抱着玩一玩练练看的心态，冯坤开启了她的排球之路。慧眼识金的王教练不但是冯坤的启蒙教练，还是大名鼎鼎的郎平教练的启蒙教练。

缘分就是这样妙不可言，冯坤在回忆那天田径队没训练这段往事时，也忍不住笑了起来。是啊，这阴差阳错怎能不让人开怀大笑，如果田径队那天训练了，哪里还有这位世界级的国宝二传呢？

一开始接触排球，冯坤也说不上喜欢或不喜欢，只是觉得有的玩就行。父母对她也是散养型的教育方式，每天一两个小时的训练完全是为了消耗她过剩的体能和精力，让她回家能睡个好觉罢了。

当时的训练条件和现在没法相比，基本都是水泥地或沙土地，白色的排球个个都裹着一层灰土。一堂训练课结束，虽比不上煤矿工人一身煤灰那样严重，也跟在泥堆里打了一个滚差不多了。冯坤记得，那时候每次练完传球，教练就会检查她的手指指腹，看看哪些位置沾了灰尘，一目了然就能发现手型是否正确。经冯坤这么一讲，我想起小时候训练真是这么回事，每次传完球教练就把大家叫到一起，互相看看指腹脏的位置，到了后期都不用教练提醒，自己也会通过这个方法检查手型如何。现在想来，这个方法真的非常简单有效，因为直观的对比性更让人能发现需要改进的地方在哪里。

练了几个月之后，冯坤对排球产生了兴趣。跟一开始玩一玩的心态不同，她真正意识到：这是一项体育运动。

有一次，她发烧不舒服，爸爸劝她在家休息，而她表示还想去练。从那时候起，她发现自己喜欢上了排球这项运动，她喜欢和大家在一起围着排球追逐奔跑的感觉。

大概在四年级时，冯坤因被查出心肌炎而不能参加训练，与此同时，连体育课都停止了。她处于这种半休养状态，直到升入五年级后身体才有所好转。慢慢开始恢复训练不到一个月的时间，就赶上什刹海体校来学校挑选人才。在这一次选拔中，冯坤被选中了，然而她的父母担心她的身体，并不赞成她走专业运动员的道路。和父母的担忧截然相反，她很开心被人认可，加上又是自己喜欢的体育运动，所以当父母征询她的意见时，她的态度异常坚定。她想去打球，她喜欢被人肯定，那种感觉对她来说真的是太棒了。

兴趣是最好的老师，喜欢是最单纯的理由，坚持是最真诚的态度，梦想是最纯粹的动力。

年纪尚幼的冯坤，或许那时并不能完全理解何谓梦想，但喜欢排球、想为之付出努力的稚嫩种子，深深扎根心间，不断积蓄力量，等待破土而出迎风展叶的时刻。

和提前长个儿的张娜不同，冯坤在刚进队时身高并不突出，所以教练很早就定位她打二传的位置。她直言自己的身体素质是不错的，可发育慢拖了后腿，让她失去了做攻手的机会。看着她此时此刻对攻手位置依然心心念念的表情，我笑道："得亏你长个儿慢，不然中国女排损失可就大喽。"

到了六年级，冯坤正式成为什刹海体校排球队的一名队员，开始了半专业化的训练。进入什刹海体校需要住校，一周只能回家一次。这样坚持了三四年，她就被调进了专业队。北京女排那时没有青年队，她就直接跳级进了北京女排一队。那一年又遇到一队人员大换血，队里没有二传，于是，年长冯坤四五岁的老队员就带着她这么一个小萝卜头，开启了征战甲A赛场的征程。

冯坤算是出道早的，由于上面没有老队员压着，她有了比其他人更多的锻炼机会。1994年她进北京女排一队的当年，就入选了国青二队，1995年代表国青获得了首个世青赛冠军，第二年又轻松摘得亚青赛的桂冠，1997年她更是顺利入选了郎导执教的国家队大名单。

对于那次入选国家队，冯坤有惊喜有动力，却没有一丝一毫的骄傲和懈怠。她知道被选进去不是因为自己的水平有多好，不是自己的能力可以承担重任了，仅仅是因为自己有潜能有发展，郎导给了她一次锻炼的机会罢了。即便那一年国家队的集训还未结束，就让她提前离开，她也未有任何心态上的落差，因为她知道，自己还有许多的不足，还有很长的一段路要走。她坦言，能跟着老队员们一起训练，长长见识已经非常好了。

“我的排球生涯，一路走来还是挺顺利的，”在交谈中，冯坤多次提到这一点，“可是，在1999年的时候，我算是遇到了一点点挫折，或者说……是有那么一点停顿吧。”

1998年世锦赛结束后，郎导卸任，胡进教练成为下一任中国女排的主教练。和第一次入选国家队相比，经过两年时间的积累，冯坤觉得自己成熟了许多，应该有能力进入国家队一展身手了。可万万没想到，1999年中国女排的大名单里，冯坤的名字并没有出现在其中。第一次，她体会到了沮丧的感受，从不轻易将心绪表露出来的她，也不免情绪低落了数日。

我第一次听到冯坤的名字是在1997年，但由于那时候北京女排的排名偏后，我们一直没有什么交手的机会，所以在1999年入选国家队时，我特别期待能见到这位被郎导称为“得冯坤者得天下”的人物，可惜的是，那一年冯坤没有入选，我们就这样擦肩而过了。

看着比自己年纪还小的同龄人已经在国际舞台崭露头角，她担心如果错过这个年龄段的机会，将来最多只能在省队打球然后退役。一想到这里，她心里就很不是滋味。所幸，冯坤不是一个轻言放弃的人，准确地给自己定位是她最大的优点之一。她调整好心态，重新出发。自始至终她都没有任何抱怨，没找过任何客观原因。

“我告诉自己，你没什么不服气的，没调你上去就是说明你能力不够，回去好好练吧。”冯坤轻描淡写地描述着当时的想法。平淡的语气中，透着倔强又不失气度，还有一份让人无法忽视的从容，犹如在秋风霜临之际才会展现红颜的枫叶，你不要奢望在炎热的盛夏让她为你换上红装。

2001年，陈忠和教练接过教鞭，冯坤如愿入选，迎来了真正属于她的时代。众所周知，二传的重要性非比寻常，所以她被抓去加练的时间也总是比我们攻手多。犹记得第一年的郴州集训，冯坤和宋妮娜一周七天全天无休，仅有的周日下午半天休息也跟她俩无缘。一开始只有她俩单练，没多久自由人张娜也被抓了去，后来我也未能幸免。那段“黑暗的日子”，现在回想起来，依然还会瑟瑟发抖。

作为二传又是队长，冯坤承担的压力往往要多过我们数倍，许多人会觉得她是一个很酷、超冷静的人，至少我就是这么认为的。但其实她是一个既理性又内心充满激情的人，只不过，由于组织者这个位置的需要，她要放弃性格里许多本有的特质，去承担起这个责任。正如她自己所说的：我必须用理性来平衡内心的火热，做一个冷静的观察者，才能很好地把控场上的节奏。

她不能随心所欲地发脾气，不能为所欲为地释放自己的压力，当陈导批评她“你怎么不努力啊”的时候，委屈的泪水总是会不争气地夺眶而出。

“我明明已经很努力了，为什么……你看不到呢？”每一次，她都想脱口喊出，却在最后一刻忍住了。因为她知道自己承担的责任有多么重要，也知道即使理由再合情合理，也不可以任性妄为。

“你不会觉得辛苦吗？”

“很累，真的很累……”冯坤闭上眼，摇了摇头，“那种累不单单是技术上的问题，还有许多是心理上的。比如，我不能做我自己，我必须舍弃一些自我，承担起这个责任，成就这个位置。”她像是在说着别人的故事，语气如清风拂尘般淡然。

我不知道这种舍弃小我、成就大局的牺牲，用伟大来形容是否格调太高了些，但至少这种无所求的付出是值得尊重和敬佩的。

冯坤运动生涯的后期，也深受伤病的困扰。聊天中涉及这个话题时，她却只是蜻蜓点水般寥寥几句就带过了。那我就用自己的感受跟大家分享一下吧。

我和冯坤的膝盖同为软骨损伤，可磨损的位置不同，产生的反应也不同。我是那种屈膝大概到三十度左右，就会有膝盖酸软的感觉，任何动作只要到了那个磨损的角度，就发不上力，有时候上下楼梯都会跪在地上。冯坤膝盖的反应是积水。你可以想象一下，整个膝盖里都被关节液充满，关节腔里已经没有任何空间，而新的关节液还在源源不断地产生，就好像在膝盖里安了一个快速搏动的心脏，那种燃烧着要爆掉的感觉，可不是人人都能感同身受的。冯坤从未和我详细描述过这种感觉。后来我的右膝也曾出现过突然大量积水的情况，我跟冯坤说："我终于知道你膝盖积水到爆的感觉是怎样的了。"那时她没多说什么，但眼中分明含着泪。

"我不会埋怨伤病，能够为自己喜欢的事业坚持，是件很幸运的事情。我很满足，排球值得我为它付出这么多努力。"时至今日，冯坤表现出来的那种波澜不惊的坦然，恰如在激流中纹丝不动的磐石。

2007年，我和冯坤被送去美国接受手术治疗。我俩在美国待了整整四个月，这也是我和冯坤单独相处最长的一段时间。与我去到美国才决定手术不同，冯坤那次出行的目的非常明确，就是完成膝盖手术，所以她也比我淡定许多。2月1日，冯坤、我和郎导，三人先后在芝加哥大学医院完成了手术，医生破例安排我们留院一晚。但这一晚对我来说，可谓毕生难忘，因为我从来没有遇到过扎针那么疼的护士。

回到公寓，我和冯坤各居一间卧室。起初还有亚文姐和郎导陪着，没多久就只剩下我俩做伴了。我清楚地记得亚文姐回国的当天，我们两个小瘸子立刻在厨房忙活起来，很快，鲜美的中式罗宋汤就出锅了。菜做好了，可端到桌上成了难题。不过这完全难不倒我俩，我们就像接力一样，一点一点把菜挪到了餐桌上，一洗连日来被甜腻的西餐攻陷的胃，我俩像没吃过饭一样吃得津津有味。

说起做饭，冯坤的手艺真心不错，她做的油焖大虾更是被我多次点餐。而在去美国前从未拿过锅铲的我，也不甘示弱，首次完成的糖醋带鱼同样得到了她的称赞。

手术后，冯坤的膝盖可以适当弯曲但不能负重，所以坐在椅子上就不免要用挪蹭的方式移动椅子了。有一天，房东先生和他的朋友来看望我们。当大家远眺窗外的晚霞陶醉之际，突然听冯坤大叫一声，众人闻声望去，发现冯坤一脸惊恐地坐在散架的餐椅废墟上，手中的咖啡倒是稳稳举着，竟一滴未洒。幸亏当时房东先生和他的朋友在场，不然我这个小瘸子都不知道要怎么营救她呢。

我们这一对“难兄难弟”虽是天天生活在一起，可有时候一天也未必能见到一面，我常常是到了傍晚才碰到她离开房间出来觅食。一问才知，她追当年最火的美剧《越狱》，一直看到早晨五点。我吃惊地表示，她是在倒中国时差，随时为回国做准备。

离开队伍的管束，不小小地放纵一下总觉得对不起自己。国家队有规定，不允许队员烫发、染发，于是趁在美国养伤期间，我俩就偷偷商量着染发。某天晚饭后，我先给冯坤染好了头发，到她为我染时早已超过指定时间，我劝她先洗头，她却哼着小曲儿像是在把弄一件艺术品般，享受着为我染发的乐趣。那次染发的结果可以说是非常失败。先不说颜色不理想，冯坤更是因为那次染发激发了她体内潜在的过敏源，不知道什么时候她的皮肤就突然泛起大片红肿，有时候连嘴唇也会肿起来，疼得她不敢碰触。从那以后，我俩就学老实了，不敢再随便尝试染发了。

最夸张的一次是某天傍晚时分，我俩沿着芝加哥湖边骑车健身，中途累了就寻了一家小店想喝点东西，我俩分别点了不同的果汁饮料。第一口喝起来有点怪怪的，但谁也没发现怪在哪里。等一杯下肚后，冯坤说感觉怎么有点晕乎乎的，此刻我也有同感，于是我们立刻拿起饮料单一看，原来水果饮料里配了伏特加，我们两个马大哈居然都没有留意饮料的详细介绍。稍作休息我们就准备离开了，在骑上车的时候，冯坤突然问道："我们骑车回去算不算酒驾？"这个问题算是问蒙我了，最后我俩骑一阵，推一阵，用了比来时多一

赵蕊蕊、白浪和冯坤，2007年摄于美国

倍的时间才回到公寓。

手术和康复的日子总是异常辛苦的，但也有因为行动不便得到优待的时候，比方说去迪士尼乐园，我们就能在大家羡慕的目光中优先体验，而郎导的女儿浪浪把我们的轮椅当赛车一样推，也是一段令人难以忘怀的回忆。

我和冯坤在美国相处的日子，是队友们没有参与其中的一段特殊经历。随着时间的流逝，有些记忆已经开始变得模糊了，我害怕它消失，所以就算啰唆，我也要把脑海中仅有的片段记录下来。

冯坤的人生有很多特别的经历，最特别的应该要数她和她泰国老公的跨国恋情了。

一直以来，我身边一些熟悉或不太熟悉的朋友，总会问我：冯坤为什么要嫁给一个泰国人？在大家的心目中，普遍认为冯坤下嫁了，以她这么好的条件完全可以嫁一个更好的。疑惑的理由无非是男方的长相、肤色、身材、背景以及有过婚史等等。

其实，爱一个人真的好简单，简单到不需要任何理由。

冯坤和她老公加提蓬的故事要从2001年说起。第十一届亚洲女排锦标赛在泰国呵叻府举行，决赛日当天，我们中国队在副场热身，等着在我们之前进行比赛的泰国队和日本队的比赛结束。按常理分析，日本队的水平要略高于泰国队，可那天泰国队借着主场优势愣是将日本队拖入了第五局。比赛进入白热化阶段，我们也纷纷跑到场边观看赛况。

泰国女排第一次有了夺取奖牌的机会，全场观众的情绪都被点燃了。被誉为“泰国排球教父”的加提蓬，正专注认真地指挥着泰国女排的比赛。当我们中国队关注着比分并在一旁充当热衷的吃瓜群众时，冯坤的眼睛却被加提蓬牢牢吸引，她说自己第一眼见到他就颇有好感。她和身旁的李珊不知什么时候议论起了加提蓬，从李珊的口中，她得知加提蓬不但会弹吉他，而且歌也唱得很好。

就在冯坤开始留意加提蓬并在赛后第一次找他合影的同时，加提蓬也注意到了这个可爱的中国女排队员。其实准确地说，加提蓬早在1995年冯坤代表国青比赛时就注意到了她。他欣赏冯坤，欣赏她的灵气、才华和能力。

一切仿佛都是冥冥中早已注定好的，谁能想到，相隔千山万水的恋情，是由他一个简单的欣赏开始的，又在她莫名的好感中得以延续和发展，直至最后的开花结果。说来都觉得不可思议，这其中，如果少了他们任何一方的坚持和彼此之间的信任，都不可能成就这段传奇的爱情故事。

加提蓬十分符合冯坤心中理想男人的形象，她曾说过胖一点的男生拥抱起来会比较有安全感。在回忆第一眼见到加提蓬时，冯坤说自己有那么一点一见钟情的感觉。然而，她当时从来没想过两个人真的有一天会走到一起。她的讲述，让我想起网络上一段经典的话：一见钟情不是因为看你一眼就喜欢上了你，而是因为看了一眼之后，再也没能忘记你。

正如席慕蓉在《缘起》中所写：

在千层万层的莲叶之前
当你一回眸

有很多事情就从此决定了
在那样一个　充满了
花香的　午后

正像冯坤所说："爱情的事情是不需要用语言来解释的，你只要记住，要相信爱情，就可以了。"

媒体在报道冯坤老公时都使用加提蓬这个称呼，但我们队员都是简称他：奥德。在冯坤和他结婚后，我们便亲昵改称他为：奥姐夫。奥姐夫的全名真的太长了，除了冯坤，没人能记得住。

奥姐夫是一个很爱笑的人，他性格开朗，待人真诚友善，在2002年釜山亚运会期间，泰国队助理教练过生日，冯坤被邀请参加他们的生日party。不知道是怕只身前往不太好还是太害羞，她愣是把我给拽着一同前去。在泰国女排队员布置简易的小型party现场，大家开心地唱歌、吃蛋糕、拍照，像一家人一样好不热闹。party结束后，奥姐夫把我们送下楼，临别时还送了我们一人一件粉色的衣服。他很真诚地把衣服放在我的手中，告诉我："你穿粉色会很好看"。我印象特别深的是他的眼睛看起来真的非常干净，那时候我就觉得这个人是个好人。他送的衣服我确实很喜欢，只可惜尺码太小，我最后只能转让给我姐姐穿了，这事我到现在也没敢告诉奥姐夫。

聊到这里，我俩都笑出了眼泪。她说我也算是他们感情的见证人，我不客气地"抗议"道："我那就是一个大电灯泡，一米九七的超大瓦数的大电灯泡，你有想过我这个电灯泡的心情吗？"说完，我做了一个赌气的表情，随即我俩都没忍住，再次爆出一阵狂笑。不管怎么说，我这个大电灯泡算是值了。

传统观念里，婚姻讲究的是父母之命，媒妁之言。在现在这个新的时代里，虽然已经摒弃了很多老旧的习俗，不过在婚姻大事上，父母的意见还是非常重要的，如果没有得到父母的同意和祝福，似乎婚姻里就少了些什么。

一开始，冯坤的父母对于女儿的这段交往是持反对态度的。冯坤预见到这种情况的发生，没有强硬地和父母去争执，而是冷静地和父母商量："你们不同意没关系，先见见他可以吗？"

第一次见面究竟发生了什么，冯坤没有详述，她说父母当时表面没说什么，不过感觉到他们的态度在发生改变。用冯坤的话说，"他有多优秀，不是由我告诉你，而需要你们自己去体会，让他自己用行动告诉你们，他有多优秀"。冯坤的语气透着坚定，那是对爱情的信任，也是对爱人的信任。她相信爱情，从没有怀疑过。还好，奥姐夫那次紧张归紧张，发挥并没有失常，给冯坤的父母留下了很好的印象。

冯坤是个极有主见的人，就如在爱情面前她从未怀疑过自己的直觉一样，不管周围的人给出怎样的评价，都没有影响或者说动摇过她的信心和决定。她坚信自己坚持的这条路是对的，并尊重自己内心最真实的感受。现实生活中，所谓的语言、文化、地域和思想等差异，从来没成为她的顾虑。她为自己而活，而不是为了迎合别人委曲求全。

2014年12月，我有幸受邀参加了他们两人在泰国举行的婚礼。当奥姐夫在台上抱着吉他深情款款地为冯坤演唱《月亮代表我的心》时，现场许多人都流下了眼泪，我也不例外。奥姐夫的普通话

冯坤和爱人加提蓬在北京的婚礼，摄于2015年（供图/冯坤）

发音不准，但每一字每一句他都发自肺腑地真心演绎。他们没有什么山盟海誓、花前月下，有的只是彼此间最纯粹的一份信任。

冯坤找到了她生命中那个相濡以沫的他。他也许没有你们眼中的帅气和期待中的各项标准，不过在冯坤的心中他就是一座温柔的港湾，在日出扬帆时可以与之携手漫步沙滩，在落日余晖中围坐着小圆桌，品尝他亲手烹饪的菜肴，然后两人一起哄着孩子入睡，望着散落夜空的繁星相拥入眠。

幸福是什么？

在冯坤的心中，无非就是有一个懂得彼此，理解彼此，能相伴一生的灵魂伴侣。对他们两人来说，星光熠熠的是你，平凡如诗的也是你。不管他们的名字前加了怎样的形容词和称谓，这些都不重要，在他们心中，重要的是你，而不是怎样的你。

完成冯坤的采访，总共用了四个不同的时间段。由于这次她带着宝宝出行，所以她都是利用宝宝休息的时间来配合我的采访，采访时她总不免要打几个哈欠。看着她泛着红血丝的眼睛，我心中有说不出的感动。

我特别怀念在刚进国家队时，冯坤给年纪最小的我起的“小屁孩”的外号，那时候我还娇嗔地同她“投诉”，说自己并不小呢。

时间带给我们惊喜，它带走了我们的过去，也同样带走了过去的我们。

夜深了，冯坤离开我的房间前，突然唤了我一声“小屁孩”。那一瞬间，我的眼泪差点掉出来。人呐，总是不知足的，年纪尚轻时总怕别人说自己小，等年长后，却发现“小”字早已跟自己沾不上边儿。

和以前相比，冯坤变了，变了许多。她身上与生俱来的酷劲没有了，取而代之的是自然流露的温柔，你光从她的眼中就能感受到柔软心的力量。

就像林清玄先生在书中描述的一般——柔软心是有着包容的见地，它超越一切、包容一切。柔软心是莲花，因慈悲为水、智慧做泥而开放。

岁月如冬日的飘雪，落地即融，如果不积累到一定的厚度，怎么在上面刻上生命的脚印，怎么对得起自己走过的时光？

希望冯坤的每一寸时光中，都有欢喜和禅悦为依。希望每一位朋友都能在柔软中，寻得精致超拔又恒长久远的力量。

因为深爱，所以坚持

——杨昊

曾经的我

面对选择的时候　我选对了道路

面对该努力的时候　我拼尽了全力

我足够努力　足够认真

感谢一路坚持不懈的自己

感谢上天降于我这份幸运

感谢这个让我深深爱着的集体

——杨昊

杨昊在分享排球经历（供图/杨昊）

北京的天一旦热起来也是极恐怖的，有别于南方的潮湿闷热，北京的夏日却是那种干辣辣的感觉，好像每个暴露在阳光下的毛孔都被无情地抽走了其中的水分，随时可以变得像爆米花一样爆裂开来。

我仰头看着艳阳四射的天空，这么热的天，没什么特别的事情的话，我是绝对不会选择外出的。不过下午我约好了要和杨昊见面，于是我在心里念叨起来，希望原本预报晚些时候有可能出现的雷雨能早些到来。

下午临近两点钟时，我出发前往北京航空航天大学。此时依然暴晒得厉害，即使坐在空调开得很强劲的车里，我还是努力躲避照射进车里的阳光，因为稍微靠近一点车窗，就被阳光炙得皮肤发疼。

“除了下大雨、刮大风、下雹子，不管天气多酷热多寒冷，我都要在室外带学生上课的。”

我想起昊子曾跟我讲述她的代课情况，我也知道，许多老师都是在这样的环境条件下上课的。可看着原先白白嫩嫩的她，皮肤被晒得黑亮，我总不免会有些心疼。

我比约定好的时间早到了一些，在昊子细心的安排下，我在校园里的一家咖啡馆里等她。由于这家咖啡馆里人较多，不适合聊天采访，我又在昊子的指引下寻到了另外一家咖啡馆，可惜环境比上一家还要人多嘈杂些。最后，我只能在咖啡馆前等着昊子带我另寻他地。

大老远，就见昊子骑着一辆白色的小摩托缓缓驶来。斑驳的树影映照在她的身上，微风拂过树梢，光影在校园的道路上跃动着，就像一幅怡静柔和的水彩画，在各种颜色和光泽的调和下，突然鲜活了起来。

又酷又拉风的杨昊（供图/杨昊）

一切都是那么的自然而又平淡。

昊子说她一个人骑车时总是淡定自如的。结果当我坐在她身后，她却显得有些紧张。我搂着昊子的小蛮腰，一路上笑声不断。最后在她有些忐忑的驾驶中，我们在体育部的大门前停了下来。体育部的大门有些不起眼，可能我路过都不一定能注意到它的存在。

这是我第一次走进昊子的办公室，一间十多平方米的房间里，放着几张摆满书本的办公桌和几个放满文件的柜子，墙边挂着一个备注了暑期放假事宜的小黑板。房间里唯一的小窗户下放着一张有些老旧的布艺沙发。头顶的日光灯是屋内仅有的光线来源，还有一台打开会发出“嗡嗡”声的空调，那声音像极了走急的老人发出的吁吁的喘息声。说真的，昊子的办公室，跟我想象中的相差有些大，如果用简陋来形容又显得有些夸张，反正和条件好是沾不上边的。

昊子的办公桌在角落位置，她坐下后，我从旁边拉过一把椅子，在她的桌侧安坐下来。昊子不是一个很懂得如何主动亲近别人的人，内向、直爽、不喜欢出风头，这一点上我俩倒是挺如出一辙的。有别于张娜豪爽健谈的性格，我们两个在表达上都不是很在行，这让我的内心一直在打鼓。我担心自己的能力不够，没办法好好引导昊子进行讲述，也担心昊子会放不开自己，敞不开心扉。

我俩的交情准确地说要从父母那辈说起，因为昊子的妈妈巧凤阿姨和我的妈妈以前都是排球运动员，都曾效力于辽宁女排。于是，我借着长辈们的这份球缘，从预热的闲聊话题直接引到了正题上。

“我们两个都可以说是‘子承父业’吧，那么巧凤阿姨对于你打排球是一种什么态度？”

“我觉得吧……我妈应该是不希望我练体育的，我没正式问过她，但感觉是这样。”昊子低垂着眼睑，慢悠悠地开口。我感觉到她正试着推开那扇尘封已久的记忆大门。

她的这个回答令我有些意外，我一直以为我们两个走入排球世界的经历应该是一样的，就算不完全一样，也应该是差不多的。

昊子说，她知道妈妈是排球运动员这事，还是小学时期从体育老师那里听说的。在我们那个年代，家庭条件都非常普通。昊子记得在比较狭小的家里，有个地方堆放着一些不常用的物品，在那堆物品里，有一个已经从纯白色变得又脏又黑的排球。直到昊子开始练排球了，这个脏脏的排球才在不经意间被她发现。

巧凤阿姨“隐瞒”排球运动员身份和“藏”起排球的意图及想法并不难理解。很多专业运动员在孩子是否从事专业体育运动的问题上，都持有比较反对的态度。能成为金字塔尖上的人物，虽然风光，但毕竟是少数。要在残酷的淘汰中脱颖而出获得佳绩，没有天赋和运气做支撑，单靠吃苦努力是绝对不够的。正因为亲身经历过，所以也更懂得其中的心酸与不易。

比起练体育，巧凤阿姨更希望昊子走艺术这条道路。一直喜欢音乐、喜欢唱歌的巧凤阿姨，从辽宁队去了广州部队打球，之后又用部队的退役费给昊子买了一架钢琴，希望女儿能延续自己的爱好和梦想。那个年代，能买架钢琴真的是件非常奢侈的事情，也能从中看出巧凤阿姨是铁了心，想让女儿走跟自己不一样的人生道路。

我不禁想起，自己小时候有一架小小的玩具钢琴，父母没有发现我长手指在弹钢琴方面的先天优势，也未培养我自小喜欢画画的兴趣爱好，甚至在艺术体操教练“垂涎”我的大长腿是练艺术体操的好条件时，被我妈妈一句“她那么大个子钻呼啦圈会把圈撑坏的”调侃给婉拒了。父母二人火力全开地在排球方面训练我，成功地把我养成了一名“女汉子”。所以当昊子说起钢琴这段往事时，我真的好生羡慕，因为我的父母在我是否练体育这个问题上，从未有过一丝犹豫。

看起来大大咧咧的昊子，其实属于安静内敛的类型。本来，弹钢琴是和她的性格极其吻合的，她却说自己其实并不喜欢弹钢琴，只不过是遵从母命就这样坚持弹了下去。

直到有一天，发生了那次意外，一切都变了。

“记不清是小学几年级的事了……”昊子努力回忆着已经变得有些模糊的片段，她只记得自己那时候还挺小。

以前的东北，冬天里不像现在有暖气，都是要靠生炉子取暖的。班里每天会安排值日生，负责扫地、擦黑板等工作，其中也包括灭炉子。提前两年上学的昊子，别看个子高，其实懂的却未必有其他同学多。就在那个下午没课的周三中午，不知道多添些煤就能熄灭炉火的她，就这么一盆冷水直接浇到了炉子上。霎时，浓烟四起，教室里布满了滚滚黑烟，小朋友们都慌了神。小昊子紧张地跑去窗边想打开窗户，怎知室内和室外温差过大，窗户被冻住了，她就拼命地推玻璃。终于，脆弱的玻璃经不住推力，猛然碎裂，尖锐的玻璃尖毫不留情地割伤了小昊子纤细的手腕。

皮肉绽裂，血流如注，可能是惊呆了的缘故，小昊子忘记了疼痛，也忘记了哭喊，在小朋友们的陪伴下直奔校医务室而去。可是那惨烈的状况把校医生都吓到了，惊呼："孩子，这情况老师哪里会处理呀，赶紧去医院！"所幸一所部队医院就在学校旁边，小昊子在医院里接受了缝针处理。缝针的过程说来顺利其实也不顺利，因为，那天赶巧了，医院居然没有了麻药。就这样，在没有麻药的情况下，小昊子的右手腕上缝合了四针。

我小时候，下巴磕破缝过六针，当时不知道什么原因，也是在没有麻药的情况下缝合的伤口。没有打麻药这个细节早就从我的记忆中抹去了，但随着昊子的回忆，那时的感受如暗涌的潮水般袭入心底。我清晰地想起，医生扎下的每一针，那种冰冷的穿刺感，以及线头穿过皮肤时因为粗糙产生的摩擦阻力，还有缝合线被拉到尽头皮肤被扯动的麻木的无助感，让我现在回想起来都头皮发麻。

昊子受伤时还太小，她已经记不得当时疼痛的滋味是怎样的，所以我借用自己被唤醒的记忆，给大家简单描述一番。我们缝针的位置虽不同，但在没有麻药的情况下缝针的触感，应该没有太大差别吧。

巧凤阿姨是个急脾气，在家左等右等都不见孩子回来，用昊子的话形容就是"我妈眼睛都等蓝了"。阿姨担心孩子出了什么事，刚想出门去找的时候，就见到浑身是血的小昊子回了家。阿姨吓傻了，早上出门前孩子明明穿着干净的小棉袄，回家就变成了一件浸湿的血棉袄。

孩子受伤，父母心如刀绞，小昊子反倒不难过。借着这十天半个月休养的由头，提出了自己不想练琴的想法，顺理成章地把不太喜欢的钢琴搁置到了一边。在本就不大的家里占据了大片领地的钢琴，名副其实地变成了一件装饰品。

不练琴了，那孩子总得学点其他什么吧？昊子的父母在这时，第一次把打排球这个选项提到了议程上。当然，他们并不是真心希望孩子走专业排球运动员的道路，而是抱着幻想：打球是要吃苦的，如果吃了苦头，她自然会去选择其他的道路。

懵懵懂懂的小昊子，哪里懂得自己做出的选择会具有怎样重大的意义；哪里明白“父母之爱子，则为之计深远”的良苦用心。她只是单纯地觉得，从来没尝试过打排球，要不我就去试试吧。就这么一个小小的好奇的念头，改变了昊子一生的命运。

我不知道用“因祸得福”来形容是否合适准确，不过昊子命中注定，是要在排球这片天地里绽放光彩的。

在整个聊天过程中，昊子多次提到她的爸爸是个比较民主的人。当人生走到需要做出抉择的时候，她的爸爸会为她分析利弊，但不过多干涉，用八个字总结就是——给出建议，决定在你。如果孩子最终选了和父母心中不一样的选项，他们也会全力支持。

既然决定要打球，巧凤阿姨便立刻行动起来。她找到了辽宁女排的前辈高桂花，她后来也成为昊子的启蒙教练。

专业运动员的训练，总是枯燥乏味又异常艰苦的。巧凤阿姨深知一切，心中虽有不舍，也能做到狠下心去看孩子的训练，而昊子的爸爸显然做不到这点。他完全不忍心看孩子的训练，特别是练习滚翻倒地时，每一次孩子摔在地板上，他的心就像被重重地捶了一下。

可即便心再痛，他还是选择尊重孩子的坚持。

进入市体校排球队，昊子深知和同批身材高大的队友比起来，自身的条件非常一般，她非但没有因此沮丧，反而清楚地认识到，自己的不足是什么，结合臂长、弹跳和力量等综合素质来看，自己的能力和优势又在哪里。

在运动队，条件至上的准则是很难撼动的，更何况是在人才辈出的辽宁队，昊子的综合能力就显得不那么起眼了。最后省体校还是靠了巧凤阿姨的那点儿薄面，才勉强留下了她。

“严格算来，我其实是靠‘走后门’进去的。”昊子咧开嘴，眯起眼，露出她标志性的笑容。她脸颊上两个可爱的小酒窝，好似在冲着我招手。

说昊子的笑容是她特有的标志，真的一点都不夸张，许多人都跟我提过昊子的笑容让人看着好生欢喜。即使有些朋友不懂排球，也记不住球衣号码和名字，同样会被她的笑容深深吸引。

昊子的笑，是让人印象深刻、过目不忘的。不过，有人喜欢，觉得她的笑容让人放心，那么自然有人会为此感到不悦。她的爱笑，曾被某领导视为“态度不正”。1996年至1998年昊子连续三年入选了国家青年队，而在1999年她还适龄的情况下，却没有入选这届的国青。

“我打球不是老爱笑嘛，”说着，昊子毫不吝啬地又展露她的笑容，“不过，说真的，我训练确实属于能偷懒的。”

“那是好事啊，我们现在都说，不会偷懒的队员不是好队员，什么都照单全收，除非是铁人，不然没人扛得住。”

“退役后，我和大炮（周苏红）聊过，她说过自己不敢说完全不偷懒，但真的是很少偷懒。而我是那种，觉得这个有用挺爱练的，我就全力去练，那个没意思我不爱练的，就不怎么使劲练了，我基本上都是这样的。”

“你不怎么使劲练还能达到要求，那说明你有实力呀。”我流露出羡慕的口吻。如果用手机耗电量来形容，别人练完可能是电量低的提醒，我和大炮基本上就属于自动关机的状态了。

“还有，我的球虽然很重，但球风偏软，用‘软’形容可能不是特别贴切，主要就是我的气势不够凶悍，不像你们扣完球挥拳呐喊，富有激情，我属于性格温和的那种，总笑呵呵的。”昊子这么一说，我细细想来，她打球时真的总是乐呵呵的，我都没印象见她急过眼。

就这样，昊子无缘1999年国青的比赛。那一年，国青的成绩并不太理想。看着曾经奋战的小伙伴身披国家队队服在赛场上披荆斩棘，自己从年龄到能力都可以胜任却意外落选，这让平日里遇事不急不躁的昊子感到非常窝火。

巧合的是，值遇同年国家队的成绩也不太好，看似总是漫不经心的昊子有了自己的想法。当时只有十九岁的她找父母袒露心声，如果将来能上国家队固然是好，但如果没机会上去，就这样在省队里混日子，实在没有什么大发展。她第一次郑重地和父母提出想要去大学读书的想法。在这次家庭会议中，昊子的父母表态会全力支持她，而她的爸爸在大问题上，总能以冷静的态度给出决定性的建议，这令昊子感到安心，不再为未来感到犹豫彷徨。

接下来的发展，并未像昊子想象的那么糟糕。2001年她如愿入选国家队。身高只有一米八二的她，用自己多样的手法、灵活细腻的手上功夫、颇具风格的平拉开，以及各种困难球的处理能力，征服了陈忠和教练。对昊子和同样出自辽宁队的副攻刘亚男，媒体当年给出了极高的评价，盛赞她们两人是陈忠和的左膀右臂。

美好的一切来得是那么的自然而然，可正如花有花开花落，月有阴晴圆缺一样，世间没有什么是恒久不变的。

再温和的性格，面对落后的局面和状态欠佳的情况时，没有球员还能沉得住气。于是我问道："那你有没有急过的时候？"

"世锦赛啊……印象比较深，后面那几场球，确实……"昊子的语气低沉下来，充满了无力感。像是要把那团哽在喉间许久的结吐出来，她轻声叹了口气。

2002年在德国举行的世界女排锦标赛，我们因为选择队手，出现了"让球风波"。我们虽然按原计划进入了四强，但也在受到其他队伍的抵制和裁判的制裁后，止步于第四名，与奖牌无缘。

那一年，我们刚刚组队一年多，大赛经验不足，起伏较大，却有着一股愣头青的拼劲，然而事件的结果如同一盆冷水，浇灭了我们所有的热情和信心。面对全场的嘘声，我们依然得咬着牙坚持到最后。

"当时确实有很多的困难，可我们选择了这样做，又没有做好，没有证明自己。如果当时成绩好一些，我们面对的舆论压力是否就没有那么大了？"直到现在，这个问题还时不时会跳出来，昊子没有答案，我们也没有答案。

那年的世锦赛事件，对队伍的打击真的蛮大的，尤其对昊子而言，打击尤甚。因为她深深地记得，在半决赛对意大利比赛时自己打得特别不好，可以用失常来形容，而从那之后她的状态一直很低迷。

对于世锦赛这个话题，我是很有负担的。我想知道昊子内心真实的感受，但又担心刺痛她的心灵，这就好像眼睁睁看着拔掉扎在心头已久的那根刺，任凭伤口裂开，血流不止。有时候，重新揭开伤疤比承受新伤，要痛苦万倍。

“那一段可以说是你排球生涯的低谷期，你会如何评价当时的自己？你有没有怀疑过自己？”我小心谨慎地选择用语，不想令昊子感到不适。也希望谈及此处，能借这个机会让她袒露心声。

“嗯……”昊子沉默了许久，也犹豫了许久，我感觉到她的内心在苦苦挣扎。当她再次开口时，声调带了些许颤音：“我其实属于想得不是很多的人，可以用‘行尸走肉’形容。那时候想着，就这样……就这样吧……”

我的脑海浮现出“得过且过”这个词，有别于不负责任的放任，而是自我保护的基本反应。如果不是内心已无力抗争和改变，谁又愿意放任自己得过且过呢？

“我感到当谈到世锦赛的时候，你好像……”

“挺自责的那种感觉……”此刻，昊子的眼中升起一团朦胧的光泽，她拼命想控制自己起了波澜的情绪，却压抑不住哽咽而走调的声音。我被她的情绪感染，也跟着红了眼眶。

以前，有很多人问过我，集体项目和个人项目最大的区别是什么？我从没有给过一个明确的回答。退役后我和其他一些个人项目的运动员参加活动，经常会有在衣服上签字的任务，我就会建议坐旁边的运动员，一起互相撑开衣服，两人可以协作完成签名，又快速又便捷。效率提高了，效果得到赞许。对此，我听到最多的评价是——集体项目就是不一样！

是啊，个人项目背负着国家和个人，而集体项目同时还背负着同甘共苦的队友。因为个人出色的发挥帮助队伍胜利，我们从没人为此感到这是件多么了不起的事情，但，如果因为自己的失误或状态失常造成队伍输球，却可能是一辈子都无法释怀的心结。

谁不想在场上，成为定海神针式的人物，成为最闪亮的明星，谁不想做球场上的救世主，可谁能保证每场发挥都一定尽如人意呢？就算我们毫无保留地尽心演出，剧情也未必会如期待中那样发展。我们只不过是平凡的普通人里和排球有缘分的一众群体罢了，我们能做的，也仅有义无反顾的、全身心的投入和付出。

在心理学里，内疚是仅次于羞愧的第二严重的负面能量，虽达不到毁灭性，也具有强大的破坏力。昊子总结世锦赛对自己是一个很好的锻炼，走出那段阴霾的日子，成就之后更好的自己。然而在时隔十七年后再谈及此事，即便从未有队友为此指责过她，此刻我依然能感受到她深切的自责。那份内疚，对她的纠缠从未减少过分毫，这让我始料未及。十七年，这是一个不短的时间，却仍然没有修复她心中的伤痛。

昊子是个不善于表达的人，心里有想法也不善于去沟通，看似大大咧咧，其实内心极其丰富细腻。在表面的乐天派的错觉下，还隐藏着另一个没有人能真正读懂的她。

我极少见到昊子哭泣的样子，记得陈导都评价过她是个不爱哭的人。像今天这样任由泪水夺眶而出，哽咽抽泣，我还是第一次见到。我递去纸巾，将她轻轻拥入怀中，然后在她耳边低语道："我们从来没责怪你，正如在我们状态不好时，你同样会支持弥补我们一样，你不也曾是我们的一片天吗？"昊子听完，哭得更凶了。那饱含着悔恨和自责的泪水，仿佛落不尽的春雨般令人心痛万分。

昊子当年因为太过自责，整个人都沉浸在不断下沉的旋涡中，这种情况一直持续到第二年的集训也未见好转。或许是怕对昊子造成适得其反的效果，当时陈导并没有选择用言语安慰，而是为她特设了一个热身项目——摔跤。我们这些小瘦子被陈导挑选出来，成为被摔目标。昊子说，陈导这么做是为了转移她的注意力，让她从心结中走出来，同时也想培养和激发她的斗劲。

如果说2002年留给昊子的是自责，那2008年留在昊子心中更多的是一份遗憾——遗憾没机会继续问鼎冠军，遗憾自己没有首发出战。昊子说，她一直都很想问陈导一个问题："2001年到2007年我都一直在主力位置上，为什么2008年就把我撤下去了？自己身上也确实有伤病，可在同位置里相比自己并不差，究竟是为什么呢？"我无法揣测答案。昊子从当时还未退休的徐主任口中得知，可能是综合考虑的笼统猜测。我想，这个问题还是留到下一次见到陈导时，再一探究竟吧。

昊子算是我们这批队员里面，继续战斗在排球第一线的人。她现在执教北航女排，一有机会就和学生们一起打球，前排进攻，后排防守，只要能动她绝不歇着。

“我真的喜欢打球，真的喜欢……”昊子重复了好几次，声音轻柔得像是在喃喃自语，“如果时光可以倒流，该多好啊！”

昊子始终割舍不下对排球的这份情结。怀念在国家队的点点滴滴时，她眼含热泪，笑着形容：回忆就是痛并快乐着啊。现役期间，她从未说过也从未觉得自己有多么热爱排球，只是单纯地认为，选择了就要做到最好，每一场球都要全力争取胜利。而到了真的要与赛场说再见的那一天，后知后觉的她才猛然发觉，自己是从灵魂深处热爱着排球。

在退役后的一段时间里，她曾一度不愿去国家体育总局的附近，连路过都不想。听到这里，我一时糊涂，猜测是在分配工作上有过什么不愉快的事情发生，昊子摇摇头，说出真相：“只要路过那里就特别难过，因为真的舍不得离开……”讲到这里，她又一次眼泛泪光，我只能轻拍她的手背，陪着她一起流泪。

因为爱，所以不舍，因为爱，所以分外怀念。

当我们谈到同时期的外国选手，像美国的汤姆，意大利的皮奇尼尼还没离开赛场，昊子总是不无感慨，觉得自己退役太早了，如果有现在国家队的保障条件，她一定会继续打下去。

退役是每个运动员都必须要面对的问题，对我这么一个老伤号来说，这么年轻退役，心虽不甘，却也能坦然接受，毕竟伤病夺去了我所有的希望，我只能认命。但没想到，过去这么多年，对排球执着的热情，在昊子的心中从没有消减半分。

谈及退役原因，昊子坦言，由于伤病和能力的问题，让她没有办法继续留在国家队，这让她一下子失去了一大半的奋斗目标。而国内的地方队伍又不是真正意义上的俱乐部。在离开国家队后，她再也没遇到那么一个令她感动，让她心甘情愿为之付出全部的团队。

当我问起为什么如此明确定位一定要在大学做老师时，昊子先给我说了一个小故事。在国家队期间，有一次大家饭后聊天，有人提议玩一个小游戏——用四个字形容自己。她记得冯坤用的是“慢慢吞吞”，大炮是“风风火火”，她想到的则是“劳逸结合”。由此她引申道，做大学的教练没有带专业队那么辛苦，不需要坐班还有假期，关键还没有离开自己的本行，可以继续在基层推广排球。对她来说，这就属于劳逸结合。昊子是一个很清楚自己要什么的人，凭她的成绩、资历和能力，完全可以去争取官职，但她没这么做，因为她更清楚什么适合自己。

对排球的热爱，让她选择并深深扎根在学校的体育基础建设中。她看到中国的体育还没有在真正意义上形成一种体育文化，看到中国排球的基础太过单薄。就算有些学校对体育基础的重视程度不够，就算一个人的力量非常有限，她也认准了要认真全力地做自己能做的事情，在自己的能力范围之内，要努力让一切变得更好。正如面对学生交上来的作业，她都会认真地点评，予以指点，从不马虎。因为，她真诚地希望，有更多的人关注排球，喜欢排球。

对于年轻的后辈们，昊子希望她们对自己有正确的定位，在不同阶段设立不同的目标，让自己在每一次的努力付出后，都能感到离目标更靠近了一些，让自己有动力去迎接下一次的挑战。

时间不知不觉过得飞快，分别时，昊子推着车，陪我慢慢走到等车的地点。这段路很短，我们却默契地用了最长的时间才走到，因为我们都希望相聚的时间能多一点，再多一点。

我坐上回家的车，此刻，天空阴沉下来，飘起了雨丝。像是想要抵御燥热的天气，稀疏的雨点努力做着最大的抗争。

在奔逐的下班人群与鼓噪嘈杂的街道里，我深刻地感受到一份悲伤和孤独；在逐渐闪亮起来的霓虹灯里，又仿佛看清了绚烂背后透彻的真实。

我想起林清玄先生书中，有一章描写在果园打工，看着两棵水蜜桃树在冬季过后枯黄死去时的心情，他写道："人世里的波折其实也和果树一样。有时候我们面临了冬天的肃杀，却还要被剪去枝丫，甚至流下了心里的汁液。那些懦弱的，就不能等到春天，只有永远保持春天心情等待发芽的人，才能勇敢地过冬，才能在流血之后还能繁叶满树，然后结出比剪枝前更好的果。"

多年后，尤其是在受到什么无情的波折与打击时，那两棵无关紧要的水蜜桃树，就在林清玄先生的心中撑举出来。他对自己说："跨过去，春天不远了，我永远不要失去发芽的心情。"

车里，从收音机里传来朴树的《平凡之路》——

我曾经堕入无边黑暗
想挣扎无法自拔
我曾经像你　像他　像那野草野花
绝望着　也渴望着　也哭　也笑　平凡着
向前走就这么走

……

风吹过的路依然远

你的故事讲到了哪

熟悉又撼动心扉的歌声，撞击着我的胸膛。

窗外的雨渐渐大了起来，我闭上眼，强忍住泪水，却阻止不了泪在血脉中奔涌。

我轻声低喃着，像是对昊子，更像是对自己说：“跨过去，春天不远了……”

蜡笔小新带来的坚强

——刘亚男

没有他

我熬不过那段最苦的日子

是他拯救了我

拯救了　那个

在崩溃边缘挣扎的我

即使心里流着泪

第二天

我也要坚强地面对一切

——刘亚男

刘亚男在庆祝得分(供图/谭美舆)

对亚男的采访同样是在香港完成的。从2019年6月6日上午开始，我就紧锣密鼓地张罗着约亚男的时间。可是白天想要抓到她，简直是比登天还难。

如果在白天占用了她的时间，影响了她如脱缰的野马般放飞的小心情，我会为此过意不去，同时更担心“小命不保”。毕竟，在队里玩单挑游戏我从未赢过。希望这句不要引来亚男的“暴力”。可我也知道，只要我服软喊一声“男哥”，亚男就会豪放地搂住我来一句:“蕊，男哥罩着你！”

6月6日那天，中国女排3 ∶ 2逆转了意大利女排，为现场观众带来一场饕餮盛宴，也报了2018年世锦赛负于对手的一箭之仇。赛后，大家都余兴未尽，亚男还跑去中国队住的酒店，看望队中辽宁籍的队员，顺便找亚文姐聊聊天。

等亚男在那边热闹完，通知我过去采访时，已是6月7日差不多凌晨一点钟了。我不是一个很能熬夜的人，所幸那天看球的激情一直未消减，看着电视、玩玩手机倒也坚持住没被睡神攻陷。但我也颇有顾虑，这么晚了，会不会太打扰她了？

走到亚男的房间前，附耳贴在门上，听到屋里还另有他人。待我摁下门铃，果不其然，为我开门的是张娜。

亚男的东北腔和张娜的天津话凑在一起，堪称绝配，那简直比一场专业的对口相声还要精彩。她们两个叽叽喳喳互相模仿当年的糗事，惹我笑得前仰后翻，差点从床上跌落地上，脸颊和肚皮也因笑得过久阵阵抽筋。我在心中暗爽：不花钱就看到这么一出好戏，真的太值了。

最后，张娜体恤我们，说时间已不早，不打扰我们采访便离开了。刚才那几乎快爆表的欢声笑语的气氛，此刻才渐渐安静下来。

亚男背靠床头坐下，我盘腿坐在床尾。

“我想从我的角度，记录一些你们比较特别的故事和心情，写一些接地气的内容。”我为进入采访开始铺垫。

“接地气的啊，好，那一定接地气。”亚男霸气地讲道，“首先，我初次练排球的时候别人不要我。”亚男进入状态之快，让我差点没跟上她的节奏。

亚男出身于一个体育家庭，准确地说是一个篮球家庭。身高一米八四的父亲和身高一米七二的母亲，都是单位篮球队里重点的选手，她的妈妈更是大连市第一个完成女子跳投的人。

她的妈妈本有意在篮球方面培养她，谁知小亚男一去到篮球场就感到厌烦，直嚷嚷着不喜欢，她的妈妈很无奈却也只能作罢。

除了篮球，阿姨更是一名地地道道的体育爱好者，特别是各种球类比赛更是场场必看。1983年的某一天，刚刚三岁还不记事的小亚男陪着妈妈一起看排球比赛，看到激动处她突然大声叫了一句：

“我要打排球，我要当郎平！”听起来像是句玩笑话，稚嫩的小脸上却挂着不容小觑的气势。说者无心听者有意，阿姨将女儿的这句誓言牢牢地记在了心底。她默默地替女儿守护着这个梦想，一守就是十几年。

亚男命中注定是要和排球结缘的，但在这之前，她差一点成为一名游泳运动员。在上小学之前，有一次妈妈带着她坐船去外地，目的地是哪儿她已经不记得了，然而同船的一位自称是八一游泳队教练的叔叔令她印象深刻。这位教练一眼相中亚男的身板，于是试图说服亚男的妈妈让孩子去北京，到他那里练游泳，并保证孩子将来能拿金牌。阿姨很民主，并未自行决定而是先征询孩子的意见。怎知小亚男死活不愿意去，那位教练又不死心，就这么一路做她的思想工作，一直到了目的地还未放弃。

“为什么不想练游泳？”我很好奇，因为觉得没有小朋友会讨厌水的。

“主要是我不想离开家，不过最主要的原因是——我怕水。”一提起水，亚男的眼中泛起了些许恐惧的色彩。

对于住在海滨城市的人来说，大海如同空气般熟悉又不可分割，俨然是生命中的一部分。如果告诉别人，自己住在与海为邻的地方却不会游泳，就好比四川人说自己不会吃辣一样，定会被人嘲笑。小亚男天性其实是喜欢水的，只是有一天，她躺在气垫上在海中飘摇自在时，一个不留神，被爸爸粗鲁地抽掉了身下的气垫，惊恐中她连呛了好几口水，从那以后她就开始怕水了。叔叔也没想到，本想教孩子学游泳的，结果适得其反，让亚男从此落下了恐水的心理病，以至于现在只要水一漫过肚脐，她就会感觉气上不来。

我想起以前随国家队在海边体能训练，完成课业后陈导常常会安排我们打水球比赛，几个水性差的队员就成了消极分子，要不完全不进水，要不在水刚刚漫过膝盖的位置还要抱着一个大泳圈。亚男就是其中的一员。这个画面真的非常有趣，常常被我们拿出来作为茶余饭后的谈资。而亚男在谈起怕水的缘由后，我不“厚道”地表示，要感谢叔叔当年那狠心绝情的一抽，不然，我们哪来的做队友的缘分。

小学时期，亚男的体育天赋就毫无保留地展现出来，在学校里她包揽了所有短跑的冠军，代表区去参加市里比赛也是轻松摘得桂冠。这一纪录或者说是优势保持了好多年，直到初中的时候，才被同班一位叫梁婷婷的女生打破。第一次品尝到输的滋味，亚男的心里非常憋屈，为此还大哭了一场，而跑步时不知什么原因她的鞋又掉了，就这样，她心有不甘地冲妈妈发了脾气，怨妈妈给她的鞋子买大了，让她输了比赛。事后，亚男冷静下来，慢慢想明白，“人家父母都是练田径的，我这即使鞋再跟脚也跑不过啊”。一句小小的自我调侃，让亚男很快从被失败笼罩的情绪中走了出来。

得益于父母身高的遗传，亚男从小跟同龄孩子相比就“高人一等”。小学六年级时，学校体育老师朱老师见她身高的优势，决定带她去见识了解一下排球运动。对排球毫无概念的她，一脸懵懂地跟老师去了球场。她一见到在地板上蹦跳的白色排球，仿佛一球入魂般心绪澎湃。小时候的誓言从未在她心中留下任何痕迹，却一点都不妨碍她在那一刻再次爱上排球。

从那天起，她成为一名排球小将。拎着一个大球袋，在土渣场地里为大姐姐们捡球，是她“训练”的主要内容。我笑称亚男是捡球捡出来的奥运冠军。

亚男的妈妈见时机成熟，便告诉女儿小时候曾立下誓言的详情，并问她愿不愿意去大连市体校练排球。对过去那段记忆的好奇，显然抵不过面对未知情况的忐忑。但对于排球的喜爱，又让她战胜了心中的恐惧。

在市体校的排球场里，亚男第一次见到了自己的启蒙教练高桂花。只不过这第一次的面试不如想象中顺利，因为又瘦又小的亚男，没有被教练看中。教练觉得她年龄太小身体又单薄，担心姐姐们一个球扣过来都可能把她扣晕了，所以拒绝收下亚男。这时，一旁的教练建议亚男的妈妈，说如果实在想练，那就去练羽毛球吧，先练练脚底下的灵活性。阿姨听从了这位教练的建议，没有丝毫犹豫就将小亚男送去了羽毛球队。

经过三个月的训练，小亚男的球感、灵敏性和协调性全方位地得到了羽毛球队教练的高度认可，教练希望她留下来正式入队。然而本来对羽毛球就没什么热情的小亚男，对于三个月来感受到的个人项目表现出来的那种较强的敌意，感到异常紧张。从小，她就不喜欢针对别人，也不喜欢别人针对自己。她接受不了这种单打独斗、强烈的对立面意识和思维模式。终于，她忍不住跑去央求妈妈，不管别人如何劝说，她都态度坚决表示不想继续再练羽毛球了。

在亚男的成长经历中，妈妈对她的影响至关重要，用她的话说，“但凡是有一口好的，妈妈都给我留着”。从亚男的口中得知，阿姨是一个非常要强又爱干净的人，通俗地说，还有那么一点点深度洁癖。为此，亚男特别给我讲了一段关于小白鞋的故事。

小时候，我们穿的球鞋都是那种纯白色的款式，长期在球场上摸爬滚打，白球鞋很容易就变黑了，只要不是很脏穿个几天再换是很普遍的。但在亚男的记忆中，她所有打球穿的小白鞋，从来没脏过，不管她去什么场地，哪怕是土渣场地训练，只要是白鞋，第二天她穿的一定是干干净净的。

记得在一个雨天里，亚男的妈妈领着她坐公交车去一个较远的地方练羽毛球。那天雨势不小，地面到处是大大小小的水洼，阿姨怕把女儿的鞋弄脏了，就背着她从车站走到了球馆。球馆不允许大人进入，阿姨就打着伞站在风雨中等女儿下课。亚男感叹，没有妈妈的呵护，就没有今天的她。

亚男对母亲的感谢及对母爱的赞美，让我想起一句广告词——父爱是座大山。那么，母爱应该就是水了吧。安静又纯粹，她可以是潺潺流过的山涧小溪，在你干渴疲累时为你呈上清澈甜美的甘露；她也可以是气势恢宏的壮丽瀑布，在你迷惘失去动力时带你乘风破浪，看见希望；她更是那燃尽的蜡滴，燃烧自己仅是为其所爱带来一丝温暖和光明……借着亚男感恩母亲的心情，在此，我以自己的感怀致敬所有无私奉献的伟大母亲。

大连市每年会举行一个全市选拔，把各学校顶尖的体育苗子集中到一起，由市体校各项目的教练员去挑选。某一年，亚男有幸也参加了选拔。

说是缘分，但很搞笑的是，当年拒收小亚男的排球队教练一眼就瞅见了她。教练欢喜地拉着她的手让她去打排球，亚男的妈妈在一旁不由得乐了起来，说：“当初给你们送去了，可你们嫌孩子又小又矮没收啊！”教练对这段过往显然已经忘记了，直呼：“这么好的条件怎么可能不要。”正说着，击剑队的教练走了过来，评价亚男从腿长到臂展，各方面都是一个练击剑的好条件。

半路突然跑出个截和的，排球队的教练也不甘示弱，立刻宣讲起练排球的种种好处和优势。趁两个教练各抒己见，亚男的妈妈俯身问女儿：“你想选哪个？妈妈尊重你的意见。”得到妈妈的支持，亚男毫不犹豫地选了排球。而她选排球的理由也很简单，一是喜欢排球，二是觉得当初排球队教练看不上她，那就去比画比画呗，看看自己到底有没有这个金刚钻，能不能揽这个瓷器活。

当初的否定没有让倔强的亚男退缩，她选择在排球扎根，一练就是好几十年的光景。

“你说人吧，认不认命？有时候就是冥冥中注定的，我早晚要走上排球这条路。真的感谢排球，没有排球的话，也没有今天的你我。我们这些老姐妹从五湖四海聚在一起，赶上了一个好时候、好机遇，赶上了对的人、对的团队，现在回想起来真的觉得好幸福。”亚男深吸一口气，发出感慨。这跟她平时贼搞笑，贼能逗乐的形象相差甚远，说到动情处，她的眼中还微微泛起了光泽。

“我也从不会去羡慕嫉妒别人，为什么呢？你从我的体形就能看出来。”亚男做了个鬼脸，调皮地拍了拍腰间有些瓷实的“小泳圈”，轻松自如地将严肃和搞笑这两种模式随意切换，“有些东西不是你羡慕嫉妒就能得来的，一个人有一个人的活法。我也有焦虑和想不通的时候，但随着年龄的增长，我发现很多事对我来说都不叫事了。”

“现在回头看觉得不叫事了，那当时有没有什么是让你想不开、让你一蹶不振的事件？”

“有啊，肩伤的时候。关于那段经历，我要感谢陈导，同时我也要‘埋怨’陈导。”仿佛想要吹散盘踞在心头那团灰色的记忆，亚男缓缓道出了那段往事。

2001年，亚男被陈忠和教练招入麾下。她能高能快，能攻能守，连后排攻都不在话下，没几日她就将主力的位子牢牢握在了手中，和昊子成为当时的辽宁双煞，每一个对手见到她俩都分外头疼。

如同海市蜃楼总是在人们的惊叹和惋惜中消散得无影无踪一样，美好的瞬间向来分外短暂。没几个月，亚男的右肩就受伤了。

我犹记那年出征亚锦赛的前夕，陈导突然找我谈心，如实说明了亚男的肩伤情况，并告知我接下来的比赛由我作为主力出战。听到这个消息，我倍感压力，因为我完全没有做好担当主力的准备，而且亚男之前的状态，可以用如有神助来形容。我担心自己没有这个能力担当此重任，生怕影响了大家，心中时刻盼着亚男快点好起来。和我表现出的顾虑不同，陈导眼中尽是无奈和可惜。我能理解陈导当时的心情，不到万不得已的时候，他一点都不想做出这样的调整。

一颗冉冉升起的希望之星，就这样渐渐暗淡下来，这对满怀憧憬的亚男是一个重大打击。不过，幸运的是，陈导自始至终并未放弃她。

同年的全运会中，亚男的肩伤依然没有半点好转。所幸辽宁队属于高举高打的风格，她算勉强坚持了下来。可那一年国家队的比赛任务还未结束，她担心自己这样的状态很难再回国家队了。就在她忐忑不安之时，陈导给她打来了电话。

亚男学起了陈导的话语，连陈导特有的福建口音都模仿得惟妙惟肖。正如陈导念不准我的“蕊”字一样，陈导读亚男的“男”字永远是“兰”字的发音。亚男夸张地学了多久，我就笑了多久，而那藏在笑容背后的苦涩，又是那样令人心痛。

“你自己要抓紧啊，有点小伤不算什么，只要你不放弃，我就不会放弃你。”陈导当时对亚男说了这样一段话，如同一针强心剂，化解了她心中所有的担忧，跌入谷底的她仿佛又看到了光明。她形容自己支离破碎的心被陈导一片一片地又粘了起来。时至今日，陈导的每一字每一句，亚男都感怀于心，不曾忘记。

陈导给亚男带去了希望和光明，也同样是陈导，曾将亚男的自尊心亲手给“埋葬”了。

在天津备战2002年世锦赛期间，肺炎还未痊愈、每天还需要打吊瓶的亚男，在某一天的训练中，没有达到陈导的要求，被陈导安排课后加练。有别于单兵防守或单兵扣球这些我们常规面对的“魔鬼”惩罚方式，陈导那天给亚男准备了一个别出心裁的项目——他让我们所有队员排成一排，将手背在身后比画手势为亚男的扣球打分，然后他站在我们身后查看打分情况。只要有一个人给出的不是点赞的大拇指，这个球就不计算在好球之列。

亚男一共要完成十个好球，十个副攻位置的半高球。这对没安排拦网和防守的进攻队员来说，是非常轻松就能完成的任务。可就是这么一个轻松的项目对当时的亚男来说却难如登天，因为肩伤影响了她的动作，她根本无法使用大臂的力量扣出有威力的进攻。

“力量不够，一般。”

“失误，再加一个。”

“这球你们也给她算好球？不算……”

球场里回响着陈导濒临发火的喊声，我们其他队员谨小慎微地揣测着陈导的情绪，最大限度地给亚男放水。不过这个度真的很难把握，一个不小心就可能触怒陈导，反而给亚男带来麻烦。不知道过了多久，也不知道亚男究竟扣了多少个球，才完成了课业指标。沉重的气氛在场里弥漫，久久不散。这一段不用亚男回忆，我都有很深的印象。

队里不少队员其实都深受肩袖损伤的困扰，我也是其中之一。由于刚开始和二传配合还不够默契，常常出现抡臂扣空的情况，久而久之肩伤就出现了。我记得最严重的时候，半夜睡觉都会疼醒，手背到身后最多只能放到腰部的位置，穿衣服、梳头都极受影响。而亚男的肩伤相比我们要更复杂一些，在肩袖的基础上她还有滑囊的问题。她时常感觉一发力肩膀就像脱了环似的，要自己再调整一下才能复位，时间久了渐渐就演变成习惯性脱臼，但所有人都以为她只不过是单纯的肩袖损伤。

亚男对于这段记忆，只用了“我真的很难过”来形容。她知道陈导那时候是想用激将法刺激她，可看着同样有肩伤的我们能较好地完成课业，她却不行，这让陈导认为亚男的思想品质不过关，没有咬牙坚持的劲儿。就连亚男自己都曾一度怀疑自己是否真的不行，而陈导对她的要求也颠覆了她对“承受”这两个字理解的概念。

“我没有跟陈导很好地沟通，我选择了封闭自己，你知道是谁陪我度过了那段最难的时光吗？”

我眉宇紧锁，摇了摇头。

“蜡笔小新。”

“啊！”我恍然大悟，“怪不得你今天说蜡笔小新是你的男神。”

“每天必须看，如果不看，只要脑袋一放空，我就会想我的肩，那是我最难熬的一段时间，只有在看蜡笔小新的时候我才能感受到一丝丝的快乐，是他，救了我……”亚男双眉深蹙，悄然涌现的泪水，仿如窗外高悬天际的明月洒落下水银泻地般透骨的哀伤与清冷的迷蒙，令人心中阵阵不忍。我鼻头一阵酸楚，急忙起身，在床上跪挪了几步，将她紧紧拥入怀中。

这些话，亚男从来没有对任何一个人说过。她选择将一切深藏心底，独自承受。我不禁又会想，如果她自己不想走出困局，即使一百个蜡笔小新在她身边，也救不了她。

在国家队时，我记得有一年有企业送了我们一人一部便携式DVD。那时候能拥有一部DVD简直就是件奢侈的事情。一有空，亚男就抱着它看《武林外传》，笑得人仰马翻。我对这类题材的影视不太感冒，当时就觉得贼能逗乐的亚男，喜欢夸张搞笑的内容是很正常的事情，可现在细细想来，根本不是那么回事。

熟悉的亚男就坐在我面前，却又像是陌生的另一个人，我感觉这么多年，仿佛从未真正认识过她、了解过她。她表面上看起来是一个开朗到没心没肺的人，段子和笑话能信手拈来，好似她天生就自带搞笑的基因，你从来不会把悲观、失望和她联系在一起。

然而，她内心真正的孤独和痛苦，从来没有人懂。人前的坚强和人后的辛酸，又有几人能看透呢？

她坦言，希望大家都开心，于是把最快乐的一面展示给大家，而那些最脆弱最黑暗的一面，永远是留给了自己和家人。甚至到最后，经历过这段特别的加练事件，她连家人独享的分担她悲伤的权利也收了回来。

孤独的战士。

我的脑海里飞快闪过这句话。可谁曾想到，这样一个孤独的战士，是靠着永远长不大的蜡笔小新的陪伴，一路熬过来的。

我想起自己在最难熬的岁月里，选择拼命地看书，和自己的内心对话。可在2006年世锦赛出征前夕，得知自己依然无法随队比赛，人生中，我第一次选择借酒浇愁。那是一个周六的晚上，同样在天津，那天市领导宴请我们，陈导开恩允许大家可以喝少许的红酒，我却主动将自己的酒杯倒满了白酒，几杯下肚后又改喝红酒。同桌的队友以为我是贪酒，其实她们不知道，有轻微酒精过敏的我并不适合饮酒，而不停地豪饮只不过是为了能忘却痛苦，不想那不争气的眼泪流下来。可借酒浇愁愁更愁……那天宴请结束后，我又在楼下的超市买了半打啤酒。奇怪的是，任凭我怎么喝就是不醉。最后，我像一个失了魂的木偶般，低垂着头站在浴室的花洒下，放声痛哭。泪水和哭声被无情的水花淹没，消失在下水道中，就像什么都没有发生过。

我和亚男都是天秤座，又同样都是O型血，我们有着许多的不同，又有着许多的相似之处。有些追求完美主义的我们总喜欢将一切放在天秤上不停地摆量。为了找到一个最合适的焦点和出路，常常把自己累到心力交瘁，还依然要强颜欢笑。

多少个无眠夜，亚男是一边看着、笑着，内心却是悲伤地哭泣着。此刻，我一边写着、想着、心痛地落着泪……

只要你还愿意努力，世界总会给你惊喜。

这是我非常喜欢的一句话，用在亚男的身上最合适不过。由于肩伤她的扣球动作受限，她只能在有限的基础上做出调整和改变。没想到，这反而让她形成了另外一种风格，成就了后来的“世界第一快”，球迷们欢喜地送给她“小刘飞刀”的美誉。

“那时候，难归难，不也这么走过来了，现在再回头想，觉得这人呐，就没有吃不了的苦，好多时候都是在绝境当中逼出来的，所以，最终我还是要感谢陈导的。”亚男含着泪，感慨道，“我也感谢中国女排，练就了我不服输的性格，还有一副永远打不垮的钢筋铁骨。”

陈导兑现了不放弃她的承诺，亚男在绝境中没有放弃希望，世界则用了另外一个意想不到的方法，弥补她一个美妙的惊喜。

祸兮福兮？

很多事情不到最后一刻，谁人又能说得清、辨得明呢？

随着年龄渐长，亚男在三十三岁的时候选择了退役。曾参加过五届全运会却没有将金牌收入囊中，这是她运动生涯里的一个遗憾。和从前想不通一件事甚至不睡觉都要钻牛角尖的自己不同，现在的她早已学会了有的放矢，能更好地做到拿得起、放得下。这或许也是她心宽体胖的一个原因。减肥方面她表示自己没有一点动力，豪言身上都是幸福的肉肉，每一个听到她这么说的朋友，都哈哈大笑地祝福她，请她一定继续狠狠地幸福下去。

相聚的时光总是短暂的。我们老队友每年都能有机会聚一下，成了亚男心中小小的期待，这也是我们这批老队员的期待。看着老前辈们在一起说说笑笑，我们也开始想象着老去后定会像她们一样，在一起有说不完的话。细心的亚男还发现，以往身体状态保持得特别好的陈导，这次见面感觉没有以前那样挺拔，背也有些驼了，突然间她意识到自己也已经是个快四十岁的人了。

是啊，我们都在慢慢老去……

或许，用《寄世书：鹤来》中的一段话，总结此刻的心情最合适不过——我已经到了这个年纪，希望过，失望过，得到过，失去过。所有的一切，无非只是成就了“过去”这两个字。

通过这次深聊，我又重新认识一回亚男，认识一个全新的亚男。在写关于她的这篇内容时，我总会不自觉地联想到跟“鼓励”这个词汇有关的内容。

因为，当我问她，想对曾经的自己说点什么？她不假思索地脱口而出：“我会对自己说：你已经很棒了！你坚持得对，挺过去就会看到希望。人，是需要鼓励的，我需要给自己……一个肯定。”

亚男抬眼，回给我一个惆怅中略显伤感的微笑，这让我心中一阵酸楚，就好像口中咀嚼着一片生涩的青柠檬，却在心中不断发酵。

如果你问我会怎么回答这个问题，我会告诉2004年受伤前的自己：“请你不要再坚持了，即使被人误解说是娇气和偷懒也没关系，你真的真的已经非常努力了，就让自己任性这么一回吧……”

和我有些试图想改变过去的想法不同，亚男只是想对过去的自己说一声鼓励，仅仅是一声平凡到不起眼的鼓励。

明明难受却以笑容示人
勉强自己装作淡然的样子
总是有这样不安无法消除的黑夜
多少次总是昂着头
明明再娇气些也无妨
却自己重新振作了起来

此时此刻，我的耳机里传来藤田麻衣子的《美好的事情在等着你》，美妙的歌声如此应景，仿佛唱出了我的心声。我闭上眼，像是要找寻那些曾经失去的东西。渐渐沉浸在清扬悠远的旋律中，不知不觉，泪水已悄然顺着眼角滑落。

我们在黑夜中检视着自己的心，一遍又一遍洗涤着心间的污垢，有些脏污嵌得过深还要冒着指甲断裂的风险用力抠挖，一不小心皮肉也会被撕扯下来。疼，真的很疼，而我们却停不了手，已然成为道德洁癖的俘虏。

你帮不了我们，黑暗也帮不了我们……

为何，我们不能像赞美苍柏的挺拔、玫瑰的娇贵、群山的壮美、大海的辽阔一般，赞美自己的努力呢？

为何？我也不知。

但我想，从这一刻开始，也不迟吧。

努力过，就不后悔

——周苏红

多年以后的你

一定会感谢

现在　努力奋斗的自己

所有的积累

都是为了让你变成

未来　那个更好的自己

——周苏红

周苏红和女儿小炮（供图/周苏红）

2019年10月中旬，我因有工作安排要前往杭州，于是，早早地我便约起了周苏红。由于她的工作特别忙，没有规律，且常常外出，我们一时无法定下具体见面的时间。等我到杭州的当晚，我俩还为何时见面不停地在商榷。

电话中，她一直说我是个大忙人，殊不知，在我眼中她才是真正的大忙人。我这个闲散自由的忙和她奔波操劳的忙，是两种完全相反的忙，而显然，我们都已经习惯了各自的忙，却无法适应对方的忙。

早在前一年绍兴举办的女排世俱杯期间，我俩见面时就这个问题聊过些许，她直言不讳地表示有些羡慕我的自由自在，我则告诉她，你拥有的稳定踏实又是我没有的。人生本就如此，得一样不得一样，我们都深知此理，但互相揶揄调侃一番，已然成为我们聊天的开场模式，而所谓的“羡慕”，更多的是一种祝福。

第二天中午，我们相约在我下榻的酒店餐厅就餐叙旧。那天，她百忙之中抽空驾车前来，我真的非常感动，因为我们能凑在一起的时间，也就一个多小时。

周苏红有一个特别霸气的外号——“大炮”。关于这个外号可是有典故的：1995年2月在郴州的集训中，她把球直接扣在了墙上，开炮开成这样的真的不多见，由此，她得到“江南一大炮”的雅号，简称为“大炮”。

别看大炮扣球生猛得很，她小时候跑步可真不怎么在行。跟亚男小学时包揽学校短跑所有冠军不同，大炮五年级时参加校运动会的八百米项目，仅得了倒数第二的成绩。

我们经常说，身体素质是天生的，所以，你真的很难把这个倒数第二的成绩，和在国家队里跑步、爬山都特别厉害的大炮画上等号。大炮笑着说：“后来我的耐力都很好嘛，体能靠后天练习是完全可以提高的。”在她轻松而上扬的声调里，飞扬着一份自豪，还有她与生俱来的自信。就连在强化体能训练中曾经难熬的苦楚，都被她的笑容冲淡了。

那次八百米赛跑，她成绩不佳，却成功吸引了一位体校排球队教练的目光。对于当时的大炮来说，四肢纤细、身形瘦长、动作协调，并不是教练看中她的唯一标准，更多的是看中了她要强、好胜和在落后时也拼尽全力不服输的劲儿。

我想起有这样一句话：你努力的样子真美。

这位后来成为大炮启蒙教练的人，一定也是被她努力、专注的样子所感动。

从事排球专业运动后，大炮清楚地体验到，专业教练选材时，都会有一种自己独特的眼光和敏锐感。俗话说，千里马常有，而伯乐不常有。如果没有这位启蒙教练的伯乐眼光和专业感觉，或许就没有享誉排坛的“江南一大炮”。所以，提起已经年过七旬的启蒙教练时，大炮满怀着深深的感恩之情。

在大炮记忆中的小学校园生活里，可供学生运动玩乐的项目还是蛮多的。虽然没有排球课，却有排球可以随便玩耍，生性好动的她总少不了要去拍打几下。这位伯乐教练在校运动会结束后，专门跑来问她:“你喜不喜欢打排球啊？”刚刚还在为输了比赛闷闷不乐的她，立刻笑盈盈地回答:“嗯，我喜欢啊。”

这声“我喜欢”并没有让她在那一刻与排球结上缘，因为她的爸爸妈妈和爷爷是持反对态度的。在他们的观念里，女孩子还是应该待在家里好，用大炮自己的话形容，“有那么点儿比较封建的思想”。但其实，最主要的原因，是她的爸爸是爷爷最小的孩子，这就难免特别舍不得这个宝贝孙女离开身边。

她的爷爷当时年事已高，身体抱恙。在老人家患病住院期间，一位跟她家关系较好的医生，试着劝导爷爷:“如果有人看中您家孙女，您应该鼓励女孩子多出去闯一闯，不要将她永远束缚在身边……”这位医生的话显然起了作用，家中长辈点头同意了。年仅十一岁的大炮，终于在六年级下半学期，成为长兴业余体校的一名排球队队员。

跟所有经历业余体校训练的孩子一样，大炮每天要出早操、白天有文化课学习、课后再去训练、每周可以回家一次。在这里度过了两年规律又充实的光阴后，鉴于她所属的市没有排球队，她便直接进入了浙江省少体校，一年半后她又被调入了省青年队。

大炮的排球生涯仿佛开了挂一般毫无阻碍，顺利得令人心生羡慕。当年，老教练跟她的家人保证“这个孩子一定可以到省队”，仅仅过去四年，这个任务就完成了，再两年后，还超额完成了指标——1996年她被选去了国家青年队，穿上了国字号的战袍。每到一个阶段，大炮都会给自己定下一个更高的目标。就这样，她一步一步地开启了排球的追梦之旅。

刚开始，她并没有意识到，排球会成为影响自己一生的职业，只是单纯地喜欢。从骨子里对排球的热爱，甚至可以用执着来形容。再加上天性争强好胜，强烈的胜负欲，令她非常享受赛场上跟对手一较高下的感觉。

在国家队里，大炮的好胜心那可是出了名的。不管是个人对抗训练还是集体对抗训练，就连踢个足球、玩个橄榄球或反弹球，哪怕是最普通的游戏，她都要跟对方争个你死我活的。有时候那股劲上来了，还会红了脸，腮帮子一鼓，气呼呼地发下小脾气。而在对抗性项目中，火药味十足的场面亦是常常会出现的。我就记得有一次，好像是在踢足球热身训练中，不知怎么回事，双方斗得快要掐架了。我这儿正担心她们会不会真动起手来，一扭头，只见陈导在一旁偷着乐呢。原来，陈导是有意在培养我们“争”一下的劲儿，平时如果都不温不火的，比赛中特别是关键比分时，就真的很难豁得出去。

我和大炮都是1999年那批入选国家队的。在那之前，我们亲眼见证了郎导将国家队帅印交给胡进教练的仪式。郎导不舍的泪水和接过教鞭高举排球的胡导，都燃起我们这批年轻队员的激情。

那一年我因伤缺席了世界杯，而大炮则因为打自由人的李艳姐在十一假期摔伤了胳膊，最后以自由人身份参加了比赛。那届世界杯，中国女排最后只得到第五名的成绩，但在大炮看来，未来依然是美好的，是充满希望的。

然而，第二年，胡导并没有再次向她抛去橄榄枝。一路走来的顺利、年纪轻轻便成为主力渐渐被人们熟知、联赛中出色的表现，以及世界杯主力自由人的身份，都让她觉得认真努力的自己，进国家队是一件顺理成章的事情。可就是这么一件顺理成章的事情，却没有像她期待中那样顺理成章地发生。她缺席了2000年的所有集训和比赛，也错过了她梦寐以求的悉尼奥运会。

失望的心情和沮丧的情绪，紧紧裹挟着她，连火热的心也像是被塞进了冰窖里，失去了温度和热情。可是，沉浸在失落中，除了得到失落还能得到什么呢？不愿意向现实认输的大炮，擦干眼泪，在心中暗自发誓：我一定要再回国家队！

这一年，她随浙江队在漳州集训，练得特别苦。本来她的血色素值就偏低，在大运动量训练后血色素值更是直接掉到十克以下。她们的领队找到厨房的师傅，专门买青蟹给她补身体。我很好奇，别人口中的海鲜美味，在她天天当药一样食用的状态下，究竟会在她的味蕾上呈现怎样的滋味？是从最初鲜美的口感，变成食之无味的麻木，再到难以下咽的苦涩？是否，又会像林清玄先生所描写的，先喝蜜茶再喝苦茶时，特别能回味蜜茶的滋味？最后，大炮是否也品出甘之如饴的美意？我不得而知，但，一定是她心中难以忘怀的感受吧。

现在再回想起那一段往事，大炮已然有一种笑看当初，坦然处之的心境。她感慨道：年轻的时候，尤其是在上升阶段中，有点挫折其实是件非常好的事。这是属于成长道路上必须学会承受的痛，也是从心浮气躁走向成熟的必经之路。

对未来的自己，大炮总会抱有些许期许。即便过程当中有过无数的曲折，但为了心爱的排球她愿意付出一切。渐渐地，她发现自己已经离不开排球。

大炮还曾于1998年，入选了胡导组建的第一批沙滩排球国家队名单。我问她："对于打沙排你心里有没有过抵触？"她竟毫不犹豫地回答："没有，我很喜欢啊。"从某种意义上看，她觉得两人组队比赛的沙排更有意思。如果不是之后被选去了室内排球，还穿上了国家队球衣，她很可能会在沙排继续发展下去。对她而言，只要有创造更高目标的机会她都不会放过。听到这里，我算是明白了，只

赵蕊蕊和周苏红是多年的室友，摄于2003年

要是排球，大炮就没问题。细想一下，这种钟情排球的方式，也就只有她这儿独一份了。

国家体育总局北公寓前有一座人行天桥，我和大炮住的619房间，就正对着这座人行天桥。从2001年到2008年的八年时间里，这里俨然成为我们的第二个家。外出比赛时我俩也常被安排在一屋，除了训练场上的相处，我俩在生活中的相处自然相对又会多一些。

大炮的好胜心尽人皆知，而她的“霸道”作为室友的我可是相当有发言权的。她性格直爽，不喜欢遮遮掩掩的拐弯抹角。大部分的时候她都很好说话，但有时又会任性地说一不二。她可能上一秒是豁达的毫不介意，下一秒就可能变成莫名的分外较真。她的外号也非常对应她的脾气，你甚至不用费心思去揣测她的情绪和想法，因为喜怒哀乐统统都挂在她的脸上。

记不清是哪一年的夏天，某天中午我从食堂返回宿舍，带回十来个桃子。由于我跟食堂的师傅们还有保安的关系都很好，结束训练比较晚的情况下，负责派水果的保安常会把当天没派完的水果分多些给我。拿到战利品自然要跟同屋好友分享，我知会大炮后，将桃子放在了紧挨厨房的台面上。短暂的午休也就一个多小时，我那时候短头发，中午也没有摘隐形眼镜的习惯，所以很快就收拾妥当了。

忙忙叨叨的大炮，这时发现了台面上的桃子，她蹙着眉说：“蕊，桃子有毛要放厨房。”

呆坐着的我迷迷糊糊地应了一声，起身准备把桃子挪去厨房。

谁知我刚挪了几个桃子，还披散着头发的大炮就跟着过来一起挪桃子，边挪还边“咆哮”:“又没让你现在弄，你着什么急？”

我永远记得自己捧着两个桃子，愣愣地站在厨房，一头雾水地看着她火急火燎地把剩下的桃子全部放置妥当。

“我是想着自己这边都收拾好了，所以就搬一下桃子啊。”当我慢悠悠地说出想法，大炮那仿佛写着一个大大的“怒”字的紧绷的脸突然间松弛下来，语气也缓和了:“你没有生气呀？我怕你生气了。”

“生气？我为什么要生气？”我歪着头，依然一脸呆萌。直到那一刻，我才明白，原来，她是怕我因她提出意见而生气了。

还有一次，记不住具体发生了什么事，反正大炮又闹情绪了。看着她那噘起来能挂油瓶的嘴，我笑呵呵地问她:“咋啦？你又生气啦？”

她装作没听见，对我视若无睹，依然忙着手中的事情。我见状，便走过去哄她开心。没几句下来她气儿就顺了，自己反倒乐呵起来，还直夸我脾气好，想吵架都吵不起来。我一听，心中暗暗叫“苦”：看来，我以后是免不了要经常受“委屈”了。

对于这些细节，大炮全然没有记忆，但听着我的描述，她笑得眼睛都眯成了一条缝儿，还频频点头说这就是她典型的性格。同时，她还不忘拉我下水，说我也是脸上藏不住事的人，跟她半斤八两。

和冯坤聊天时我们也聊到大炮的性格，冯坤形容自己属于那种有什么事都要在心里先咀嚼一下才会说出去的性格，对比大炮这种快人快语、一股脑都发泄出来不闷在心里的性格，她还有些小羡慕呢。

爱哭，也可以算是大炮最突出的特色之一。她告诉我，媒体曾形容她和亚男是中国女排的两大泪腺，赢也哭，输也哭，高兴也哭，伤心也哭……不过，她自己都承认，在国家队时她确实是哭得最多的。

我和昊子在聊到以前训练的苦日子时，昊子突然忍不住捂着嘴乐了起来。她清楚地记得大炮嘴里塞着饭菜，号啕大哭的样子。这一情节我在自传中做过详细的描述，不过我只对大炮的哭声有极深的印象。我形容那哭声，在沉闷的空间里，就像断了弦的小提琴拉出的哀乐般悲伤。可在昊子高度还原的模仿秀表演下，我感觉自己描写的那种悲伤的意境瞬间大打折扣。为此，我俩都笑岔了气。

国家队的力量训练安排，会有许多不同的方式，其中有一种，是我们力量偏差的队员最怕的方式——累计深蹲完成五千公斤总重量。平时常规的力量训练，都是根据不同重量级别安排完成规定的组数和次数，而完成五千公斤总量，则没有组数、级别的要求和限制，个人根据情况只要最后达到总量即可。对于力量好的队员来说，一百公斤蹲十个五组就可以完成了，而我们这些拼了命连六十公斤也只能一次蹲十个的队员，可想而知，五千公斤就是个遥遥无期的梦。

在某一天的训练中，陈导把累计五千公斤深蹲和由至少八至十种小力量组成一组的上肢训练，放在同一堂体能课里。看到课业内容，队员们都惊呆了，我们这些力量差的更是在心中叫苦不迭，但没人敢出声。唯独大炮这个大嗓门，一直不停地抱怨：“怎么这么多！怎么这么多！”其实，大炮练力量是很少偷懒的，每一次她都会努力去做，可在每一次练之前，她都少不了先嘴上“抗议”一番。

一般情况下，陈导熟知她的性格都随她去，结果那天陈导忽然黑了脸，把她叫到场地角落放器械的房间，狠狠地训斥她："你还想不想练了？你如果不想参加奥运会你就不要去！"一听这话，大炮的眼泪立马像断了线的珍珠，扑簌扑簌地往下掉。她心里委屈极了，因为课业真的太多，她觉得自己完成不了，而且看着完成课业快的队友，不免心中又有些不平衡：明明自己已经做得很快了，怎么还追不上？一定是她们偷懒了。可即使堵着气，红着眼圈，她还得把没完成的课业完成。

哭，是宣泄情绪压力最好的方式，对大炮而言，哭出来反而坦然自在。

她家里有一张大照片，是她在比赛中哭泣的照片，她女儿小炮看到后好奇地问："妈妈你是开心地哭，对吗？"大炮连连点头。这个凡事乐观的妈妈带给女儿的影响，就如同照片里滚落而下的泪珠，在哭泣的表象之下，蕴藏着的是笑对未来的那份希望和力量。

说起照片，还有一张照片在大炮的心中一直挥之不去。那就是2002年世锦赛，我们在半决赛负于意大利队后，全队坐在赛场休息区座位上的照片。

坐在最远处的自由人李颖，如同在逃避现实一般，歪着头侧目望着右方；亚男单手举着毛巾，好像在擦着汗，实则是悄悄拭去了眼中的泪；张静注视着前方，目光却没有焦点，平静的表面下是早已无法平静的内心；我紧紧抿着嘴唇，孤傲地昂起了头，生怕噙在眼中的泪不争气地滑落；张越红几乎把头垂到了胸口，用毛巾抵着额头，仿佛这样做，就能让泪流进心里而不被人瞧见；昊子双肘撑

图片来自网络

着膝，低垂的视线涣散无光，她拆着指尖的胶布，缓缓地、缓缓地，她多希望这只是片刻的局间休息，比赛还未真正结束；冯坤背对着镜头，照片上只能看到她少许的背影，但那种硬撑起来的坚强，也掩饰不了令人心痛的落寞和无奈；那时还留着一头短发的大炮，屈膝坐在地上，她双臂交叉抱住膝头，将脸深深地埋进了臂弯中，泪无声地流着，挂在颈间的毛巾似乎在给她安慰的拥抱，而她，却感受不到任何温度……

之后，我们浑浑噩噩地回到了休息室。早我们一步到达休息室的亚文姐，正低头计算着比赛得失分的统计。见大家全部进来后，她让我们把门关上。随后，她用极其沙哑的声音说："别忍着了，在这里，哭个够吧……"

那一刻，时间宛如停顿住了，狭小的空间里弥漫着使人无所适从的压抑。突然，大家仿若商量好了一样，同时爆出哭声，整个休息室瞬间被不甘又委屈的哭声淹没。我半跪着伏在凳面上号啕大哭，亚文姐拍着离她最近的我的后背，我的耳边响起她幽幽的低语：“哭吧，把心中的委屈通通都哭出来，等出了这个门，一定记得，把我们的眼泪擦干……”

回忆到这里，刚刚还咋咋呼呼的大炮，眼中浮现出一抹泪光。可没出几秒钟，她又调皮起来，一个劲地“投诉”：“我打交叉那么明显的打手，都恨不得是打断对方手指那样了，结果说我失误，可惜那时候没有鹰眼，不然肯定能赢那场球。”

2002年世锦赛“让球风波”，在我们每一个亲历者看来，都是人生中一段特别的经历。正如大炮总结的一样：通过那一次的磨砺，队伍的凝聚力有了一个质的飞跃，或许没有这些不顺，我们2003年世界杯还不一定能拿到冠军。所以，反过来看，这不正是成长路上的一块试金石吗？

记忆中模糊的情景总是会猛然地灵光涌现，就好似大炮跳脱的思维，没有点“灵活性”还真跟不上她的节奏。随着她的回忆，记忆点又来到了2001年在香港举行的大奖赛。

刚组队时的我们，起伏性很大，感觉是打疯的时候谁都能赢，可一旦没谱时，那些弱旅都恨不得能在我们面前耀武扬威一番。队里有一个不成文的规定——输谁也不能输日韩。要想牢牢占住亚洲老大的位置，这两个老对手是绝不可以掉以轻心的。

然而在雅典奥运周期里，如果我没记错的话，在组队的头一年里，我们曾两次输给日本队，在2001年香港站女排大奖赛上，我们更是在第一场就以0 ：3负于对手。有意思的是，连古巴队和巴西队这两支世界老牌劲旅也都先后输给了她们。当日本队战胜巴西队时，徐利主任发出了这样的感慨："这一次，日本队给我们三个队伍都上了一堂课啊。"这句话我印象非常深，我后来还把这句话记在了日记上，告诉自己永远不要忘记这堂特别的"课"。

而大炮，除了对输给日本队的赛果记忆犹新，在赛后发生的一件事，更加令她终生难忘。

那天，比赛虽输了，不过大炮个人的发挥还是可圈可点的。赛后我们观看其他队伍的比赛并做记录，大家的情绪都不高，有些沉闷不欢，大炮则跟大家相反，显得心情还不错。对精神面貌和作风要求极其严格的陈导，看在眼里怒在心中，事后他很严厉地批评大炮，这种表现属于个人锦标主义。

跟之后我们所见的成熟、有责任心、有担当的大炮比起来，那时候的她还太年轻，意识里并没有形成明确的大局观，只是单纯地觉得自己发挥好了，就算比赛输了至少也不会责怪到她头上。可如果球队赢了自己却状态糟糕的话，那接下来的总结会，挨批是铁定少不了的，出现这种情况时，她甚至还跑到一边偷偷抹过眼泪。

大炮的内心世界居然有如此与众不同的想法，着实令我有些意想不到，但转念一想，又忽觉有这样想法的她分外可爱。由于担心她小钢炮一样的性格随时爆发，我谨慎斟酌词语评价道："这，也算是一种个性的体现啊。"谁知，她毫不在乎，还一脸"嫌弃"地冲我摆摆手，发出江浙人口音中惯有的如同唱歌般的语调："哎，什么个性，我那就是太自我。”

通过这一次事件，大炮对团队精神有了一个全新的认识。她明白了大局为重的重要性，也将心中的小我很好地融进了集体里，达到了完美的平衡。她更体会到女排精神里那份包容的美好，只要你进入这个集体，就会自然而然地以集体为核心，被集体的魅力所感染。那种良好的氛围会让你从心底油然而生爱上这个集体，而且，是无怨无悔的钟爱一生。

纵观大炮的整个运动生涯，总的来说是挺顺利的，当然这其中难免遇到失利的压力和伤病的困扰。而当我问她有没有哪场比赛是令她刻骨铭心的，她告诉我，她非常怀念赛场的岁月，每一场球在她心中都是刻骨铭心的，但唯独有一场球，直到今日回想起来依然会感到后怕。那就是2010年广州亚运会，中国女排苦战五局大逆转战胜韩国队。特别是在第五局12 ：14落后的情况下，她一个扣球得分，紧接着又一个发球得分，将比分追平，关键时刻立下了奇功。

广州亚运会特意将女排作为压轴，等着这块金牌完美收官。可如果她当时扣球失误或发球失误，那么比赛就输了，局面瞬间改变，她必将受到指责被视为“千古罪人”。事后她回想起来，心中可谓是阵阵后怕。她坦言：那种局面下谁敢全力拼发球，她只想着稳稳地把球发过去，这是自己可以做到的。是啊，在这“生死攸关”的时刻，有时候，人紧张得连球都可能发不过去呢。

曾经的训练真的是苦不堪言，不过回忆起来却充满乐趣，同时也具有非凡的意义。因为膝伤严重，本还想再坚持的大炮不得不在三十五岁选择退役。她现任职于浙江省共青团，工作的压力确实不小。她甚至用“我除了会打排球其他什么都不会”来解读自己，认真的语气中是不容置疑的笃定，你也会被她凝视的眼神里，闪现的毫无保留的坦率所感动。

她现在常说“要把一件有意义的事情做得有意思”，这句话听起来是一个肯定句，但我感觉也可以当作疑问句去理解。我们怎样在迷惘中寻找意义，在意义中体会乐趣？这是值得你我去思考的问题。

这么多年过去，大炮的性格真的是一点没变，依旧是那么风风火火，充满活力和干劲。在她纤瘦的身体里仿佛蕴含着无限的能量，一靠近，你就会感受到一股积极向上的热情。

不管遇到什么难题，她身上始终保持着高涨的热情，然而这股热情，也曾经险些被熄灭。这里，就不得不提在大炮生命中一个特别的人——汤淼。

我知道，对女排哪怕有少许了解的人，一定都很想看到跟他俩有关的内容。不过有承诺在先，我不会提及过深，然而也想对所有关心排球，或者说，对他们之间发生的一切好奇的人，表达我自己的一点想法。

从汤淼意外受伤至今，已经过去多年，现在他们都有了各自的生活，不是一家人却胜似一家人。其实，作为局外人的我们，从来就没有了解真正的细枝末节。我们看到的很多事情，都是片面的、笼统的、有局限性的。我认为，在任何事情面前，我们都不应该因为自己知道了部分事实，就认为自己知道了全部，以为掌握了所有的真相。显然，这是可笑的，这也不是一个成熟的人该有的思维方式。

我常常会告诫自己“不要用恶意去随意地揣测他人”，因为那样做，对对方是很不公平的。当然，我们可以有自己的遐想和推论，可我更希望在关于他们两个的事情上，大家是抱有善意的、祝福的、理解的态度。

不过，就像大炮说的，“理解你的，你不需要解释；不理解你的，解释再多也无用”。这话一点不假，也让我想起一句经典的话：宁和聪明人吵架，不和糊涂人对话。

很多时候，我们默默付出的努力，没有被世人所知晓，毕竟，并不是所有人都习惯用付出的善意去标榜自己的无私或伟大，但这不代表我们没有付出过。在我眼里，尽自己最大的努力，做到问心无愧，已然是对自己最大的褒奖。

余生，愿你我，都能被善意温柔以待……

排球，永远不说再见——陈静

再见了　我无比眷恋的球场

再见了　我最亲爱的排球

再见了　我职业生涯的一切一切

今日

排球的小宇宙　就此关闭

来生　再开启

相见时　永远不说再见

请陪伴我生生世世

——陈静

陈静与赵蕊蕊,2002年10月摄于釜山亚运村内

陈静年长我七岁，正常情况下我都得叫她一声“陈静姐”。可说来很是奇妙，除了1999年第一次入国家队，我怯懦地叫过她一段时间“陈静姐”，不知从什么时候起，我竟跟着大家改口喊起她“老兔兔”。因为她属兔，又是我们2004年那批队员里年龄最大的，就这样，“老”字成了我们对她特别的关爱。她也从未因我的“没大没小”心怀不满，亲昵的称呼反而拉近了我们年龄之间的距离和代沟，让彼此成为可以无话不说的朋友。

由于没有见面机会，我们就约定了视频聊天进行采访。陈静的状态看起来还是不错的，不过，时光刻在她眼中的沧桑，是轻松的语气，以及和煦的笑容无法掩藏的。出于种种原因，最近，她换了工作，离开了工作生活三十年的排球团队。这令她感到难过与失落。工作性质发生转变，需要从零开始重新学习，对她来说，这是一个不小的挑战。但这都不是最难的，最难做到的，是要放下对排球的那份不舍。毕竟，从十五岁和排球结缘开始，她自始至终就只专注于排球这一件事。

她和排球的缘分，还要从“叛徒”说起。

陈静的大家族里有十三个人都是从事篮球项目的，有在省队的，有在市体工队的，也有去了国家队的，还有现在成为教练的……无论是长辈还是平辈无一例外，可以算是真正的“篮球豪门”，然而偏偏出了她这么一个打排球的“叛徒”，原因是她太瘦弱了。在她眼里，隔着网不用和人撞的排球安全斯文许多，更不用担惊受怕有人过来抢她手中的球。再加上受到风靡一时的经典日本电视剧《排球女将》的影响，她最终毫不犹豫地选择了排球。

接触排球前，她没有参与过任何专业的体育运动，初中三年的体育成绩甚至是通过补考才达标的。每次评选三好学生，总是因“德智体”的“体”不合格，被老师拉下来，为此她没少掉过眼泪。

相比起来，她的学习成绩要优秀很多。在重点中学的重点班里，她的成绩始终名列前茅，老师都对她寄予厚望，认为她是个读书的料，将来上个好大学没有问题。

可接下来，身高成了她读书的最大“阻碍”。在跨入初三的半年时间里，她的个头猛蹿至一米八〇。她的妈妈见女儿在同学中鹤立鸡群又总是驼着背，不免焦急起来。

而她的爸爸一直有个心愿，希望他们兄妹二人有一个能继承父母的衣钵，成为篮球运动员。无奈她的哥哥文质彬彬又不喜欢体育，所以这份希望就寄托在了她的身上。她也因为自己太高，觉得跟身边的同学格格不入，显得有些自卑，于是抱着出去闯一闯的心态，她终还是遂了父亲的心愿——只不过她成了排球运动员，也算是遂了父亲一半的心愿吧。

运动队的训练生活可没想象中那么舒坦，她练了一个星期就打了退堂鼓，问爸爸："可不可以回去读书？"她没得到期待中的答案，却得到了"退了学校，学籍已取消"的残酷消息。既然退路没有了，她只能默不作声地继续训练。事后，她才知晓，爸爸在决定送她练体育前足足想了三天三夜才下定了决心，因为他担心断了孩子读书这条路，将来体育万一又没有搞出名堂可怎么办？幸运的是，她的爸爸赌赢了结局，想要尝试一下的陈静赌赢了自己的未来。

在"以高占优"的排球项目里，身高条件一般、身体素质不算最突出的陈静，自知自身没什么优势，连远大的梦想都不敢有。她觉得差不多到了一队，自己的运动生涯基本上就该草草画上句号了。

这时候，陈静遇到了改变她一生命运的人。转折，发生在胡进教练出现以后。

她刚上一队没多久，胡导就接手了四川女排。在此之前胡导没带过任何一支地方队，用陈静自己的话形容，"我们那批就是他的试验田"。没有文化课的时候，就是保障一天四练，一周只有周日半天休息。每天都是大运动量，从每堂课的第一个项目开始就充斥着火药味十足的对抗性，哪怕是普通的游戏都要全力竞争。每个对抗项目，只有第一名不会受到惩罚，其余都不能幸免，而最后一名被罚得最多最惨。

在她的记忆中，每天都在补课，每天都练得崩溃，每堂课下来都觉得生不如死。相比我们被罚一次极限防守绝对毕生难忘，陈静却没有关于某一次惩罚的特别印象，因为天天如此，早已没有了所谓的特别，有的只是每日的寻常。

对于这样的"魔鬼式"训练，队员们一开始并不能完全理解和接受，再加上受了那么多罪，成绩还没提高，大家渐渐产生了怀疑和动摇。她们感到非常彷徨，不知道这样苦练究竟为了什么。

终于有一天，大家爆发了，她们决定“造反”，选择罢练以示对抗。第二天，胡导一进球场，就感到了弥漫在球馆里的异样气息。资格老一点的队员带头找胡导说明大家的意图，于是所有人移步到会议室开会，“谈判”进行了整整一天，后来还惊动了院领导，结果最后是以队员们败北而收场。写检查的写检查，挨罚的挨罚……训练很快又恢复了正常。通过教育大家最终理解了胡导的苦心，也明白成绩非一朝一夕的努力就可达到的。从那以后，队员们心甘情愿地苦练，再也没有“造反”过。

胡导不是个记仇的人，他完全能体会和理解队员们的想法，也并没有因此刻意打压队员，对她们公报私仇。不过他也十分清楚自己安排的训练有多苦，有时候他也开玩笑问队员：“你们是不是做梦都在骂我呀？”队员们总是含糊其词地点点头，答一句：“可能……”

在这次集体“造反”事件后，胡导曾问过陈静：“你有想过自己能进国家队吗？”她当时表示非常震惊，以自己这样的条件怎么可能去国家队，她认为胡导是在跟她开玩笑。而后，胡导露出颇有深意的笑容说：“你要敢想啊！”

梦想对每个人来说都是公平的，只不过陈静把梦想视作奢侈的幻想，没有给自己这份想象和追寻的权利。

1997年的全运会，四川女排的成绩不佳，仅获得第九。反观陈静的个人表现却相当突出，进攻还排进了前四名。她全面出色的发挥被郎导一眼相中，顺理成章地成为郎导召集的新生代集训名单里的一员。第一次踏入国家队集训的大门，本该有初生牛犊不怕虎的生猛劲儿和跃跃欲试的新鲜感，然而陈静因为所在省队的成绩偏差显得很不自信。她没有了在赛场上那股川妹子的泼辣劲儿，技术水平完全体现不出来。三个月后，她就被淘汰了。

都被国家队淘汰了，还有啥奔头？她第一次萌生出离队的想法，但又不忍心告诉一手栽培自己的胡导。就这样浑浑噩噩地练了几日，某一天，她烦躁的情绪终于达到了顶点，在防守训练时她和胡导发生了教学矛盾，转而愤愤地离开了球场，并且玩起了"失踪"。

在我眼里，陈静是一个脾气特别好的人。她性格温和，从不与人动怒，虽有倔强好强的一面，却不会让人感到负担。那股执着的狠劲她永远是对着自己，不会将矛头瞄准他人，她俨然也习惯了迁就旁人，反正我就从未见她与别人红过脸。显然，这个逃课事件让我看到她性格里不为人知的另一面。

"失踪"的这段时间里，为了躲过父母的训斥，她逃去了哥哥家。那天她的哥哥正好要和人谈生意，无所事事的她就在一旁跟着"见习"。在她心里，本以为没有什么能比打排球更苦的，结果见到哥哥谈生意时的辛劳，她才恍然意识到，干每一行其实都不容易。

这时，一个声音在她心间突然响起：你舍得就这样丢掉自己的事业？你对得起自己吃过的苦吗？你总说自己有多么喜欢排球，难道这就是你喜欢的方式？

那一瞬间，仿佛有一股隐形的力量猛烈地撞击了她的胸膛，温热的泪水濡湿了她的眼眶。是啊，排球是我的爱，即使前路漫漫看不清未来，但我应该坚持下去，至少将来我可以骄傲地说：我拼过！

等她再回到队里，已经是第三天的晚上。胡导对于她这种擅离职守的问题，做出严厉的批评，要求她写检查、停训及全队开会做深刻检讨。任何惩罚她通通接受，此时的她，早已没有了之前的负面情绪，她当下就只有一个念头——想早点回到队里训练。

写了十多篇检查才勉强过关，为球队打杂服务了一周后，陈静迎来了专属于她的批评大会。事先她准备了许多纸巾，为痛哭流涕做保障，可她生性好强，愣是在三个小时的批评大会上，硬撑着滴泪未落。散会意味着她解禁了，她却在给妈妈打电话时哭成了泪人。那时候还没有手机，她就蹲在公用电话亭里号啕大哭……回忆到这里，陈静扬起感慨的笑容，眼中已噙满了泪。随着她低垂的眼眸，我仿若看见了那个任由情绪疯狂宣泄而不能自已的小小身影，也仿佛在她的身上看见了为命运抗争的自己的影子。

坚强和脆弱相向而对，仅有一线之隔。常人总喜欢为我们冠上“坚强”二字，其实却不知，我们有时又是极脆弱的，因为我们往往连在众人面前落泪的勇气都没有。

经历这段波折后，陈静感觉自己的思想一下子就成长了。她发奋苦练，每天还自觉给自己加练，只因心中燃烧着要重新回到国家队的激情。那一年她练得特别扎实，最终在1999年全国排球联赛中，凭借进攻第一的优势，昂首自信地再次走进国家队的大门。

胡导执教国家队的两年时间里，中国女排的成绩并不理想。在2001年新的奥运周期里，陈忠和教练成为新一届中国女排主教练。陈导刚一上任，就大刀阔斧地调整队员结构，大胆启用新人。从悉尼奥运会沿用保留下来的老队员，只有吴咏梅、李珊和陈静。

那时候，陈静已经二十六岁了。跟年轻时被球打的感觉不同，她正值驾驭排球的黄金年龄阶段，能继续留在高水平的队伍里是她一直梦寐以求的，但她同时又有强烈的危机感。后起之辈有身高优势又年轻富有朝气，看着队伍培养新人，她难免有些失落，毕竟，没有人是甘愿打替补的。不过她转念一想，就算不打主力，能够留在这个光荣的集体里，足以证明自己的优秀。与此同时，她亦非常感谢陈导给她这个机会，陈导也曾坦言，留她是看中她训练踏实，技术全面，关键还有她任劳任怨的吃苦精神以及女排优良的“传帮带”传统。

作为替补，像头老黄牛般默默无闻的陈静，从没有过一丝松懈。她始终保持高昂的斗志，所以在2001年大冠军杯赛前，临危受命顶替有肩伤的亚男，很好地完成了那次的比赛任务。如果平时她没有时刻做好准备，比赛中掉链子的情况将在所难免。

陈静还是一个禁得起开玩笑的人，她有一句调侃自己的经典：我哪都不突出，就是腰突出。一句平淡无奇的玩笑话，说明了真相，道尽了无奈，是众人哈哈大笑后唯有她自己才能体会的酸楚，是“生死”之间难以取舍的艰难抉择。

用“生死”来形容似乎悲情了些，不过陈静的腰伤确实非常严重。2001年底联赛的一场比赛中，她突感腰好像不受控制，瞬间没了力气，回到成都一检查，发现腰椎有三截突出，同时还有滑脱和多处椎盘骨折的问题。突出和滑脱是两个矛盾体，练习防止突出的动作就会加重滑脱的问题，反之亦然，而滑脱情况严重的话甚至可能造成瘫痪。在此之前，她几乎没有什么伤病，连排球运动员最常见的膝盖髌尖痛都不曾困扰过她。为何向来很抗练的她会伤得如此之重？她推断，可能是在蹲大力量拼得太重，结果压坏了。作为替补，她生怕一不小心就会被淘汰。她唯有样样拼尽全力，却不敢提出过多个人的感受。

腰伤急性期发作时，痛到她都无法安坐在飞机上，必须靠止痛药才能勉强坚持到目的地。在四川队开赛前准备会时，她就靠着墙站着，成了唯一被允许站着开会的人。每场比赛她更是靠着三颗止痛药硬顶着，而到了夜晚，只有那无法形容的痛楚，陪她度过一个个难熬的漫漫长夜……

2002年国家队集训期间，是她腰伤反应最重的一段时期。每天早上起来，她第一件事就是检查自己的胯骨是否两边发麻。医生告诉她，如果到了两边发麻的地步，她就会出现大小便失禁的情况。于是，每天起床发现自己只有一侧发麻，她心里反而变得很踏实。有时候小腿跟着麻了，她就拍一拍，感到有知觉她就继续投入到训练中。有时候发麻的感觉会蹿到脚面，她一边系鞋带一边告诉自己：我一定要自己站起来！

伤情严重到如此地步，她始终没告诉父母实情，就连陈导和我们她也选择保密，因为她担心在残酷的现实里随时会被淘汰。有时候痛得都失去了知觉，她就像念咒一样在心里叨咕：千万不能被陈导发现，千万不能被陈导发现……

“不夸张地说，那就是常人所不能忍之痛。”陈静的脸上划过一丝淡淡的笑容，那是介于炫耀和妥协之间释怀的笑容。我想起以前她用我们紧握的拳头摞起来比作她受伤的腰椎，看着她轻松地错开我们的拳头，就像做游戏一样不真实，现在想来，这究竟是怎样的一种煎熬？或许，每天绑在她腰间的两条粗壮的钢条腰带，便是最好的证明。

腰伤带来的连锁反应体现在很多方面，长期服用止痛药，最严重的后遗症是可能出现胃出血，所以陈静的胃口一直不太好，原先壮实如牛的她突然间就消瘦了许多。而俗话说，福无双降，祸不单行，没多久，膝伤也找上了她。

为了防止陈导知道她的实际伤情，她甚至连队医都瞒着。在北京训练期间，她就每天晚上偷偷跑去田径队，等相熟的四川籍大夫给田径队的队员按摩完，抽空给她做做治疗。队伍出发去瑞士精英赛的前夕，她央求那位队医给她的膝盖打了一针封闭，仅仅利用飞机上有限的时间做短暂的恢复调整。我们从不知道，她宽大的裤子不是为了旅途的舒适，而仅仅是为了挡住膝上那块遮盖针眼的厚厚的纱布。

陈静的膝伤持续恶化，到了2003年大奖赛时情况最为严重。这时，徐主任发现她训练中情绪不高，和陈导聊天时便提起了这事，陈导转而找她谈心。那一次，在陈导面前她终于忍不住说出了实情，告诉陈导自己情绪不高是因为膝盖痛得实在忍受不了了。说着说着，她像是在宣泄自己无处释放的压力和苦楚，放声痛哭。直到此时，陈导才知晓真实情况。他心疼地说："你怎么不早说，有什么都要告诉我啊。"陈静点头应允，其实她心里清楚，她不敢说也不能说，不然她随时可能被人顶替，被淘汰出局。

和陈静聊天的过程中，我多次听她提到“淘汰”二字。她有豁达自信的一面，却又处处走得如履薄冰。我实在不敢想象，她究竟用了怎样的精神在支撑自己，又用了怎样的意志在和这座“淘汰”大山做着抗争？也许，默默忍耐是她唯一能做的。

坚持完2003年世界杯，陈静回到四川准备接受膝盖手术治疗。对外，胡导仅宣称她要调整休息。任何手术都是有风险的，何况她的膝盖有软骨磨损、半月板撕裂和骨刺的问题，能否保证手术成功并在最短时间内恢复状态赶上奥运会，成了大家担心的事情。最后，冒着各种风险，她还是决定赌一下自己的运气。

手术的方案还是偏向于保守型的，医生为她清理了磨损的软骨，缝合了撕裂的半月板，看起来简单的骨刺也只是微调了方向。如果完全去除骨刺，会有大出血的风险，而留给她康复的时间不足以应付彻底清除病灶的手术方案。

只要和排球有关的事情，陈静从来没有体现她名字里“静”的一面。医生交代她术后两周拆线，四周可以走路，起码六周后才能慢慢运动，她却在术后二十八天已经上场比赛了。她一面担心对手发现她是一个刚手术不久的“残疾人”，一面又担心酷爱排球的主刀医生在电视里看到她偷偷参与比赛而被训斥。

“为什么要这么执着？你不能等伤病完全养好再……”我不由得蹙紧了眉头。“回到赛场”这四个字还未说出口，陈静就接着我的话继续说了下去。

“蕊蕊，你一定跟我的感觉一样。你可以不拼，可以把伤养好，可是时间不等人，奥运会不等你啊。你受伤后跟我形容你骨折的地方就好像水泥还没干，你明知道没干为什么还那么玩命？因为你想去奥运会，你渴望站上那个领奖台。我们都是一样的……”

是啊，我们都是一样的……

一句简单的话语，把我又拉到了为排球不要命的激情四射的回忆中。

陈静三十八岁才真正离开她热爱的球场，到了退役那一刻，她才发现自己根本没打够排球，也终于明白胡导曾语重心长地说过“好好珍惜打球的日子，以后想打都没机会打了”的含义。也有看过她腰伤片子的医生，直接发出“不可能再练”的通知书，她却偏偏不信邪，暗下决心：这辈子就算死在球场上我也值了。相比起碌碌无为、悠哉赋闲的人生，她更愿意在短暂的人生里打拼着活出不悔的精彩。

我想，用塞涅卡在《论幸福生活》里的一段话，来总结陈静对排球的信仰最为贴切——真正的豪杰是渴望危险的，脑子里装着的是自己的目标，而不是将要遭的罪，因为即使要遭罪，那也是荣耀的一部分。灾祸对于真正的大丈夫来说是机会。

除了热爱排球，我和陈静还有一个相同的地方——喜欢写作。

早在1999年我刚上国家队时，就听闻陈静利用闲暇之余在从事文学创作。她曾在《中国排球》杂志上发表过一篇名为《我的教练》的文章。那时候，她还准备写一部长篇纪实文学，记录跟随恩师胡导走过的点点滴滴。她把已完成的部分篇章交给郴州一位作家协会的老师审阅，得到了老师的高度认可和鼓励。只可惜，在耗人心神的大运动量训练下，这部《一起走过的日子》一直处于“未完待续”的状态。

陈静是一个常怀感恩之心的人，特别是对胡导提携栽培的恩情，她更是一刻不曾忘怀。

当面对我提出“在你不悔人生里是否有后悔之事”的问题时，她的眼中闪过一丝光芒。那是历经人生苍凉后，将喜悦和懊悔糅合在一起才有的光芒。“我懂事晚，以前老惹胡导生气，如果再给我一次重来的机会，我一定好好训练，绝不惹他生气。我很后悔有这么一位好教练在身边，却浪费了那么多珍贵的时间……这，是我一直以来的一个心结。”

古印度人说，人应该把中年以后的岁月全部用来自省和思索，以便找寻自我最深处的芳香。我们可能很难做到这样，不过我在陈静的身上却隐隐感觉看到了些许这样的影子。她仿佛盛开于深秋的桂花，不与群芳争艳，只求余香弥留。

就让我们伴着幽幽桂花香，纪念你尚在雏形中的文字，品味我们一起走过的日子，用我们的心、我们的眼睛、我们的双脚，继续书写那未完待续的篇章吧。

是造化，更是热爱

——宋妮娜

我始终牢记着

为国增光　为军增辉

所以　我

对得起自己的事业

对得起自己的努力

——宋妮娜

宋妮娜与赵蕊蕊在训练中

夏日的早晨，天亮得颇早。还不到八点，太阳烘烤的指数就直线攀升，刺目的阳光晃得人直睁不开眼。

踏着还未被烈日征服的清晨气息，我享受着泥土中渐渐苏醒的那种独有的芬芳，漫步到八一队排球馆的门口。大老远，我就看到宋妮娜在车里冲我招手。

当了妈妈的人，就从来没睡过一个安稳的懒觉。等早晨把孩子张罗完送去上学，妮娜才有了些许自己的时间。我由衷地感佩母亲们为孩子无私付出的牺牲精神。说实话，一般无特殊情况，早上八点我还在梦里会周公呢。好像在妈妈们中间流行着这样一句调侃：姐熬的不是夜，是自由。记得曾有一位姐们儿跟我说出这句话时，我是又好笑又心疼。

妮娜驾车带我来到北京西苑的一家咖啡馆。室内强劲的冷气一扫身上的燥热，还在打瞌睡的细胞立刻精神抖擞起来。我俩站在吧台前等咖啡时，她突然冷不丁冲我来一句："你是不是又长个儿了？"我夸张地做了个鬼脸，连忙否认，惹得制作咖啡的小妹也忍不住偷乐起来。

我和妮娜不但是国家队的队友，还都曾效力于八一队，彼此间又多了一份战友情。如果说我到八一队的经历有点跌宕起伏，那妮娜来到八一队就属于机缘巧合了。

受酷爱看中国女排比赛的妈妈的影响，妮娜从小就对排球产生了极高的兴趣，或者说是有一种特殊的好感。只要有中国女排的比赛，她保准都老老实实地跟妈妈坐在一起观看。

妮娜的父母一开始并未筹划着让孩子练体育，可妮娜到了上学年纪时个头就猛蹿了起来。由于父母都打过篮球，她的妈妈就想着干脆送孩子去体校练篮球得了。那时候进体校不收钱，这样能给孩子练个特长，也能消耗她每天用不完的精力，既经济又实惠。然而，体校篮球教练见到小妮娜的时候就乐了："不行啊，这孩子瘦得太可怜了，篮球不适合她，还是换个没冲撞的项目练，不然就练排球吧。"

过于纤瘦成了横亘在小妮娜和篮球之间一座无法翻越的高山，当时对排球还没形成完整概念的她，就这么懵懵懂懂地和排球结上了缘分。当我好奇她小时候到底有多瘦才和篮球失之交臂，妮娜不假思索地说："跟你小时候一样。"这个回答真是快准狠，惹得我俩都扑哧一笑。看来我小时候瘦得如筷子一般的身形，俨然成为一种重要的参考标志了呢。

在体校练了几年后，妮娜遇到了一个可以算是改变她一生命运的人。某一年，辽宁女排的二传于红回体校看望老教练，刚好老教练准备带队出去参加省运会，就把队里留下的几个年轻的小家伙交给于红帮忙看着。

和妮娜同一批队伍里有一位叫刘姝的队员，她们两个同样司职二传，同样是左手队员，同样出类拔萃，又同样被于红看好。太多的同样，让于红不舍得放弃任何一个，于是她做了一个大胆的决定——她给远在八一女排的老乡林楠写了封信，就这样，她把刘姝送进了辽宁队，把妮娜引荐去了八一队。在她的眼里这两个二传谁打替补都可惜了，所以能让两个小二传都得到重用的最好方法，就是让她们分开发展。

才十一岁就要离开父母身边去北京打拼，妮娜已经记不清当年的心情。她只记得1991年刚刚小学毕业，8月去八一队测验完并没有立刻答复是否留下她，就只让回家等消息。结果在消息出来之前，她居然淡定得连中学报到都没参加。还好10月底八一队通知妮娜成功入选了，不然那一年她都不知道要去哪里读书了。

进入八一队后，一开始没有给妮娜确定位置，每一项基本功的训练她都要参与，甚至连一传都没落下。我笑称她可以算是一传最好的二传了。确定位置需要根据预测身高和技术掌握度做考量，除此之外，八一队还有一个重要的依据，就是在入队时会给每个孩子做神经类型的分析，具体会分稳定型、兴奋型等。

经妮娜这么一说，我想起自己初进八一队测试时的细节。那时候我所有的测验结果都是优秀，可唯独视力不行。有一个跟视力有关的测试，当我提交结果的时候，一旁负责考核的阿姨实在看不下去了，轻声问了句："孩子你确定吗？要不要再想想？"我一听就明白自己的结果肯定是超离谱的。要不是隐形眼镜渐渐流行起来，我可能就会因为近视问题和体育说拜拜了。

成为一名军人，对孩子们来说那种好奇，宛如天空突然下起了棉花糖雨一般。而穿上军装的那一刻，我和妮娜都清晰地记得当时那种无比自豪的感觉：神圣的使命感油然而生，令人热血沸腾。

我们热爱自己的事业，热爱军队这个光荣的集体，以为一辈子都会深深扎根在这片热土里。却不承想，在2009年南京全运会结束后，转业的问题，突然降临在我们的身上。

涉及转业这个话题，妮娜深深地叹了口气，忧伤挂上了她的眉梢。许久她才幽幽地吐出四个字："挺残酷的。"

在那一个改变我们未来命运的下午，中队领导的谈话如同审判的拷问，由不得你去申诉和质疑，他们就那么草率地做了定夺。心中重要的信任和依托没有了，取而代之的是一种难以言喻的深深的撕裂。

我们七位老队员中，除了最后被叫去的白云，得到的是"队伍会发展梯队建设，将要重点培养她"的正面答复，其他六人得到的都是负面的回答。妮娜回忆，叫老队员们转业的消息宣布得特别突然，完全没有任何预兆，不过细心的她早就隐隐有所察觉。临近2009年全运会后期，队伍内部的状态令她预感到可能会产生这种最坏的结果，可真的亲耳听到时还是接受不了。

她当时提出了要求在队中安排工作，中队领导却以没有位子为由拒绝了。她想不明白，没位子也可以给时间等一下，为什么连个机会都不给就一口否定说不行？而最令人匪夷所思的是，成绩优秀的反而留不下来？

那段时间我因术后康复没有参加比赛，但随着妮娜的回忆，我知道了许多当年未知晓的细枝末节。我不知道用威胁论形容是否能完整地涵盖事件核心，但，用“狡兔死，走狗烹；飞鸟尽，良弓藏”来比喻却是较贴切的。

沈散英是我们的老前辈、老领导，曾是八一体工大队的副大队长，对我们这帮孩子总是关爱有加。在我转业后，某一天我在国防大学的大院里散步时遇到了她，沈导拉着我的手问起了转业的经过。待我细述后，她无奈地叹气摇头，语带不甘地说：“可惜我退休早了，要是我还在位，你们三个奥运冠军我一个都不会让走的，你们那么多年的经验对八一女排来说可是一笔宝贵的财富啊。”

我们的能力强又如何，有人视我们为财富，有人就会视我们为障碍和威胁。为何两者反差会如此之大？我将后者归类为没有自信的表现。如果自信大可公平竞争，如果自信大可不必做些不光彩的举动。其实我们没有什么野心想去争那些所谓的高官实权，我们甚至对做主教练都完全没兴趣，带着零基础的孩子看她们成长反而能让我们颇有成就感。只可惜，对排球的满腔热血就这样被一盆冷水浇灭了，这寒的不仅是我们的热情，寒的更是我们的心。

人心是极复杂的，总是让人捉摸不透。

我特别喜欢周国平先生在《生命本来没有名字》中的一段话——浩瀚宇宙间，也许只有我们的星球开出了生命的花朵，可是，在这个幸运的星球上，比比皆是利益的交换、身份的较量、财产的争夺，最罕见的偏偏是生命与生命的相遇。仔细想想，我们是怎样的本末倒置、因小失大，辜负了造化的宠爱。

原可互敬互助，到头来我们却被贪婪和猜忌衍生出的丑恶刺中胸膛。我们或许曾无意中辜负过许许多多，但我们不想辜负造化的宠爱，不想辜负生命的美好，于是，我们选择转身离开。虽然有些心不甘情不愿，倒也走得潇洒，走得昂首阔步，只因我们问心无愧，活得坦然。再回首这段往事时，大家早有了一笑泯恩仇的胸怀，究谁之过早已不重要，只是留下的疑惑太多，值得人们深思。我们也希望这样的经历不要再发生在后辈的年轻人身上就好。

妮娜的排球生涯总的来说挺顺利的，没有遇到太多坎坷。可一提到国家队，她突然说这辈子有两件事给再多钱都不想再重新来过。

其一，是2001年至2004年那恐怖的“魔鬼式”训练的四年，她可以说是一个懒儿都没偷过，因为她知道国家队的竞争有多残酷，稍有懈怠就意味着会被淘汰。而每年国家队任务结束，她必定清空体育总局公寓里的行李，来年的形势如何无人知晓，她总是做好了最坏的打算。

其二，是队里的教练比较多，不管走到哪个角落都感觉有双眼睛盯着你，根本不敢偷懒。她记忆深刻，当年有一次练力量，明明陈导在和旁人说着话眼睛看着别处，可某队员在练完一项后，陈导居然说出她少做了几个，这事吓得妮娜不敢再存偷懒的念头。妮娜的形容让我想起了监控，她却说，教练的眼睛比监控还好使。

当年的“魔鬼式”训练和“360度无死角监控”令妮娜回想起来依然胆战心惊，可即便如此，她仍怀念那段时光。痛苦中饱含着美好，经历了这些让她明白成长的意义。她感谢陈导的栽培和信任，特别是在2001年刚组队期间，在四国赛上面对陈导问她“是否准备好换上场”时，她却脱口说出“没有”。陈导明白她的紧张，没有苛责反而安慰，简单的一句“没事，上吧”，化解了妮娜心中的不安。被信任的感觉总是美好的，陈导或许永远想不到一句平淡无奇的话，会让妮娜铭记并感怀一生。

除了感谢陈导，妮娜亦非常感谢中国女排这个温暖的集体。在她的心中，最感动的记忆和许多队员一样，是关于2002年“让球风波”的往事。由于感觉影响不好，她也甚少跟人提及。她坦言这事不能完全怪教练或队员，毕竟赛制确实存在漏洞，我们只不过像有些队伍一样利用了规则罢了。只不过，那时候我们所有人都没想透彻，别人这么做或还情有可原，中国女排却不可以这么做，因为中国女排是国人心中的光荣和骄傲。

“‘让球风波’使队伍的凝聚力变得更强。如果你问我什么是女排精神？我会告诉你，团队之间互相包容、互相理解、互相扶持就是我理解的女排精神。”妮娜眼中闪起坚定的光芒，“中国女排是经过几代人的努力将女排精神发扬光大的，女排精神一点都不神秘，在我心中就是这么平凡。”

每个人对女排精神的解读和理解都不尽相同，有人觉得它高大上，有人觉得它接地气，有时候，一件微不足道的小事上就能体现它的魅力。

在国家队，我们当时有一个出了名的“崩溃小组”，主要成员由妮娜、李珊和我，还有一位陪打教练张文一组成。我和李珊是发球崩溃，妮娜是传球崩溃，小张导则是打防守崩溃。说来奇怪，明明玩了十几年的技术却会突然之间好像忘记了一样，那种崩溃的感觉别提有多糟糕。妮娜尤其记得小张导打防守打不准时那种焦急的状态，可大家从来没有埋怨过他，还纷纷鼓励他随便打。不善言辞的小张导曾和妮娜聊过，他非常感谢队员们对他的鼓励和信任。

“我觉得我们这拨队员真的挺好的。”妮娜的语气中流露出比吃了蜜还甜美的满足和自豪。人们总说细节决定成败，从毫不起眼的真诚鼓励，能预见这个队伍的凝聚力，通过这份温柔积蓄一股强大的力量，可以无畏风雨，可以走到很远很远的地方。

整个雅典奥运周期，妮娜表示只有2003年比较顺一点，其余每年都不太顺利：2001年队伍年轻输球多，2002年“让球风波”，2003年终于迎来队伍的高峰期，2004年却遇到我疲劳性骨折受伤。

随着妮娜的回忆，我首次听到了更多关于我骨折受伤后的内容。

当时我受伤被送去医院，队伍立刻就停止了后面的训练。这种情况下没人能练得下去，每个人都感觉好像天塌下来一样。陈导紧接着给大家开了三次会，他的心里很难受，可也要安慰好其他队员的情绪。队员们时不时总会问陈导何时可以去医院看看蕊蕊，陈导根据情况做了安排，分主攻、副攻和二传组分批来探望我。现在细细想来，陈导如此安排可谓费尽心思，这样不但可以让队员不至于因为总跑医院太辛苦，也能让每一位来看我的队友多一些与我说话的机会。每一次陈导都千叮咛万嘱咐，绝对不可以在蕊蕊面前掉眼泪，大家像领到圣旨般，即使红了眼圈，也真的从未在我面前落过一滴泪。而陈导担心队员们对奥运的信心受到动摇，与大家长谈时还特别提到“你们一定要对自己有信心，对蕊蕊也要有信心”。

我从不曾听闻这些内容，如若不是此次要采访大家，我不知道要等待到何种机缘下才会知晓。可能在大家心中觉得这是一件不足挂齿的事吧，然而对我来说却有着非凡的意义。就如妮娜所说，看着伤愈复出的我能跑能跳时，那种感觉太好了。对我而言，我又是何其幸运，在这样一个温暖的集体中被这么多人爱着，这种感觉真的太棒了。

我们这批队员聚在一起短短几年，却有着胜过许多相识几十年的人的深厚交情。妮娜感慨着，我的思绪也随着她的记忆不停地流转。

今生队友情，来生，让我们再续队友缘吧。

从中国女排继承的精益求精的优良品质，妮娜原封不动地全部用在了教育儿子的身上。她允许儿子做不好慢慢学，但不允许他懈怠懒散、马虎大意。她常常用比赛中一个球就可能决定一场球的胜负为例，教育儿子对学习、对任何事物都要态度端正。

我调侃，我们都潜移默化有了职业的精神洁癖了。妮娜却提起了2002年釜山亚运会，陈导在一堂训练课后说的话："我不严格要求你们的话，你们将来会怨我的。我不怕别人说我，我怕你们将来埋怨我。"这番话仿佛刻在了妮娜的心上，她对儿子的想法和陈导当年对我们的想法一模一样。

时过境迁，陈导当年严厉的训斥，感觉更像是一位父亲苦口婆心的劝诫，此时品味，便觉这是陈导留给我们内心一份宝贵的礼物。我不由得想起我老爸也跟他的队员说过"我现在放任你，那才是真的害了你"。那些当时把我老爸"骂"得很惨的队员，在多年后无一例外地全部对我老爸表达感谢。我们虽不曾骂过陈导，但心中的怨倒是也积累过不少，可现在，深深的感恩之情充满着我们的内心。

对于有运动天赋的儿子来说，只要孩子愿意，妮娜并不反对他将来从事专业体育运动。她甚至表示不管孩子是否将来做专业运动员，为了他的身心健康，都一定要让孩子学一项体育运动。

练体育可以强身健体，这是连三岁小朋友都知道的道理。当然，体育运动还有许许多多的好处，可有一个道理或许很多大人都没有认真地思考过，那就是——正确的胜负观。

我们运动员每天都要面对输和赢，训练中要和队友分出胜负，比赛中要和对手分出胜负。我们的世界不是输就是赢，从没有平手的时候。怎样在胜利时不骄傲，在失败时不气馁，是我们从刚练运动第一天起就要学的重要课程，而且一学就是一生。

运动员普遍挫商较高，面对困难和逆境时的抗压及承受能力也较强。你会发现运动员得抑郁症的相对很少，其实我们并不是天生如此坚毅，也需要在每一天摸爬滚打的训练中，慢慢摸索，慢慢领悟。我们常常说，赢得起也要输得起，比赛中是这个道理，人生亦如此。

多年前，曾经有位父亲告诉我，他准备等女儿稍大些就带她去练体育，我以为他只是要给孩子培养一个兴趣爱好，他摇头否认，说道："温室里的花朵易夭折，不吃苦她何来成长，她如何懂得感恩？要变得强大，她只有从吃苦学起。"我非常佩服这位父亲的认知和远见。

想要知道甜的滋味，要先学会吃苦。

想要明白赢的不易，要先懂得输的价值。

想要体会感恩的美好，要先清楚付出的重要。

我第一次体验滑冰时，小教练没有教我滑行的技巧，而是先教我如何摔倒，理由是——不学会摔倒的技巧，你会在滑行中摔得很惨。

当我们一味地追求速度与激情，却忘记了最好的滑冰选手也会摔倒，也正因为一次次的摔倒，才成就了那无数绚烂的跳跃。

跌倒了爬起来很重要，学会摔倒又何尝不重要呢？

像大雁渴望飞翔

——王丽娜

大雁的起飞总是略显笨重
但对天空的渴望
让它们拼命地助跑　振翅
因为它们只有一个目的
那就是——飞翔

——王丽娜

准备发球的王丽娜(供图/谭美舆)

我们每一个人，可能都对排成人字形从空中飞过的雁群有印象，特别是在黄昏时分，雁群的剪影刻在落日的余晖中，那景象甚是惊艳，仿佛点亮夏夜的萤火虫般，让人舍不得移开目光。

年少时，我就曾呆呆地注视着雁群远去的方向，纵使早已寻不到它们的踪迹，一直到天边泼墨方才惊醒，但我仍旧望着黑暗中的某一点，舍不得移开视线。

为何我会有这样的举止？我不明白也未深究，或许，我只是贪恋它们有一双可以翱翔天际的翅膀吧。有时，甚至会觉得，它们“咿啊，咿啊”的鸣叫声，每时每刻都充满了激情，如旭日又似夕阳，不仅是生命的律动，更像是一道令人深思的哲学命题。

大雁飞翔的身影总是令人记忆深刻，但并没有多少人会留意它们起飞前的姿态。“大雁的起飞动作很大，为了帮助起飞，它们会发力助跑。”这是王丽娜对大雁起飞的动作做出的描述，而她有个很酷的外号——大鸟。

“大雁”是王丽娜在八一青年队的队友们最初送给她的外号。当年，在郴州集训的某一天，她们聚在一起看《动物世界》，电视机里播放的正是有关大雁的内容。因为看到大雁在水中助跑发力的样子，队员们联想到了王丽娜扣球起跳的动作，因而大家一致通过将“大雁”这个外号赠予她，但因为“大雁”叫起来拗口又不太好听，最终大家商量将“大雁”改版为“大鸟”。从此，“大鸟”这个名号就在排球界传扬开来。

最早流传开的说法，是她在扣球时会发出类似于鸟鸣般的怒吼才得此名，直至今日我才知晓，原来并非如此。

大鸟的身板宽厚壮实，她的性格也如她的身材般宽厚，小队员们都亲昵地叫她“鸟姐”。我不唤她“鸟姐”而叫“老姐”。我和她的交情要从1992年我第一次进入八一队时说起。

那一年，八一队选拔新人的名额超额，上级要求各队一律不准接收新队员。幸运的是，在这样严苛的条件下，我被破格录取了。和终于可以脱离父母管束的期待相比，将要面对的高强度的职业化训练，以及怎样与性格迥异的队友和睦相处，是一直盘绕在我那苦思冥想却又不得要领的小脑瓜里的烧脑事件。所幸，得老姐的照顾，再加上我懂得“忍辱负重”，又相对能灵活变通的个性，一切都还算比较顺利。

记得有一次我值日打扫走廊的卫生，老姐望了我片刻，径直向我走来，可能是看我扫得太糟糕，又或许是我瘦小细长的身影惹得她心疼，她一把抢过我手中的扫帚，一边帮我完成余下的任务，一边告诉我既快捷又实用的要领。扫地任务还未结束，我妈妈正好出现在我身旁，当时她借着去北京出差顺路来看我。老姐礼貌地同我妈妈打了个招呼，依然埋头苦干，我则心怀感激地跟我妈妈介绍她。

事后，我怯懦地跑去她的房间，害羞地问她，“可不可以认她做我的大姐”，她一口就答应了。她对我并没有表现出表面上的那种无微不至的关心，有时候以为酷酷的她没注意到你，其实她全都看在了眼里。她不善言谈，却总是力所能及地给予我各方面的帮助，而她那一声简单明了的“没问题”即是对我最好的关照。

我有一个年长我五岁的姐姐，小的时候，我姐坚决贯彻落实“职业坑妹”的权利和义务，并将折腾我作为她的首要任务和最大乐趣。但每当我被别人欺负时，我姐却又总是会霸气地第一时间跳出来为我撑腰。这让我走进八一队时，也想在这里寻得一份同样来自姐姐的庇护。就这样，王丽娜成了我的“大姐”。虽然那时候她也只不过是二队的一名普通队员，可她仍然愿意站在我的身后，给我依靠的力量。而随着时间的推移，这声“大姐”不知什么时候被我换成了“老姐”。“老”与年纪无关，而是在我心中，一份无法替代的存在。

我的老姐是一个酷劲十足的人，她的个性如同她棱角分明的五官，鲜明又立体。有时，她会把头发剪得短短的，配上她那犀利冷峻的目光，真的能迷倒一众女生。有时，她又会将留长的头发编成一股股小麻花辫，再搭上精心挑选的七彩亮线，立刻就化身为异域风情的女郎，或又神似动感四射的嘻哈歌手……她喜欢尝试各式各样的文身图案和那些复古又充满朋克风格的金属饰物，好像与生俱来就自带一种酷炫气场，但这又不妨碍她喜欢那些可爱的小饰品，心血来潮时她还会自己制作。有时候你会纳闷，两种风格截然不同的极端，为何能在她身上体现出一种极富碰撞性的协调美。

还有，印象最深的，是她曾因为看了八一乒乓球女队表演的吉他弹唱后突然迷上了吉他，没多久她就买来一套贝斯装备。从那以后，我每晚都在她用吉他拨片制造出的、如同弹棉花般单调又重复的旋律中入眠，也由于贝斯的出现，我和老姐一同参与的一幅高难度的船舰拼图就这么被搁置到了一边。

这就是我的老姐，一个具有超凡行动力的人，说做就做，绝不含糊。如果你质疑她“仅仅因为喜欢就花费这么多心思”，她一定会用一种平静又孤冷的语气回应你：“难道，喜欢这个理由，还不够吗？”

当然，喜欢也分时间长短之别，拼图和吉他只是她一时的喜欢，而排球于她而言，却是一生的钟爱。只不过，从不将自己的情绪外露的她，把这份喜爱归纳为是自己选择了就必须要完成的使命和目标。

小的时候，她因为身高偏高，再加上那段时间学校正流行排球课，老师便把她叫去打排球。说是打，其实就是跟着大家一起玩。排球课所需的一切条件和设备都不规范，连老师教的动作现在回想起来也是很不标准的。1990年的7月她入选了八一队，不过入选的过程还有那么点惊心动魄。原来，八一队和辽宁队当年都在同一时间去了辽宁盖县体校选人，体校的教练跟她的妈妈建议把孩子送八一队比较好。于是，藏在屋里躲避、训练路上猫着腰……这些都成了她记忆中最有意思的画面。

和恋家的孩子不同，老姐对于要前往一个陌生的环境生活，没有一点儿不安和对家的不舍，反而感觉自由了，心中还不停地暗爽：哈哈，终于没人管我了。

随着年龄的增长，她对排球的理解越来越深刻。从刚开始可以和同龄人玩闹的想法，到后来受到老女排事迹的振奋，这些点燃了她心中对排球的热情，不知不觉间，她已经渐渐爱上了这份事业。如果你问她从何时爱上排球的？她应该会这样回答：或许是从每天的朝夕相处间开始的吧。

女排有一个经典的传统项目——单兵防守。当我们聊到这个话题的时候，老姐突然倒吸一口凉气，并用“心惊肉跳”来形容面对这种“酷刑”时的心情。1996年，她入选了郎导执教的中国女排。作为小队员，课后加练单兵防守或扣球的任务，被点名的概率总是要高一些。每到“中奖”时，她都会心里无奈地叹息一声：唉，练吧……然后就全身心地投入到加练任务中。不管是单兵防守还是单兵扣球，刚开始的阶段，难度和标准都是极其严格的。这种训练的最主要的目的是磨炼意志品质，特别是在累的时候咬牙坚持的意志力。

她最难忘的经历，是有一次要完成单兵扣球，可扣了很久都不能顺利达到要求，她有些坚持不下去了，最后心一横，甩手不练了，闷头就直奔大门的方向走去。当她几乎要推开门的那一瞬，郎导在她身后喊道:“你要是出去了，就再也不要回来。”郎导不疾不徐的声音听不出任何情感的波澜，却满含着不容撼动的威严。老队员们都纷纷围过来劝她，让她冷静下来再坚持坚持。此刻，一个念头也在她脑中飞速闪过：出去以后就再也不能回来了，多丢面子啊！这样想着，她即将推门的手，慢慢垂了下来。

返回后又接着扣了多少个球，她已经记不清了，毕竟那已经是二十四年前的事情了。虽然这种训练方法总是把队员们折磨得叫苦不迭，但她打从心底里感谢郎导："郎导对每个环节都抠得很细，对队员的性格和心理也摸得很清，像我就属于不爱说话比较沉闷的类型。现在回想当初，如果没有郎导对我性格的打磨和再塑造，我可能会花费更多时间和精力才能走向成熟。"说完，她露出憨厚又不失稳重的笑容。

听老姐说，自从在郎导手上经历过单兵防守和单兵扣球后，当她再面对其他教练安排的同类训练内容时，就好像产生了某种免疫能力，用她自己的话形容："因为被狠狠地虐过一轮，其他的真不算什么事了。"

不过，耐力训练一直是她最薄弱的环节，不管被虐多少次她依然没产生哪怕一丁点儿的免疫力。她最害怕的是陈导每周末安排的跑圈或爬山，天气好时陈导多数会安排"捆绑式"爬山法，一人完成不了全队一起挨罚。我记得当年我们爬山时，有游客还曾问我们："你们怎么不抬头欣赏一下周围的风景？"当时我们连哭的心都有了，我们几乎是手脚并用在爬山，哪里还有欣赏的心情，连望一眼都感觉是在消耗所剩无几的体力。

要是赶上下雨天，我们就会在球馆里围着排球场跑圈。别以为跑圈一定比爬山轻松，我们刚开始也是这么认为的，所以到了雨天不用爬山，大家别提多开心了。但其实，围着四块并列的排球场跑上三十大圈，那可真不是开玩笑的，不但计时更严格，要求也更苛刻，连数圈数到最后都常常搞得人晕头转向。

“耐力方面，我基本上都是队里倒数第一的……”

“不不不，老姐，你最多算是‘最后集团’里的一员，”我急忙纠正她，“因为，有我在倒数第一绝对轮不到你。”说罢，我俩相视而笑，好不痛快。

老姐经历过三届奥运会，每一届的心态都有所不同。1996年奥运会，她才十九岁，年轻有为，冲劲十足，上场就全力去拼，完全没什么想法，典型的初生牛犊不怕虎。而到了2000年奥运会，她的想法多了起来，她想展示自己，希望自己的技术能发挥出来。虽然愿望是好的，但想法多了反而束缚住了自己的手脚，而且加上队伍整体的状态和气势都略显弱态，因此那届奥运会中国女排的表现显得有些不尽如人意。

2001年开启了新的奥运周期的备战，年仅二十四岁的她正是当打之年，没想到的是，她的名字却没有出现在新一届中国女排的名单中。

“新的周期开始前，你是什么心态？担心？期待？还是觉得进国家队是理所应当的？”

“这世界上，没有什么事是理所应当的。”老姐平静的神情中浮现一种不容小觑的严肃。

“是啊……”我不由自主地点点头，接着问道，“当你看到名单发现自己落选时，最先想到的是什么？”

“最先想到的是，陈导这样安排应该有他自己的打算，然后我转念就在想，没入选说明是自己的技术水平没达到要求的程度。”

老姐的回答令我感到意外，因为大多数人的第一反应是：失望、难过、不甘……甚至还有可能会产生愤怒的敌对情绪。然而，她完全没有这些情绪，我就连在她回忆的眼神中都没有捕捉到负面情绪的蛛丝马迹，她是真诚又坦率地发自内心地这样思考。不过，这也非常符合老姐的性格特点，即便当时可能有过那么一瞬的不痛快，她也能通过极强的自我调节能力尽快摆脱出来。做事潇洒，不纠结，这是她最大的优点之一。

两年无缘国家队，这让她在2002—2003赛季全国女排联赛之前和自己下了一个最后的赌注——我等这次机会，如果还等不到，我就再也不去强求什么了。

她的坚持和等待终于有了结果。那一年，她因联赛中的上佳表现最终赢得了陈导的青睐，再次回到国家队。在陈导心中，他希望培养身材高大的主攻手，但比起高度他更看重的是攻手的魄力、气势和在关键时候能豁得出去的精神。这两年时间里，她有过失落，有过彷徨，但她总是告诉自己，不要总是去外在找问题而应该在自身寻找根结所在。如果是技术上有差距，那就多练习多琢磨，如果是心态或心理方面出了状况，就多寻找解决办法渡过难关。

作为两届奥运会的元老，她心知丰富的经验是自己最大的优势，可她更担心体能是否能跟得上，毕竟国家队的大运动量是出了名的。队伍竞争激烈根本没有什么调整休养的时间，再加上年龄和伤病的问题，都让她对即将到来的国家队生活充满期待的同时又感到担忧。当时，一想到接下来的郴州集训，她在心中发出阵阵哀叹：天啊，两个月可怎么熬啊？一周后，令她意外的是自己还顶得住，等两个月的集训结束后，她惊喜地发现自己居然全程跟下来了。

我笑称她是宝刀未老，她则戏言是自己这把老刀还未生锈。

面对自己的第三次奥运会，老姐坦言，那是她心理状态最成熟最稳定的阶段。从第一次奥运会的没想法，到第二次奥运会的想法多，再到第三次奥运会的想法归零，对她来说是一段很有趣的心理历程。她总结，想法越简单越直接越是好，过多的思想负担不利于解决问题，还容易走进死胡同形成恶性循环，应该随着事态的变化找出有利的对应方法。虽说她适当给自己减压，把心态调整到最佳状态，但奥运会的压力是呈几何倍数增加的。于她而言，2004年奥运会面对的最大困难，就是自己能否顶住这个压力。

在老姐酷劲的性格中，深藏着一份平静与温和。没有极度的乐，也没有极度的怒，她的情绪如同落在水中的微尘，不会惊起一丝涟漪。就连她谈到运动生涯唯一的遗憾——没在世锦赛和世界军人运动会上拿到金牌，那种淡然的口吻也像是在讲述着别人的故事。

她从不是一个总把成绩挂在嘴边的人，可她心中对那枚金牌的渴望和执着，却不曾比旁人减损丝毫。她也非常感谢自己有缘遇到一个团结又有凝聚力的团队。队伍年轻自信、气势旺盛，那种心往一处想、劲往一处使的拼搏岁月，成了她记忆中最动人的景象。而随着那些美好的回忆，她的表情和眼神都变得似水般温柔起来。

那一瞬间，我想起了英国诗人威廉·布莱克的诗——

一粒沙里见世界，一朵花里见天国；手掌里盛住无限，一刹那便是永劫。

多年前，老姐选择自主择业，脱去了身穿多年的军装。虽然在八一队经历的一切，充满了各种曲折和酸甜苦辣，但每当她提起自己当过兵，眼中闪现的是那种油然而生的自豪的光芒，我仿佛看到她当初穿上军装那一刻的骄傲的神情。她怀念穿上军装帅气的感觉，也为自己曾经是一名军人感到无上光荣。

现在，她全部身心都投入到年幼的孩子身上。她想等有多一点闲暇的时间，再去尝试和发展一些自己喜欢的事情。有时候她或许会有些我行我素，也可能会有些“离经叛道”，甚至有些不按常理出牌……但，这就是她，一旦为了喜欢的事就会义无反顾，满怀着欢喜的心情努力去完成。就如杨绛先生说的那样：走好选择的路，别选好走的路，你才能拥有真正的自己。

这么多年，她依然没有忘记最初那份单纯的喜欢的心情，始终坚持做最真实的自己，就如越过冬季再次归来的雁群——我想，它们定也是时刻怀抱着那种喜欢的心情，想要回来寻找那份割舍不掉的温度吧。

你，还记得喜欢的那种心情吗？

如果还记得，请别忘记它。

『杂牌军』的坚持

——张娜

我有多少光

就想散发多少热

我会尽全力

陪着你们一路走下去

能走多远

是多远

——张娜

2003年世界杯，张娜分别在与阿根廷队和意大利队的比赛后，获得本场最佳（供图/张娜）

当我确定要写一本关于排球人自己的书时，我第一个联系采访的人物是张娜，可能是因为在2019年4月天津的聚会中，我第一次透露这样的想法后，她当时正好坐在我的旁边，彼此能多几句关于此事的耳语；或许是在2008年北京奥运会那一年我们是同屋室友的缘故……反正，我心里一早就定下第一个要采访张娜的念头。其实面对我这个完全零基础的采访者，对张娜也是一个不小的挑战。

张娜是个特别爽快的人，做事喜欢直来直去，讨厌拖泥带水。当我微信告诉她想请她做第一个受访者，她立刻回复了我一个“妥妥滴”表情。

对张娜的正式采访，是在2019年世界女排联赛香港站期间完成的。6月4日，是香港站第一天的比赛日，晚上观看完中国队的比赛后，大家回到酒店就各忙各的了。忙碌了一天，大家也都很疲惫，可是对于还带着一个采访任务的我来说，也只能厚着脸皮在大晚上叨扰她了。

晚上十一点四十五分左右，我去了张娜的房间。我们打打闹闹了足足半小时，才安分下来进入采访的环节。

我打开手机的录音，放在张娜的面前：“先简单说一下自己的基本情况吧，出生年月日？出生地？父母的职业？如何与排球结缘的？”

张娜扯来一个枕头抱着趴下，正好与我面对面。“1980年4月19日，出生在天津，父母的职业……就是普通的工人。我们家没有人练体育，只有我自己。”张娜稍稍提高了一点音量，有点小得意地扬了扬下巴。

对排球的兴趣，张娜归功于是受老女排的影响。在她大概九岁、十岁的时候，区体校排球队的郝教练去学校选拔队员时一眼看中了她。而在此之前，她没练过任何体育项目。

我笑呵呵地评价：“你被排球教练相中前就是一张白纸呀。”没想到，张娜突然狡黠一笑：“还好我那个时候长个儿早。”

话题突然围绕着身高聊了起来。

“蕊，你十二岁时多高呀？”

“我十二岁？不记得了，我只知道十一岁的时候是一米七三。”

“哦，我十二岁的时候……”张娜心里盘算了一阵，“那我要照着你这发展趋势，我不得长成你现在这身高。问题是，我没长起来啊。”说完，她一阵哈哈大笑，还是那一贯的毫无掩饰的爽朗笑声。

关于张娜身高的话题，有一个特别经典的故事。1992年9月，瘦得像麻秆的她入选天津少体校排球队时，身高已经达到了一米八〇，是当时队里最高的，教练当即就给她定了打副攻的位子。从妈妈的口中张娜得知有一年自己突飞猛进地长了二十厘米，可奇怪的是，自从入了队，她就一厘米也没有再长过，眼巴巴瞅着同期入队的其他小伙伴一个个超过她。“得亏我早长个儿，不然我早就被淘汰了，”张娜提醒我这段一定别忘了提，同时又感慨万千地说，“所以，我注定是要吃排球这碗饭的。”

对于被教练选中，张娜表示胸有成竹，从未有过担心，更没有其他小朋友表现出的紧张或好奇。而当郝教练让大家回去征询家长的意见时，她竟颇具主见地自己做了主并肯定地告诉教练，她的父母也一定会全力支持她练习排球的。

自信的张娜，骨子里有着强烈的争强好胜的基因。可是从小体育非常好，和男生比赛跑步都能超对方的她，却从未当过体育委员，这令她一直百思不得其解。她声称这个梗一直过不去，但时至今日，细细想来也是件很有意思的事情。

我试图在此时此刻去体会她当年的心情：明明自己体育能力那么强，连男孩子都不是对手，可为什么我就当不了体育委员呢？我想她一定无数次问过为什么，而看着没有自己能力强的孩子当上了自己梦寐以求的体育委员，心中总是难免有些许的失落吧。

跟张娜同期被选中的队员人数不少，不过到最后整个学校就只剩下她一个还继续参加训练。大家不去的理由也都很简单，要么是家长不同意，要么就是家太远等因素。也有队员去练了些时日，结果后来也都逐渐不去了，只有她一直在坚持。张娜虽未说，可我猜想，训练太苦坚持不下来，或许也是其中一个重要的原因。

因为热爱，所以坚持。我不由得想起了这句话。

从未接触过排球的张娜，在看到大姐姐们的训练后，有模有样地学起来，居然很快就能连续对墙垫球了。一提起这段，她的表情里溢满了自豪的神色。张娜的手感好，是业内公认的，这不仅需要经过千锤百炼的训练，天赋也是一个不可忽略的重要因素。

张娜犹记得第一次去体校的情景。从她家到体校要坐十二站公交，她的妈妈就陪着她一站一站地数，叮咛她不要贪玩数错了站，因为从此往后，她将要独自踏上这段训练之旅。而到了冬天，天黑得特别早，张娜的爸爸就会风雨无阻地在车站等孩子回家。她永远忘不了爸爸紧裹着一件军大衣，缩着身子，跺着脚，在寒风中等待她的样子。

每天放学后，张娜就要风风火火地赶去训练。如果四点放学的话，她差不多要八点多钟才能回家，然而回家后也没得休息，她还要完成老师布置的繁重作业。作为数学课代表的张娜，在不耽误课业的同时也能很好地完成训练，我不得不佩服她的毅力。

人贵在坚持，是张娜信奉的一条非常重要的人生准则。面对学习和训练的艰苦，她自己选择默默坚持，她的父母也在默默坚持着，从未说过一句“那么苦别练了”的泄气话。从和张娜的交谈中能了解到，她的父母对她是一种散养型的态度，给她足够的自我成长的空间，给予细心关怀却不过多干涉，这绝对是许多孩子都羡慕的一种亲子关系。我们常说，父母是孩子的一面镜子，而坚持或许正是张娜的父母言传身教给她一生都受用的最美好的精神品质。

说到坚持，才十来岁的张娜，没喊过一声苦一声累。那时的她也许还无法完全理解坚持的含义，却用行动完美地诠释着坚持的意义。有人说，优秀的人，做什么都优秀。我想，对于一个认真的，有着执着坚持精神的人来说，更是如此吧。

张娜是一个跟任何人都能处得来的人，这跟我的性格正好相反。跟她在一起很快乐，没压力，她的性格有时让我很是羡慕。但这样一个豪爽的人，小时候却在拜师环节上“碰了壁”。

在天津塘沽区体校女排队伍里，对年轻的小队员们来说，有一个很隆重的拜师环节。说是拜师，其实就是老队员会挑一名看起来有眼缘的小队员带带她而已，可这种一对一的情况却没发生在刚入队的张娜身上。大家都很喜欢张娜，她却阴差阳错地没有师父。于是乎，她就拜了所有大姐姐为师，也因此多了一个“杂牌军”的外号。

在谈到对墙垫球的时候，张娜还着重讲到了一个“实墙效应”的理念。她说：“我们想对墙垫好球，必须要知道墙在哪里，它是真实存在的，你和它之间的关系要非常明确。而真实也包含在做人方面，不能虚假，这也是我的做人标准。当然，也因为真实，所以我人缘好呀。”

这话不假，张娜确实是一个很真实很坦诚的人。从一个小小的垫球中，她不但在感受真实的人与墙、人与球之间的关系，她更从中体悟到一条宝贵的人生准则，并用一生去努力实践。

“对于一个天生是攻击型选手的人来说，从攻手的位置改去被动挨打的自由人位置，我很好奇你是如何平衡这中间的落差的？”话题渐渐从张娜小时候进入她改打自由人的经历。

“你说你一米九七，我才一米八〇，我太吃亏了。”张娜身上天津人特有的幽默，此刻又上线了。突然，她抱着头，一副很“痛苦”的表情，“哎哟，你还记得你以前都站着拦过我的快球。所以我必须得面对现实啊，这时候我就需要发挥个人的调整能力。”

在张娜的运动生涯中，经历过许多教练。她形容每一位教练都对她很好，但这里特别要提一位有过援外经历的老王教练，他曾教导张娜：“人在场上要自信，其实，很多时候不是别的问题，是在于你的自信心出了问题。比如现在这个情况下你接球，你也都能接，但效果怎么样？记住了，不管什么时候，人一定要自信。”这段话对正准备要改自由人的张娜，产生了巨大的影响。

1999年作为国青接应替补的张娜，在第一场对日本队19∶23落后时被换到了后排，她连发带防起到了奇兵的效果，用现在的话说，就是非常给力。从那以后，每一局一到16分之后主教练蔡斌都会派她上场。而且国青队伍里的一位教练，用“原来你是颗金子”形容张娜，这个鼓励对她来说，也是至关重要的。

老王教练的提点、国青比赛出色的发挥和教练的鼓励，这三样碰撞在一起，产生了一种美妙的连锁反应，让张娜看到了自己的能力。她抓住机会证明了自己，也更加坚信自己可以成为一名优秀的自由人。跟张娜早年的排球经历比起来，我就没有那么幸运了。听着她讲述那些过往，我不禁有些羡慕起来。

但是，谁的人生能一帆风顺呢？从2001年国家队组队开始，对张娜真正的考验，才正式拉开了帷幕。

一谈起2001年刚刚组队训练时的情景，我俩就跟炸了锅一样。想起那时候，我们大多都是第一次上国家队，大家激情四射，富有青春的朝气，有着明确坚定的理想和目标，却每每在回忆到残酷的训练时感到不可思议，我们常常会问自己：“究竟是怎样的动力让我们咬牙坚持下来的？”

“你第一次穿起国家队战袍，是什么心情？”我问道。

“我好自豪的，感觉能为国争光了。从小练了那么多年，就为了去国家队，现在梦想终于成真了，就像做梦一样的。你还记得咱们第一次座谈吗？围着一个大桌子，我说话的时候人都在颤抖。我当时还哭了呢，其实我不是个爱哭的人，可那时真的超激动。”张娜说着说着，声音微微一阵颤抖，眼中泛起了点点朦胧的泪光。可她不承认，我也未继续揭穿，我真的很想告诉她，她眼底那抹闪光温柔得令人动容。

曾经义无反顾地为梦想拼尽全力，虽然执着得有些不讲道理，但也是执着得让人觉得分外可爱。而跟调入国青时，用丢掉旧鞋子

2001年中国女排集训期间给张娜庆生，前排中间为张娜

作为庆祝方式的自己比起来，进入国家队的张娜显得稳重了一些。

在国家队，张娜有一个我们其他队员无权享受的“特殊待遇”。那就是，每天训练刚做准备活动，她就被教练抓去塞在角落里，然后教练们站在高台上对她一顿“狂砸”。她一边羡慕我们能玩游戏，一边被逼在墙角里不停地垫啊防啊。当时队里就选调了她这一个自由人，她连一个做伴儿的都没有，生生地感觉要被她称作“堵墙角”的魔鬼训练折磨到崩溃。

虽然那时候张娜经历了国青的锻炼，但她坦言自己还不够成熟。她能理解教练希望她尽快成长的愿景，她自己也拼命训练希望能尽快达到教练的期望和要求。可惜的是，事与愿违，在重压之下她没有调整好自己的心态，反而还进入一种恶性循环中，仿佛走进了一条死胡同里。讲述到这里，张娜蹙了一下眉，沉默不语。她微侧着头，好像对当时走不出心理重压的自己感到难以理解。

当年的大奖赛一结束，陈导立即让状态不够稳定的张娜返回天津队。跟国际高手过招后，她心中原有的一套认知和理解被推翻了，面对其他国家的自由人有些自由随意的救球方式，张娜突然觉得跟她们比起来，自己差得不是一点半点。对自我产生了严重的怀疑，竞技状态出现明显的下滑，是不难预料的事。

“大奖赛期间陈导就找我聊过一次，陈导说：‘如果你再继续这种水平发挥下去，有可能要被退回地方队。’我当时就酷酷地说：‘我不怕。’陈导又说：‘那你回去之后，再回来可就不是这么容易了。’我说：‘我知道，我回去好好练呗。’陈导形容我已经走到了这里，不坚持下去的话将来要走一个很大的弯路，付出更多的代价才能回来。我呢，就特别淡定地说：‘我练好了再回来。’我当时没有哭，反而觉得——终于解脱了！”

“你就没有过不甘吗？”

“没有，我绝对没有，我超开心，真的。”张娜掩面咧嘴笑起来，但下一秒她就猛拍了我一下，“离开国家队还说很开心，这话你可得帮我掂量掂量再写啊。”

张娜的这段描述，让我有种似曾相识的感觉。她的心情和反应，跟我当年听到终于可以离开国家队时是一样的。表面开心，其实内心痛得滴血，却又无处诉说。我的理解是，张娜强烈地想要逃离的心，取代了一般正常反应下的不甘后，留在内心深处的或许是一种她自己都不想面对的巨大悲痛。那份所谓的开心，也不过是口是心非的最后一丝逞强里的倔强罢了。我没有如张娜希望的那样掂量着描写，反而完全真实地表达出来，因为这些不加修饰的话语，才是最真实的她，真实得令人心痛。

张娜的倔脾气我可是领教过的。2008年刚手术回队的她，在陈导高压式的激将法训练下，几近崩溃边缘。较真的她又不愿意“服软”，和教练好好沟通。我看在眼里急在心上，于是某天我大着胆子在午饭后找了陈导。听说我是为张娜的事而来，陈导的眼底立刻浮现出忧心的神色。陈导说他找过张娜谈心，问她“怎么看待北京奥运会”，谁知张娜却说“我不在乎去不去北京奥运会”。陈导摇头叹气，那一瞬间，他的眼中流露出的是恨铁不成钢和无从着力的无奈神情。我跟陈导说：“同样的话我在2004年受伤后也这么跟您说过，只是您可能不记得了。张娜如果不在乎奥运会，干吗冒这么大的风险做手术呢？只是我们这样的倔脾气太吃亏了，嘴上总是不服个软，但其实我们内心比谁都渴望关心。特别是在大手术之后，我们也会显得比任何人更敏感、更脆弱。您何不换一种方式，试着鼓励她，可能会有不一样的效果。”

在那次小小的风波中，我第一次看到像个无助的孩子一样哭泣到抽搐的张娜。人的内心都是柔软的，而她最柔软的地方被人读懂、被人理解后，卸下了防御的面具……而我，就这样无声地搂着她，任由她毫不保留地、近乎疯狂般地宣泄。每当这段情景浮上心头，我依然会眼眶湿润。我忘不了她看似坚强却在我怀里颤抖不已的弱小肩膀。我心疼她，也心疼同样倔强又不会表达的自己。

在2004年和陈导的谈话后不久，在重压下我一度也走进了死胡同，张娜为了我也曾主动找到了陈导去谈心。多年后，我们闲聊时才知晓此事，一时间，彼此都红了眼眶。为对方着想的举动，这份默默的守护在经历过岁月的考验后，显得格外动人和弥足珍贵。

时间继续回到2001年，张娜被退回到地方队后，随队开始备战当年的全运会。她并未像对陈导承诺的那样，回去以后好好练，反而萌生了不想练的念头，状态差得可以用低迷来形容。

“你原先想象的和你真的回来以后的感觉是完全不一样的，我就总纠结：为什么别人还在国家队，怎么就把你给退回来了？可是奇怪的是，离开国家队时我根本没这么想过。心情真的是非常矛盾。”从张娜的口气里，我能感受到她当时那种压抑在内心深深的郁结。

幸运的是，天津女排是一支团结的队伍，大家从未就张娜被国家队退回来议论过什么。而在某天训练结束后，队里的常指导说的一番话令无心训练的张娜，内心如同翻江倒海一般，久久无法平静。

“常指导说：‘你们都好好练习，都好好看着张娜，看看她的基本功，看看她的动作。她，就是全国最好的！’听完，我的眼泪真的快喷出来了，我就想：我打得那么差还表扬我，当时那个无地自容啊，恨不得找个地缝钻进去。”张娜还模仿起当时为了不让眼泪流下来，仰起头的动作。这一招挺好使的，倔强的人屡试不爽。

经历这一段低迷期，张娜形容自己的信心已然变成了负值。不过好在，她骨子里不是一个轻易认输的人。她暗暗立下誓言：我一定好好练，要再杀回国家队。

之后，她卧薪尝胆在九运会中获得了最佳自由人。是金子总会发光，即使不是在国际舞台上，也无法忽略张娜身上的光芒。

“你怎样看待这段经历？你会介意去回忆它吗？”

“不会，我一点都不介意回忆这段。在巨大的挫折面前，我没有被打倒，不经历这次触底反弹哪有后来的我。逆境就是最好的挫折教育，所有的强大都要先经过挫折的洗礼。人呢，不管何时也都要积极阳光一些。”张娜认真起来，脸上多了几分严肃，“不过，第二年的国家队大名单还没出来之前，我就想过，如果国家队调我，我绝对不去。”

“哦？想的居然是绝对不去？”

“当时出大名单我挺紧张的，但最后真的没有我，我也超级开心的。”张娜突然大笑两声，好像对自己曾经有如同过山车般的心情和想法，早已习以为常，“我后来想，觉得那时候的自己还是不太想面对，是一种逃避的心态。估计2001年我把陈导他们的心都伤了，因为，当时就选了我一个自由人，这是对我何等的信任啊，结果我却让大家失望了。”

张娜再回国家队时，已是2003年的事了。在国内的赛事磨炼中，张娜包揽了所有比赛的最佳自由人的奖项。她认为自己有了真正的底气，有能力担当国家队自由人的重任，也做好了重返国家队的准备。这一次，她用实力赢回了陈导的信任，扎扎实实地站稳了主力的位置。

一说起2003年，少不了说几句那一年的世界杯了。我们那批队员以十一场全胜的战绩夺回了阔别十七年的世界冠军。每场赛后会从胜队里评选本场最佳并颁发奖杯和吉祥物，由于替补队员几乎没有机会赢得吉祥物，所以亚文姐告诉大家，谁要是得到两个的话要捐一个出来给没有的队员。队里有三个人得到过两个吉祥物，一个是冯坤，一个是我，还有一个是张娜。自由人是很难跟攻手抢风头的，而两场最佳，足以证明张娜的优秀。

“世界杯是一段非常美好的回忆。”张娜的话，也说出了我的心声，“只不过对我来说，最后还是有那么一点点可惜。我跟巴西自由人就相差毫厘，没有拿到最佳自由人。”

此刻，我想起航天员邓清明在谈及无缘“神十”时的话：“差距都是微乎其微的，也就零点几分。这样一个很小的差距，就让你止步于发射塔前，让你与梦想擦肩而过。这一点对于每一个航天员来讲都是有点遗憾的。”

那种彻骨又无奈的遗憾，或许只有当事人自己才体会得到其中滋味。“人生难免会有遗憾啊。”我不由得发出感慨。

不知是不是我提到“遗憾”这两个字，张娜突然跳到了我2004年疲劳性骨折这个话题上。我笑着摆摆手：“不谈我只谈你。”她却用不容置疑的口吻说：“不行，我一定要说。”

“2003年应该说大家正处在状态正佳、队伍蒸蒸日上的时候，你却突然在2004年集训时受伤了。当时你扣背飞，我在你身后给你保护，你‘啊’的一声大叫倒在我的面前，现场每个人都愣住了，至少有十多秒的时间，整个场地鸦雀无声，气氛瞬间凝固。”张娜皱起了眉头，刚刚还活泼的声调，仿佛是受到强劲的冷气的影响，陡然降低了几度。

“我记得我和大平是第一个反应过来冲到你旁边的，你抱着腿一直哭，我心里难受的那个劲儿啊……”张娜没用语言形容，而是抬手在胸前做了一个握拳扭转的动作，眉宇几乎拧在了一起，“什么奥运会，什么比赛，我统统都没想，就想着：蕊蕊这骨头都错开了，得多痛啊。这么多年过去了，我依然不敢去回忆你骨折的那声脆响。不过真的特别开心，你最后赶上了奥运会的末班车。”她轻轻拍了拍我的手背，眼神里流露出庆幸的光芒。透过她的指尖传来的温度，我想起了当年在受伤后，她们护着我，守着我，那份不离不弃的温暖。

作为受伤事件的当事者，我多多少少都从队友口中听到过当时的描写，但这么认真的讲述，还是第一次。没想到，那段黑色的记忆不光深深地烙在了我的心里，也同样像挥之不去的阴影般烙在了大家心灵的最深处。

聊到伤病，我们又把时间快进到了2007年。那年，在我们心中被贴上“铁人”标签的张娜也因伤病倒下了。那个时候网络渐渐流行起来，对她否定的声音如潮水般传进了她的耳朵。

“你怎样看待那些对你不公正，甚至有些刺耳的评价？”

“我看得还是挺淡的，对方用指责的方式关注我，那说明这个人是喜欢女排的。中肯的批评我很乐意接受，但有些太尖酸刻薄的，我就会想：我不行，那你上啊。如果别人说什么都被牵着鼻子走那可不行，我必须把那些负面的东西屏蔽掉。”

我们总说，人不能太自负，但有时候，没有留下一点自负的话，又怎么去抵御一些心怀恶意的伤害呢？

2007年“四大病号”的康复日子，对我们来说，是一段难忘的经历。张娜因为颈椎间盘突出压迫了神经，开始感到肩颈疼痛和麻木，严重时甚至到了起不了床的地步。张娜的疼痛耐受力一直很强，可她都疼得坚持不了了，我真的不敢想象那是一种怎样的滋味。虽说我们都是伤病号，但仍然很难真正做到感同身受。那一年，张娜和男排的汤淼先后颈椎受伤，在汤淼重伤后，她立刻被保护起来，即使炎热的大夏天，也要戴着一个固定颈椎的脖套。

同年10月，张娜在天津接受了一个刚引进国内才一两年的新的手术方案——颈椎间盘置换术。张娜形容手术成功就是好人一个，失败的话就是胸部以下高位截瘫。面对如此高风险的手术，张娜没有任何犹豫。她想打奥运会，她想陪着大家一起走过那段时光……听着张娜淡淡的回忆，那段苦涩和激情并存的岁月，如同放电影一般在我的脑海中不断浮现。那一刻，我仿佛闻到了一阵阵象征友谊的甜美花香，但心中又像被针扎似的隐隐作痛起来。

见我的情绪随着她的讲述变得低落，张娜赶紧转移话题逗我开心。她就是这么一个很懂得体恤别人的人，表面上看起来大大咧咧、粗枝大叶，其实内心如水般细腻。她喜欢别人因为她而快乐，而伤感的一切都被她选择深藏于心底。

在这次采访前不久，张娜刚刚到中国排球学院任职。她形容自己重新回归排球，又能为中国排球服务，是因为身上还有那份融入骨髓的使命感。在小时候的张娜心中，女排精神仅仅就是顽强拼搏。到了现在，她认为团队的凝聚力更是女排精神的核心，在亲身经历后再回头看去，才能更好地理解和体会什么是女排精神。

她也想对从事排球的后辈们说——如果你选择了这个项目，就要去珍惜，就要去坚持，就要去努力。

结束了和张娜的聊天访谈后，我回到房间，关上了房间里所有的灯，拉开窗帘，坐在窗边静静地望着天空。

夏夜的天空，在香港不眠的霓虹灯的衬托下，虽然深邃，却不暗沉。

“我是真的热爱排球，打心底里热爱。从事排球是我一辈子最幸福的事。”张娜的话在我的耳边不断回响。

我想起了英国著名的登山家乔治·马洛里，他在回答媒体关于“为何想要攀登珠穆朗玛峰”这个问题时，说的那句经典名言——因为山就在那里！

是啊，对于乔治·马洛里来说，因为山就在那里。

对于我们排球人来说，因为排球就在那里！

沉睡的激情在血脉中苏醒偾张，此时，我多想有一杯红酒，配着满天的星光入喉。

不然，如何消夜永？

如果人生是一个圆

——张平

时间很神奇
可以让很多事情
变得很特别
我希望
在自我修炼的过程里
我　可以成为一个圆

——张平

2004年雅典奥运会颁奖典礼后，三位天津籍球员合影，从左至右依次为：张娜、李珊和张平（供图/张平）

在我的运动生涯中，有这么一位亦“敌”亦友的队友。我俩同样司职副攻，也都是主打两点攻位置的副攻。球场上我们是要使出浑身解数一较高下的竞争者；球场下，我们是兴趣相投又坦诚相对的同龄人。我们一起追过男团神话组合，并号召几位志同道合的队友自建女排的神话组合定期练习舞蹈；我们都喜欢酷劲十足的朋克风装扮，粗犷的金属饰物是我们常规的搭配；我们最爱吸血鬼题材的动漫和影视，还特意准备相关道具扮演情景剧……当然，我们也有安静的时候，绘画是我们共同的爱好，我擅长日系风格的漫画，她则修习水墨国画。

她，就是张平。在我们那批队员里年纪最小，却被我们冠上了“大”字辈分的张大平。

在取名字这件事上，我和大平的经历颇为相似，只不过，和我的父母希望我这个出生不易的孩子能被多点人关心而选用的“蕊”字不一样，大平的“平”字除了爷爷希望孙女一生平平安安外，还有张爸对女儿寄予的殷切厚望：他希望女儿能像铁榔头郎平一样，实现他未完成的心愿。

小时候的张平与父母的全家福（供图/张平）

张爸非常喜欢男孩，张平出生时他一听闻是女孩，显得不太开心，甚至还掺杂着一点失望。而当护士将肉嘟嘟的女儿抱到他面前的那一刻，他的心一下就融化了，瞬间就爱上了怀里这个稚嫩的小生命。

由于张妈上班较远，加之单位提供的是井水，长期饮用井水会造成孩子牙齿变黄，张妈便将照顾女儿的重任交给了离家较近的张爸。在学校排球队当教练的张爸，为了防止球砸到女儿，以及为防没人看管的女儿到处乱爬，他进球馆的第一件事便是给女儿一个排球做伴，然后用买菜的竹筐倒扣住她。那个年代还没有尿不湿，父母惯用几层棉布给孩子垫着。冬日里，每次张爸下训练课，一抱起女儿就发现棉布早就冻得结了冰。而张爸最拿手的“绝活”是，一边一个腋下各夹着奶瓶和水瓶，把女儿抱在胸前，任娃选择，想喝哪个喝哪个。

虽然这段记忆，是通过父母的讲述在大平的心里形成的画面，但当时透过懵懂好奇的大眼睛，越过竹筐看到的最初的排球世界，还有那一声声排球干脆有力的撞击声，一定都深深地刻在她心灵的最深处。

身高是排球运动员的一个重要标准，可小学时期的大平好像并没有从父亲那里继承身高的优势。不过从小随父亲一起边玩边练地接触排球，让大平比别的同学学动作都要快许多。对学习没太大兴趣的她一心只想着玩，反正甭管什么形式只要不在课桌前坐着就行。

等到了初中，大平的身高依然不突出，张爸只得很无奈地放弃让女儿专攻排球的念头，把她送去了以文化课学习为主的中学。在学校里大平加入了校田径队，练习标枪、铅球、铁饼这类运动。小学时期的大平，在参加市里或区里的运动会的投掷垒球项目中，成绩特别优秀，她是所在乙组的第一名，成绩却可以跻身甲组第二名。基于这个原因，到了初中她继续练起了老本行。

不知是练田径的效果，还是到了该长个儿的年纪，从初中一年级起大平开始猛蹿个子。到了初二的时候，新中国成立后第一任中国女排主教练李安格在北京体育大学成立了一个希望队，张爸便带着大平去参加了试训。其实张爸最开始是想送女儿去当兵的，也带着大平去了八一队测验，可最终没有留下她。

李安格教练是一个酷爱钻研的人，单脚背飞和错位战术就是他发明的。对于第一次见识这些新奇战术的大平来说，可谓是眼花缭乱又兴奋异常。不过张爸并没有因为女儿学会了不少战术而松懈对她的要求，反而更加严厉，要求她多跳绳练习弹跳力。单练跳绳多枯燥呀，大平就趁艺术体操队下训练后偷溜进艺术体操馆，拿着那些彩带、呼啦圈等道具各种自娱自乐。当然父亲的命令她不敢忤逆，她便学着艺术体操运动员的跳跃接旋转的动作练习弹跳。结果，不幸得很，弹跳没练成，她在完成一个落地动作时把右脚扭骨折了。那螺旋形的骨折纹路连医生见了都直纳闷，究竟是怎么造成的。

女儿受伤的消息对张爸来说是一个不小的打击，骨折令大平的排球之路出现了更大的不确定性的变数。最严重的是，骨折造成了还未闭合的骨骺线挤在了一起，她将来极有可能变成长短腿的残疾人。打石膏前需要先正骨，尝试把挤在一起的骨骺线拉出来。那种生拉硬扯的痛楚哪是一两句话能形容的，大平至今回忆起来都感到瑟瑟发抖。

和父母的担忧相比，大平显得乐观许多。她总觉得情况应该没那么严重，就连拄着拐赶绿皮火车回家的路上，她都不忘开玩笑安慰父亲。养伤期间，她每天唯一的娱乐就是听收音机，一边听着一边还要完成父亲布置的上肢和腰腹背肌的训练。

大概一个月后，大平恢复的情况不错，拆了石膏很快就能下地走路了。某天，张爸张妈摇身变成“虎爸虎妈”，他们买来五百块蜂窝煤放在楼下，张爸在楼下看着，张妈在家里等着，大平则要完成中间的运输工作。对于能动绝不闲着的大平来讲，搬煤也是件挺有意思的事，可这毕竟是五百块煤又是五楼，究竟那天搬了多少趟大平已经记不清了，只记得当晚脚就肿了起来。面对医生的“白天出去偷玩”的质疑，却不敢吱声“出卖”父母。

等骨折完全养好，希望队的训练也已经结束了。就这样，大平又继续回到了普通的中学就读。在这之后，她将近读了一年的时间，才去到天津体校。北京奥运周期的主攻李娟和大平是同一批天津队的队友。大平刚进体校时，李娟都在体校练了三年了，发、垫、扣、拦、传和倒地防守全都悉数掌握，而大平除了身高和大家差不多外，其他什么都不会。用她自己的话总结：我那时候的排球水平还停留在小学阶段，上肢发力的动作停留在中学投标枪的阶段。

这时，一个不太友好的声音传进了她的耳朵：扣球和投标枪一样，她能进国家队？别做梦了。

对此言论，大平没有什么概念，张爸却备受打击。他也没想到在女儿名字里寄予的希望，会变成他人嘲讽的笑柄和攻击的目标。

三年后，赵雪琪指导成为天津队的主教练，把体校这批队员全部都调上了一队。同批的场上主力分别被国青、国少还有沙排选去了，唯独剩下大平一人留守天津队训练。当时正流行《我想我是海》这首歌，听着歌她感觉自己仿佛变成了大海，常常泪如雨下。跟队友三年的差距也好比用再多泪都填不满的大海，只有郁闷在她的心间萦绕。

年轻的大平在成年队里，渐渐沦为了一名捡球的队员。张爸担忧长此以往下去，女儿就在捡球中荒废了，于是他利用每天下午下班后的时间，带着女儿在体工大队旁的小树林里开小灶练力量。昏暗的路灯将他们的身影刻在冬日夜晚的冰冷地面上，很长很长……

天津女排主场比赛时，大平和父母会在观众席观赛。看着场上的队员，张爸张妈嘴上未说什么，但流露出的“女儿什么时候也能像她们一样”的期许被大平看在了眼里。有一天，她指着球场，突然跟父母说出豪言壮志——“明年，我一定在下面那个池子里。”要完成这样的目标实属不易，她必须要超越副攻位置上的张娜、李珊和杨洁这三位前辈里的两人，才能竞争主力的位置。可没过多久，正赶上新增自由人的改革，张娜改去打自由人，李珊在1999年进国家队时又被胡导改成了接应二传。幸运一下来得太突然，大平就这么糊里糊涂地进到了梦寐以求的“池子”里。

随着提升为主力，质疑她的声音变得越来越多，有些急性子的球迷在赛场就指着她发出类似“张平你会打快攻吗？”这样的责难。有一次，有球迷找她签名，她刚接过本子，一位教练便凑到她身旁阴阳怪气地说了句：“呦，签名会写字吗？”张爸张妈那天刚巧也在场，因为碍于场合只得佯装什么事也没有发生。在指责和压力面前，大平形容自己幼小的心灵受到了不小的打击，只能用一顿痛哭发泄心中的委屈。

俗话说，真金不怕红炉火，酒香不怕巷子深。大平之后连续三年入选了国家青年队，其中令她印象最深的还要数2001年在美国参赛那次，因为震惊世界的“9·11”事件被她们赶上了。我记得大平跟我们讲述，“9·11”事件发生时她们正在另外一架准备起飞的飞机上，在经历漫长的等待起飞的过程后，她们乘坐的航班被取消，下机后她们才知道发生了恐怖袭击。她总是感慨要是乘坐早一点时间的航班，我们都不一定能再见到她了。

在经历这场“大难不死”的第二年，大平如愿入选了2002年国家队的大名单。对当时的大平而言，国家意识还太遥远，中国女排的概念也太模糊，她对于身披国家队战袍的概念依然还停留在潮流的美津浓装备上。我们那时候不像现在的地方队名牌装备那么普及，只有去了国字号的队伍里才能有这份领名牌的“殊荣”。每每看着入选的队友领到装备，她别提有多羡慕了，心想：什么时候自己也能拥有这样一身行头？而拥有这份“殊荣”也意味着能证明给当初质疑过自己的人瞧瞧：我张平是可以做到的。

真正对中国女排这个集体产生归属感，是在入队宣誓的那一刻。我们全队站在国旗下，郑重宣誓，念出自己的名字，这令大平的内心有了强烈的触动。她猛然意识到，能成为中国女排的一员，身穿印有国旗的赛服是件值得骄傲又意义非凡的事情。跟证明给别人看无关，跟以前提起中国女排像是在谈论别人家的事不同，一份自豪的责任感在她心中油然而生。

国家队的训练异常辛苦，但大平觉得每天都特别有收获。她形容当时在天津队早已找不到对手，所以不管是跟亚男还是和我打对抗，那种高手过招的喜悦让她感到很充实，那种棋逢对手互有输赢的情况，令她的情绪始终处于一种亢奋的状态。作为队内的竞争对手，她明白亚男具备快和全面，而我拥有绝对高度。我们两个的个人优势都太突出，她知道要想独当一面，唯有埋头苦干。

在亚男肩伤期间，陈导曾疯狂练大平的一传。有一天她被罚了三百个一传，这对最讨厌接一传的她来说简直就是虐待，对发球的小张导来说也是场折磨。大平想起在国青问过蔡斌指导，不用她打球的理由是什么？蔡导说："你上个小球都能垫成探头，就好比挣两块结果丢四块做赔本买卖的人，所以不敢用。"想想这些，她更加深刻地意识到，自己除了扣球那一下有些特点，她的后排技术跟亚男相比确实有很大差距。她没法成为亚男，她只能继续做好自己。

在2003年世界杯前，陈导在她和辽宁队的楚金玲之间最终选择带她参赛，她很庆幸自己幸运地搭上了这趟末班车。我从她回忆的眼神中还依稀能看到她当年那种欣喜若狂的神色。

大平也期待过有朝一日能打上主力，可是看到我和亚男在世界杯上的表现，她又觉得希望有些渺茫。失落的情绪涌现时，她甚至会想：一个人到底要承受多少次失败，才能鼓足勇气再回来？

此时，我不由得想起一部电视剧里一段颇有深意的台词——岁月便是如同烦恼组成的念珠，达观的人呢，不过是笑着数完这串念珠。今日虽有挫折却能坦然面对，才能遇见明日的豁达。

在我看来，正因为大平的达观，才让她拥有了绽放的明日。

2004年看似平常，对我们两个来说却非比寻常。我的骨折来得毫无防备，令所有人都猝不及防。

说起这段，大平忽然红了眼眶。"你骨折那个声音至今都在我的脑海，从没忘记过，我挺替你难过的……"说着，她起身寻找纸巾，片刻后才又见她平复心绪返回座位。她的难过包含着曾饱受过骨折困扰的感同身受，还有，她不敢想象，一个运动员在巅峰状态的时候，一下子从云端跌落谷底，究竟要承受怎样的折磨和打击。在我当年受伤的混乱时刻，她琢磨着怎么能让我舒服点，所以在我的身旁不断重复着"护具断掉"的谎言，只是希望我能暂时逃离糟糕的现实。

骨折的痛苦是难以言喻的，但最痛苦的其实是心理上的折磨。落差越小，伤害越小，痛苦仅仅是停留在肉体上的反应；反之，落差越大，伤害越大，我不但要勇敢大胆地克服肉体上的痛苦，同时还要小心谨慎地修复自己脆弱到不堪一击的内心的痛苦。有时，内心早就泪流成河，却依然要展露笑颜。这种隐藏的深层的痛苦，被平时看起来大大咧咧的大平全部看在了眼里。

我受伤的那一刻，大平瞬间意识到自己要挑担子了。她想打主力，也认可这个位置依然非我莫属，可是她理想中并不是以这样的方式成为主力。

由于和冯坤配合得少，她俩的节奏一直配不太上，大平为此感到很苦恼。她猜想陈导当时也一定很苦恼，可她不敢找陈导聊天，而是找了带她时间更长的蔡斌指导倾诉。每天训练结束，加练内容就如排山倒海般向她涌来，与此同时，一些负面的评论和否定的声音也向她发起了攻击。为了保护自己，她只能选择对那些舆论视而不见，默默装作无动于衷的样子。

慢慢地，我随队开始了康复训练。她说看着胖得像小猪似的我围着场地一圈一圈慢跑的身影，便在心中无数次地哀叫起来：你什么时候能回来？快来救我啊！随着奥运会越来越迫近，留给我们的时间越来越少，我们都感受到了前所未有的压力。奥运会前，我们在波兰休整数日，其间和波兰女排进行了两场公开赛。看着我能上场比赛了，大平的心里简直乐开了花。而这时，她的膝伤开始有了较大的反应，她努力坚持等进了奥运村才接受了封闭针治疗。在我们和希腊队共用比赛场地进行对抗赛的两个小时里，她静静地坐在场地边呆呆地看着。我的回归让她觉得安心，她也期盼着打完封闭针膝痛就不再困扰她了。

雅典奥运会第一场我们对阵美国队，我被安排作为主力首发。在开赛第一声哨音吹响之前，陈导走到替补区，叮嘱大平随时做好准备。她点点头，但那一瞬，“我为什么要打封闭”的疑惑突然闪现，隐藏在情绪背后的不是埋怨，但有着一丝淡淡的失落。可还没等她从纷扰的心绪里走出来，我骨折未愈的患处又复发了，已经一瘸一拐地走下了场。由于我俩没有换人时举牌交接的过程，大平不清楚我实际情况如何，她一直以为我只是需要调整一下护腿板。下一个球，或者再下一个球，我就会举着号码牌再把她换下去，所以每一个球结束，她就回头张望找寻着我的身影。卫大夫劝她："别再看了，身后没人了。"亚文姐告诉她："再看就轮我上去了。"直至这时，她才知道我已经被担架抬出了赛场。

在大平眼里，奥运会跟普通的比赛没什么区别，无非是被冠上了"奥运会"的名称罢了，加上大奖赛我们输给了美国队，她便想好好珍惜这个一雪前耻的机会。求胜的雄心战胜了压力，简单的想法赶走了杂念，大平的状态井喷式爆发了出来。

当我们最终排除万难，站上奥运会冠军的领奖台时，大平偷偷在我的耳边说："我不能代表全队，但我可以代表自己把这块金牌送给你。"我记得她当时有些憨憨的笑容，还有浮现在她眼中的隐隐闪光。从我受伤到回归赛场，她真切地感受到一个运动员的不易。她想用金牌证明自己的能力，也慰藉我这一路走来的艰辛。拿到冠军的那一刻，我们每一个人都哭成了泪人，唯独大平没有落泪，有人调侃她"心真够大的"。其实我知道，在决赛的那天中午，她在奥运村的餐厅里号啕大哭了一场。在那一刻，她把积压在心间所有的情绪，全部化作泪水宣泄而出。所以，把泪哭尽的她，当晚，再落不下一滴泪来。

2005年新一届中国女排集训，副攻线上出现了许多颇具潜质的新人，大平又回到了替补位置上。她理解队伍为北京奥运会做准备要培养新人，可心中难免会有一丝落寞。包括队伍2007年安排我和冯坤去美国手术，她也有一种难言的苦涩。每个人可能或多或少都有些跨不过去的心结，性格像男孩子的大平也不例外。她一边要坚强地调整自己的心态，一边要把失望沮丧的情绪揉成轻描淡写的词语，再装作若无其事的样子去说服父母。她称那种感觉很不好受，甚至可以用残忍来形容。

我在美国手术期间曾给大平打过一次越洋电话，因为知道她要接受一种较新的手术治疗而表示了我的担忧，以及表达对她不能一起前往美国手术的失望和遗憾。就如我受伤时，她不知如何安慰我一样，那一刻，我觉得任何语言都显得那么苍白无力。

我记得2006年，队伍足足有两个月时间在外集训加比赛，我和大平两人便留在体育总局进行康复。那段时间，我们没有二传，就互相传快球“折磨”对方；有时候兼顾治疗的康复师外出，我们就用对方做“实验对象”，互相做按摩治疗的同时也顺便提升一下康复方面的业务能力。我们一起吃饭、一起理疗、一起追剧、一起逛街……有种相依为命的感觉。

有一天下午，央视五台要来拍摄我们训练的画面，相熟的记者在中午提前通知我还有采访的环节。我那天不知怎么了突然反问:“是采访我们两个还是只采访我一个？”记者朋友如实回答:“给我的任务是只采访你一个。”听到这里，我罕有地在电话里边哭边吼:“你们考虑过大平的感受吗？不采访她我也不接受采访！”记者朋友没了辙，只得妥协:“我都采访，但最终用不用，怎么用我可没决定权。”事后，我没观看播出的内容，也从未跟大平提起过此事，但就像记者朋友没有决定播出权一样，我也没有决定大平去美国手术的权力。我们虽然是竞争对手，却也在用自己的方式，默默地守护着对方。

多年后，一次机缘下，徐利主任告诉她，当年没带她去美国手术主要是出于队伍的经费等综合考量。时过境迁，其实什么原因在大平心里早已不再重要。而在一次聚会中，陈导举着酒杯诚恳地对她说："过去的点点滴滴、起起落落、恩恩怨怨都在这杯酒里了。"大平赶忙举杯回应："没有怨，只有恩。"

过往的一切全化入了香醇蜜酒里，随着仰头畅饮的刹那，那些开心的、伤心的、有心的、无心的……所有种种，全都在笑声中烟消云散了。

沧海一声笑　滔滔两岸潮
浮沉随浪　只记今朝
苍天笑　纷纷世上潮
谁负谁胜出　天知晓

不知不觉中，我哼唱起这首经典歌曲。真的，好生应景。

2007年，大平在德国接受了软骨培植手术。术后的当晚，她起身想去洗手间时却不慎摔倒。她坐在地上，首先冷静地确认了刚移植到膝患处的活性物质没有损伤，才艰难地爬起来挪去洗手间。

看着镜子里自己的狼狈样，她突然忍不住哭了出来。那一瞬间，她渴望有一个可以依靠的肩膀，为她遮风挡雨，为她排忧解难，在她需要帮助的时候可以搀扶她；在她落泪的时候可以拥她入怀，替她擦去脸上的泪；在她想要倾诉无处诉说的真心话时，可以安静地在她身侧聆听……

关于这个话题，我们两个也有过不少的交流。我犹记她说在书中看过这样一段话，大意是：结了婚的女人，生命才是完整的，不然似乎缺失了什么。为此，我俩还展开了一次小小的辩论。

现在再谈论起来，感觉她的想法发生了不小的变化。她不再是单纯地想要有个可以躲避风雨的依靠，而是希望还未出现的那个他，能和她如同两个相等的圆，不是某一方套住另一方的关系，而是彼此属于对方又不完全从属于对方的微妙又独立的关系。

大平还在追寻她生命中的另一半。她期待，并不强求；她渴望，而不盲从；她希冀，又不随意。

> 世界对着它的爱人，把它浩瀚的面具揭下了。
> 它变小了，小如一首歌，小如一回永恒的接吻。

文末，我想借泰戈尔散文诗集中的一句，送上对大平的祝福，愿她早日觅得她生命中的那个圆。

排球的『小尾巴』

——王一梅

我不想长大

也不喜欢分别

如果可以

我愿意

做你们的小尾巴

做排球的小尾巴

嗯　是的

一辈子

——王一梅

王一梅在庆祝得分(供图/谭美舆)

一提起王一梅，大家马上会想到她势大力沉的暴力扣杀。她那男子化的重扣，总是会引来观众的阵阵喝彩和尖叫，还有她透着一丝憨憨的甜美笑容，让人对她喜爱有加。

作为大梅的队友，又是她的姐姐，我对她的了解要比旁人多那么几分。除了她的扣杀，我最先会想到大梅亲手编织的不同样式的五彩绳结，以及手机壳上亮闪闪的饰物。你会惊叹于她的手巧和耐心，折服于她的审美和搭配，但更多的是惊讶看起来人高马大的她和那些精巧细致的手工活，究竟是如何巧妙地协调在一起的。说真的，在看到她的作品之前，我始终无法将她和内秀这个词画上等号。

当然，印象最深的还是大梅在减肥方面的话题。体重和扣球的力量基本是成正比的，不过相对的，体重过大每一次跳跃后对下肢关节的负荷也就增加了。为了控制她的体重同时又要保证扣球质量，陈导真的是煞费苦心。我就记得当我们面对丰富的菜肴大块朵颐时，大梅要在队医的监管下选择菜品：油炸的不能吃，肥腻的不能吃，油大的不能吃，热量高的不能吃……那孤零零的几根绿叶菜，还要用白水涮掉过剩的油汁，才能无滋无味地下肚。这也难怪大梅喝牛奶喝到最后一口常常舍不得喝，而是咕噜咕噜往纸罐里面吹气了。当亚男跟我们分享大梅这个小故事时，大家都乐坏了，但笑过之后我们就会被一阵莫名的心酸包围。

我和大梅是两个极端，一个是要拼命多吃，一个是要设法控制。吃对于我们来说完全没有任何乐趣可言，其中包含的痛苦也只有自己心知肚明。女孩子爱吃零食本是件很寻常的事情，可队里却剥夺了大梅这个权利。有几次她偷买零食被我们老队员撞个正着，大家其实都非常理解，就睁一只眼闭一只眼装作没看见。过了这么多年，现在也不怕提起这事了，不过大梅还真要感谢我们的不告状之恩，不然当年她绝对少不了一套特别的体能惩罚。

大梅天生骨架偏大，这一点随她的父亲。她的父亲身高一米九二，以前在部队里打篮球。大梅从父亲那里继承了身高和体型，还有融汇进骨髓之中的天生的运动基因。从小，她就高出同龄人一大截，父母便想着送她去练体育。其实也未想着她将来通过练体育能出人头地，只是单纯地希望她能强身健体，同时培养她的兴趣爱好，以后有一技之长好上大学。最开始她接触的是网球，可练了没几个月，教练发觉她的身材各方面条件不太适合练网球，便介绍她去了游泳队。大梅形容自己不是个特别有主见有想法的人，凡事都是由着父母拿主意，于是她就这样迷迷糊糊地进了游泳队。

第一次见到泳池，她印象中自己还是有些怕水的，由于迟迟不敢下水，最后她愣是被教练一脚踹下了水。这刻骨铭心的一脚，正式开启了大梅的游泳之路，一游便是四年。即使从事了体育运动，她对体育依然没有什么概念，连玩的概念都没有形成。看着比自己早学游泳的哥哥姐姐们，她也没有产生要努力赶超的想法。她最大的兴趣爱好是宅在家里看电视。

和其他练排球的孩子不同，大梅从大连市体校调入省游泳队后，直接进的省排球队，她跳过了在市体校练排球的那段经历。和我从篮球转排球不一样，她是从水上个人项目转入球类集体项目。这个跨度还是蛮大的，而她结缘排球也好似是冥冥中注定好的一般。

进入辽宁省游泳队，刚刚五年级的大梅就要只身前往沈阳训练了。当时家里有个远房亲戚正好认识省排球队的教练，家人就拜托这位教练在沈阳多照顾照顾大梅。这位教练第一眼见到大梅，就被她的身高吸引了，直呼：这么高的个子怎么不打排球？接下来，这位教练就坚持不懈地找游泳队讨要大梅。游泳队教练见这情形便主动联系家长征询意见，游泳队教练坦言，从游泳的专业眼光来看大梅的身材不属于流线型的，虽然在同龄人里她游得挺好的，但将来有可能受身材条件的影响也就止步于此了。面对这个不确定的未知数，再加上排球队三天两头来要人，大梅的父母多方考虑后便决定让孩子转练排球。

那时候她对游泳已经产生了感情，就算她的妈妈以练排球将来当体育老师的机会更多、工作更好找为由，她还是表态想继续练游泳，毕竟练了那么多年，实在是舍不得。可她的父母显然已经下了决心，她的妈妈给她两条路选择，要是想留在沈阳就练排球，反正游泳肯定是不会练的了，要是她也不练排球那就回大连。从小恋家的大梅立刻回答："我想回大连。"但最后的结果她还是被留在了沈阳练排球。直到现在大梅都异常疑惑：自己当时的表达究竟是哪里出了问题？而父母既然决定让她留在沈阳，又何必走个形式来征求她的意见？

排球对于大梅来说，完全就是一个未知的世界。她没听过那些叱咤风云的老女排前辈的名字，对排球运动也是一概不知。在学校和游泳队里，她的身高一直非常出众，而到了排球队后她才发现，山外有山人外有人，原来比自己高的大有人在。她没有因为身高的原因在这里找到归属感，一直处于被动状态的她，一路糊里糊涂地总能遇到愿意推动她前进的教练。她感觉就好像是排球选择了自己，而不是她选择了排球。

因为要走个程序，在三队短暂过渡一下的大梅，刚学了传球和垫球，还不会扣球就被调上了青年队。源于在游泳队打下的身体基础，她觉得很多训练内容都很轻松，就算技术不如人，可体能却总能胜人一筹。或许是因为训练量达不到在游泳队的强度，一直属于瘦长条型的大梅逐渐壮实起来。到了青年队，大梅不知道青年队的上面还有一队的存在，她更不知道还有国字号的队伍。面对结束国家队任务回队参加联赛的辽宁籍前辈们，她甚至会冒出“国家队是什么？”这样无厘头的问题，直至被选入国青她才知晓原来国家队才是最厉害的。大梅称自己好像一直生活在自己的世界里，而她的迷糊劲儿也是无人能及。这方面，如果她说自己排名第二，绝对没人敢大放厥词称第一。

每上一个台阶，大梅的妈妈就变换各种方法推着她继续往更高的目标努力。比如，大梅在上了青年队担心训练会比之前累时，她的妈妈就告诉她，从青年队出去上大学不是更容易吗？大梅一听，觉得颇有道理便埋头苦练。还有关于入选一队，也是因为她的妈妈看准她恋家的心情，用“一队在大连训练，你得好好练，这样就能留在大连也能常回家”这样的由头调动她的积极性。大梅笑言她的妈妈总是在她不想练的关键点，用连蒙带骗的“忽悠法”把她一步一步推到了国家队的高度。

2004年她首次进入国家队，面对这个国字号的最高殿堂，她没有其他年轻队员的激动和兴奋，也没有所谓的欲望。她依旧稀里糊涂地搞不清楚状况，总是不停地琢磨:“为什么选我？究竟看上我什么了？”多年以后，她才领会陈导是想让她多体验感受国家队氛围的良苦用心。

那一年的3月我出现了疲劳性骨折的重伤，本来准备回国青参赛的大梅就留在了国家队。外出比赛时，年龄最小的她就帮大家做些分派餐点、收拾换洗的赛服、整理器械装备等服务类的工作。

她印象最深的是第一次到香港的红磡体育馆比赛。大奖赛是分站赛形式，这对于打惯了赛会制的她来说很新颖，再加上以往看演唱会都是通过电视了解到红磡体育馆，这一次有机会走进其中，令她兴奋异常。那个时候正值《流星花园》流行，她一走进红磡体育馆就会情不自禁地唱起“陪你去看流星雨，落在这地球上……”。爱玩爱闹的李珊和大平知道大梅的小心情，常常刚踏进体育馆的大门就立刻喊大梅的名字，大梅也总是非常配合地欢唱起来。因为是年轻队员，她没有姐姐们参赛的紧张感，看到体育馆里那么多的观众，她说自己就好像是来开演唱会似的。

“你这心态也太好了。”我不由得佩服起她来。

“很怪异吧？”说着，她吐舌笑了笑，“每次局面领先较大，到了24分时陈导就会换我上去，冯坤姐也一定会传给我，扣球得分就特别开心，很有参与感。所以一看快到24分了我就开始拼命做活动，现在想想我也是很机智的，充分摸到了教练的规律。”

“你这小心思，前面二十多分光顾着唱《流星雨》了吧？”说完，我俩爆出一阵狂笑。大梅笑得像个孩子般，淡淡的瞳孔中闪耀着光芒，那是对过去的点滴充满怀念的光芒。

雅典奥运会后，大梅渐渐挑起了队伍的大梁，可她仍然没意识到角色的转换、压力和责任在肩的重任感。她把自己比喻成一个整日跟在大姐姐们身后无忧无虑的小尾巴。鉴于心态调整得好，身体也对“来球就扣”产生了机械化模式的记忆和习惯，她本能地觉得就应该扣死并应该多扣。虽然现在提起当时的扣球量多得吓人，但在大梅眼里，那些扣球量都是很正常的。这或许要感谢她自己小时候不挑食、生病少，老天赋予了她一个过硬的好体质。

“北京奥运会对你来说，是不是一个遗憾？”

“现在想起来是有遗憾的，但当时没有那么明显的感觉，因为我心态比较好，陈导也没给我压力，队里的氛围又很好，可能有压力我自己也没有感觉到。”突然，大梅挠着头陷入了一片迷惘中，“2008年我在干吗呢？”

我被大梅的可爱劲儿萌到了，她可能真的没意识到压力为何物，也一定不知道自己的重扣在多少球迷心中留下了无法磨灭的印象。不过我很好奇，她究竟会在何时何境下才能感受到压力，于是我接着问道:“你就没有感受到压力的时候吗?”

大梅仰起头,身子向后靠去,鼻息间发出一声不易察觉的叹息,欢快的气氛突然被一股沉寂笼罩。一丝凝重从她的脸上掠过,她像是在做某种重要的决定,紧盯着屋顶的吊灯,久久未移开视线。那是一双看起来表面糊涂,其实早已看透一切的眼睛。片刻后,她正了正身子,用比之前要低沉的声音回答:“其实,感受到压力,意识到要担当,明白要在关键时候站出来,是在2010年的时候……”

2010年天津队主帅王宝泉教练任职中国女排主教练,但同年9月他因身体原因请辞了国家队主教练一职。这对大梅来说是一个不同寻常的转折点,她好像猛然开了窍般一夜之间就长大了。她真正意识到了责任,感受到了压力,觉得要挑起队伍的大梁,特别是在队伍处于迷茫时必须多要球、多下球。她第一次将自己从一个被动的状态,转换到要主动承担的位置上。

对大梅而言,2012年伦敦奥运会要比2008年北京奥运会挑战更大。然而,在她好不容易有了主动的意识时,却在备战伦敦奥运会期间踝关节严重受伤。大梅谈到了当时的具体伤情:右脚踝外侧韧带断裂、关节囊三百六十度豁开了二百七十度。大梅说受伤那一刻一下子就想到了我,她终于明白在奥运会前重伤是怎样难熬的心情和痛苦的滋味了。说到这里,她一度哽咽。当运动员难免受伤,这个道理她懂,可她从没想到自己有一天会面对手术。伤病出现前她的状态非常稳定,结果,一个瞬息间,所有的平衡都被打破了。焦急和担忧在她的心中发酵,还有流淌在内心深处的不安,而那个时候,离奥运会只有短短三个月了。

留给她康复的时间是有限的，又是急迫的。她在心中不断祈祷，希望奇迹发生，同时加倍积极努力地完成每一项康复训练，却又会因为康复中的每一次伤情的反复而脆弱到情绪崩溃。哪怕是极其微小的负面状况对当时的她来讲，都是极大的打击。被深藏的记忆如雨后春笋般浮现，大梅无意识地扯动了一下嘴角。那究竟是清醒的自嘲还是糊涂的傻笑？而下一秒她就哭成了泪人，大颗的泪珠顺着她的脸颊滚落，像珍珠一样闪着光落在地上。我心痛地上前拥抱住她，噙在眼中的泪差一点也夺眶而出。“只有痛过的人才清楚那是怎样一种滋味，只有伤过的人才知晓漫漫长夜的凄凉。”我在她的耳边低语，轻抚着她微卷的长发，希望能为她分担心中无处诉说的悲伤。

术后两个月，大梅背着医生偷偷练起了跳跃。她知道时间不等人，奥运会也不会等她。每一次跳起扣球，她都要跟内心那道屏障做斗争，常常是扣着扣着就跑到一边号啕大哭，等哭够了再回到球场继续扣。如此反复，每天如此，她不知道那段时间自己流了多少泪，直到能跟上大部队的训练，她的情绪才渐渐恢复平静。

中国女排在伦敦奥运会最后一场球结束后，所有人都哭成一团。唯独大梅没有哭，不管是在人前还是人后，她都未落一滴泪。而此刻坐在我对面的大梅却泪如雨下。“当时没哭是因为我该流的泪在康复时都流完了，我觉得自己能回到赛场，能赶上奥运会已经是成功了，所以，我没有遗憾……”

2012年经历的坎坷或许是大梅心中永远的痛。就像受伤前后的巨大反差也是她心中跨不过去的坎儿一样，从她嘴角渗出的一丝苦笑已经说明了一切。

在休养的一个联赛赛季里，她享受着每天可以睡到自然醒的惬意时光，体验着背上行囊来一个说走就走的自由之旅。她本以为自己对排球并不那么在乎，能够毫不费力地说放下就放下，然而当她走进那片熟悉的球场时，她才发觉自己真的舍不得离开排球。

写到这里，我想到了魏秋月。小月是个非常吃苦耐劳的队员，陈导对她给出过“很吃苦、很努力”的高度评价。她看起来恬静温顺，其实却有着很强的性格特点。不过和许多运动员一样，伤病同样是她运动生涯中最大的阻碍，特别是在她运动生涯的后期，严重的膝伤一直困扰着她。在2008年奥运周期里，她的膝伤还并不明显，但之后就越发严重。记得有一次她告诉我，为弥补一个有些困难的一传，她跑着跑着突然膝盖一阵酸软就直接跪在了地上，眼睁睁地看着球落在不远处却无能为。那一刻，她终于感受到我形容的在某个起跳角度发不上力反而往下跪的感觉。这种因软骨损伤而带来的发软的无力感，会严重影响运动状态并伴随我们一生。我心疼地看着她，不知该如何宽慰，谁知她释然地笑了起来，说:“姐，别担心，我不会放弃的，毕竟我舍不得离开这个球场啊。”

舍不得!

简单的三个字，平凡得看似毫不起眼。

多少次，我们因为舍不得变得奋不顾身，因为舍不得变得义无反顾，因为舍不得而又变得无私忘我……

与其他队员对排球强烈又毫无保留的欲望相比，大梅对排球的热情则显得有些心不在焉。她从没感觉要通过排球去证明自己什么，当然如果有个完美的结果是最理想的，但如果没有得到也没关系。她更看重身边的亲人朋友，更珍惜的是和大家相处的点滴、一起拼搏于赛场的经历。在她心中，她把这些看得比成绩还要重要。她形容自己不像别人有明确的目标和追求，而是被动地被别人推着往前走，所以心态相对就会好很多。她也直言：打球不是为了自己，而是为了回报对自己好的人，她要把别人对她的好加倍地补偿回去。

听着大梅的讲述，我感慨良多又心痛不已。为他人而练不仅令她充满了动力，也令她感到骄傲，但选择为他人而活却又让她放弃了很多自我。

深爱的方式有很多种，有时候，一滴隐忍而不甘的泪，或许是对深爱的含义最好的诠释。

此时，我想起《郭小川诗选》中的《望星空》——

在伟大的宇宙的空间，
人生不过是流星般的闪光。
在无限的时间的河流里，
人生仅仅是微小又微小的波浪。
……
而我自己呢，
早就全副武装，
在我们的行列里，
充当了一名小小的兵将。

“人这一辈子，是不可能事事按照自己心中期待的那样发展的。成绩固然可以证明一个人很厉害，可我希望我的队友、我的教练，希望大家记住的是我这个人，记住我们在一起的时光，而不仅仅是我取得的成绩……”大梅的情绪再次失控，最后几个字甚至听起来有些模糊。仿佛有什么东西在她胸中破碎了，如同落在她手背上破碎的泪珠般摇摇欲坠，而她颤抖的声音就像被海风扯断琴弦的古琴，弹奏出清冷又虚幻的幽幽琴音。

给人天真烂漫、无忧无虑印象的大梅，其实内心深藏着火热又细腻的情感。她是坦率的、随意的、易满足的，更是真实可爱的……她不矫揉造作，不恃宠而骄，表面上虽无鸿鹄之志，内心里却有柔情万千，只不过有时候因为思维逻辑和别人不一样，那些被视为光怪陆离的想法，常常让后知后觉的她无所适从。她不是不善于思考，而是无力去思考一切。她又好像从未真正认识过自己，每一次看似不假思索的“我也不知道”的回答，其实你我都不清楚，这其中，包含着多少深隐于大梅心中只能听之任之的无奈和渴求。

我非常感谢大梅对我的坦诚和信任，以及她在我面前毫无保留的倾诉。数小时的交流，令我对大梅有了全新的了解和定位，也让我更加喜爱这个一直紧跟在我们身后的可爱的“小尾巴”。

我不记得，在哪里抄下过这样的一段话：以为，看不出，昨日笑容，还在谁的脸上灿烂。谁的梦，还在谁的城堡中酣然。而此刻，回味，依然是我唯一的习惯。

回味的习惯，让一切拥有了特殊而美妙的价值和存在的意义。

我相信，留在人们心中的除了大梅出色的扣杀外，一定还有她不加修饰的纯粹与真实。

几年前，在香港站的大奖赛上我见到了朱婷，她有些害羞地叫了我一声“蕊姐”。我们短暂地寒暄了几句，我也对她寄予了深深的厚望。她是新生代的希望和标志，和所有年轻的后辈们一起，带着中国排球人的美好愿景向梦想出发。

赵蕊蕊和朱婷，摄于2018年夏

我们排球人其实都是心甘情愿追随排球的“小尾巴”，我们为排球而生，因排球结缘，经排球成长，由排球升华。每一代排球人的身上都有他们特有的故事和美好的记忆。恰如，春有百花秋有月，夏有凉风冬有雪，每个排球人都是可歌可泣的排球精神中的重要一环，那是魂牵梦萦的希冀，是源远流长的传承，是不负韶华的诺言，是回归最初的那颗赤子之心。

正如李元胜笔下的描述一般：

原来心可以是风雨海峡
也可以天高云淡，水波不兴
这一生无所惭愧
也随鸟翔，也任鱼游
经年的淤泥，也有肥大的藕开出新花

大梅问我："人生是什么？"

我不知如何回答，因为千万个人有千万种答案。或许此时，用朱德庸在《写给童年的一封信》中的一句话做归纳最为合适——人生就是一座迷宫，你花前半生找入口，然后花后半生找出口。

我在找出口，你也在找出口。

我们每一个人都在找出口，不是吗？

没有『冠军』的人生

——郝杰　林静

夜深人静时　与自己对话

不曾想

竟然已经退役多年

我不禁好奇　时间去哪儿了？

蓦然回首　却发现

自己爱着排球的心从未冷却过

而那许久不触碰的记忆

总是会令我潸然泪下

坠落在手心的滚烫泪花

是不舍　是怀念

更是深爱排球的　刻骨印记

——郝杰　林静

“收拾行装的时候也在收拾自己的心情，命运似乎在冥冥中早已注定好了，如果时光倒流，我也不后悔自己的选择。梦想就在前方，我愿意用心去追！”2010年12月8日晚，我在微博留下了这条简短的内容。

三天后，我启程到达了福州。当天下午我便走进了福建女排的训练馆。一眼望去，一张张稚嫩的年轻脸庞几乎全挂着吃惊的表情盯着我。她们目光快速闪过，有时我会和某个正注视着自己的视线刚巧撞上。短暂的对视，让彼此忽觉有些许的鲁莽，却不失眼中一丝自苗微笑流露出的礼貌。

我的目光眷恋地看着球场上那些频频跃起扣杀的矫健身影，心中隐隐徘徊的忐忑心情和紧张情绪，慢慢地被一股平静又强烈的兴奋感抚平。眼中不知何时升起了一团雾气，暖暖的竟又不易察觉。直至我彻底意识到新身份的转换，才不得不卸下多年的运动员身份，任由还未在眼中凝结的雾气滚落至心底，烫伤了自己的心绪。

我和福建的情结因排球展开，因陈导变得深刻，而我和福建女排也在这一刻缔结了一种奇妙的缘分。

刚到队里，看到她们的脸上写着大大的“好奇”，作为前国字号的奥运冠军选手，我不免会摆点“谱”——说是“摆谱”其实无非是将自己无法一下子就和陌生人熟稔起来的高冷在此时再发挥一下。可相处没几日，我戴在脸上的高冷面具就被扔得远远的。训练中，她们会认真地跟我探讨技术环节，然而一脱离训练的环境，她们又会变得没大没小的跟我开玩笑，特别是有几个小家伙更是忙不迭地会找我寻开心，有时我会故意露出“凶态”，有时则会同她们“扭打”在一起。

虽然只是一个联赛赛季、短短数月的相处，但那里承载了我许多的回忆：我记得带着老队员梁美容一起练膝盖静力，她和我有着同样的膝盖软骨的问题，看着她的膝伤在我的经验指导下得到了些许控制而露出了淳朴的笑颜，我心中却不免阵阵的刺痛，因为我知道这个伤病让她离退役的日子或许不远了。

我记得队里的小二传叶琼，在她练完对墙传球的训练后与我聊着如何和副攻达到更好的配合。她有着冯坤的高度和诸韵颖的古灵精怪，一双大眼睛滴溜一转，机灵的小脑瓜就能生成各种意想不到的“坏主意”。我很看好她，也曾严肃地提醒她不要净顾着贪玩浪费了宝贵的时间，可惜的是，她最终因为身体原因早早地就退了役。

我记得在数堂训练课结束后带着自由人林莉，练习脚步的各种训练。我拿出小时候教练练我们的方法，不让她垫球而是要求她必须双手抱住球。这样的训练目的主要是让她把注意力专注在脚下而不是起球效果上。有时候她动一步就可以碰到球，我却故意不抛球，一边往后退几步一边佯装要松手，逼着她必须多动几步。而后，她进了国家队，看着她在国家队的出色表现，指导过她数日的我感到非常欣慰。

我还记得，陈导安排我去二队带一堂腹背肌的体能训练课，于是，我把在国家队康复时学到的一套腹背肌大全的内容布置给孩子们。在最后的背肌静力项目上，有的调皮点的孩子会龇牙咧嘴地装作坚持不下来了。可我毕竟是从她们这个年纪走过来的，哪能看不出她们那点偷懒的小心思。结果在我说出“看你还有力气说话最后再加十秒”后，她们立刻认认真真地完成后面的训练。在这其中有一个孩子，始终闭着眼默默咬着唇坚持着。我看她面红耳赤抖得厉害，便让她提早十秒结束了训练。说真的，这么多年运动员生涯的经验，我早已练就了一眼就能看出哪些队员还有余地，哪些已到了极限。而那个不吭一声咬牙坚持的孩子，如果我没记错的话，就是后来入选国家队的副攻郑益昕……

印象最深的是，某一次福建女排打客场，去到目的地后队伍当晚就进行了轻技术训练。刘杨是队里的年轻队员，可司职主攻也可胜任接应的位置，在网上她有一定的攻击力，但一传相对薄弱一些。那天晚上，可能是刚下飞机就立刻夜训的缘故，她的一传比平时要差，但在这时她依然表现出同平时一样的大大咧咧和心不在焉，所以教练非常严厉地批评了她，结果她越垫越差，就好像是在和教练赌气一样。

这时，站在球网边接二传传球的我忍不住开了口：“你不是不想垫好，反而你是太想垫好了，你只是装作一副无所谓的样子罢了，没关系放松点慢慢来。”要让一个人放下武装起来的坚强，一味强攻未必奏效，有时可能只需三两句感同身受的安慰即可。我话音刚落没多久，就见表情有点“苦大仇深”的刘杨突然跑到一旁抹起了眼泪。队员们和教练都吃了一惊，只有我知道是什么原因，因为——她强撑起来的倔强被我看穿了。之后有队员好奇地问我是怎么看出端倪的，我开玩笑似的说：“比你们活得久点呗。”就连队里慈祥的老领队叶老师也感慨，就算我不教技术也应该留下来和孩子们多点交流。只不过最后，由于种种原因我没有继续留在这个可爱的集体中。

那一年福建女排冲上甲A后，我也结束了不是正式编制内的助理教练的任务和体验。经过这段时间的相处，我和她们许多队员建立了非常深厚的友谊。

其中有一名叫郝杰的队员，她给我的第一印象除了一米九二的大高个外，还有与她酷酷的外表略显格格不入的腼腆。她和许多运动员的经历不同，她是在大学快毕业时因为挂名在她们大学的福建女排队员的介绍，才有机会进入了福建队。她天生就生得长手长脚，本是个打排球的好条件，可惜家人并不希望她进体校走专业运动员的道路，所以她与排球结缘非常晚，直到中学才开始接触排球，而在此之前她只有一点跳高的体育基础。

高中时期，也有校排球队的队员问她“为何不进专业队”，那时，她没多想，只是希望等打得再好些再去专业队。或许是年少不更事，她不懂为自己的梦想去争取、规划什么，也或许是作为山西人的她，在看到山西省没有室内排球队而觉得梦想太过遥不可期。

2010年底，我刚到福建女排没几天，某天下午，经常下队看训练的陈导便拉着我到一旁说起了悄悄话：

“你看那个扣快球的大高个怎么样？”

“条件不错啊。”

“你觉得她打副攻有没有希望？”

“力量还可以，但扣球动作有些问题，得改。您想给她定位副攻？”

“是啊，刚从大学里挖过来的，这么好的条件不抓一抓真太可惜了，也想看看有没有机会再练一个你出来。”陈导说着冲我得意地挑了挑眉。还没等我接话，他继续说道：“帮我看一下，费点心带着点她，多给她传授传授经验。”

“好。”我点头应允。自从陈导给我安排任务后，我对这个孩子的关心和留意也渐渐多了起来。

在我看来，郝杰在学校打下的排球基础不够扎实稳固，对排球的一些理解也不够全面到位，从上步到最后的扣球她还有很大的提升空间。我便经常在训练课后带她吃小灶，将她的动作全部拆分开一样一样地指导。相比起学动作，要改掉早已形成的习惯动作确实要复杂很多。我着急，她更着急。

好在她是一个非常刻苦好学的队员，对于那些分解开来的枯燥训练从没有一丝抱怨。其实，以她当时现有的水平在省队打个主力已是足够的，但她明白我施予的严苛是希望她能尽快突破那层瓶颈，只有这样她才有机会往更高的水平发展。只可惜，那时她已经二十四岁，按理说这个年纪早就该出成绩了，应该是在各方面能力上精雕细琢、精益求精的时候，而不是将精力花在重新修正基本功上。

不过，正如她自己说的那样："不是我没有野心，我也想过早些去专业队或许能有往更高处走的机会，但这也只是或许，我很清楚地知道，早已过去的机会不会重新来过，所以大学毕业后是我最后一次的机会，我努力抓住了，至于其他，我并没有任何妄想。"

在郝杰眼里，排球像是自己生命中不可分割的一部分。不管有没有机会进入国家队，不管在比赛中是否有夺冠的可能，她还是深情款款地眷恋着和排球有关的一切。只要能打球，无论是在什么地方，她都知足、无悔。

现在，她已经成为山西某所大学的体育老师。她为自己在退役后依然可以和排球联系在一起，能够以教练的身份去延续自己的排球梦想感到幸运又自豪。在基层普及排球运动，淬炼团队、培养团队精神，让她深感身上的一份责任和重担。虽然生活中仍然处处充满了各种挑战，但排球教会了她不服输。越是困难时越要咬牙坚持，通过脚踏实地的努力，满怀着勇往直前的笃定信心，以及决不轻言放弃的信念去面对未来的每一天。排球仿佛一盏明灯照亮了她的人生，让她时刻保持旺盛的好奇心，用自律专注的学习态度渴求着更多未知的一切，而曾经经历过的磨砺与蜕变，不仅是让她体悟许多人未曾感受过的经历，更是教会了她深刻的道理和开阔的思维。成长的道路上也因为排球的陪伴，令"挑战不断，不断挑战"之路变得更加丰富多彩。

和郝杰熟悉后，她在我面前渐渐收起了自己的酷劲，偶尔还会跟我害羞地撒个娇，但直到她退役了才告诉我，原来她一直是我的小迷妹，因为痴迷过我的背飞，所以当她成为副攻的时候也特别喜欢打背飞这个战术。缘分也让她从我的小迷妹变成了如今的小妹妹。

对运动员来说，伤病可以算是最大的一种折磨。与状态低迷的不知所措和年龄渐长的自然规律相比，伤病，特别是严重的伤病带来的无可奈何就显得尤其悲凉。

郝杰也经历过这种悲凉，但她没有跟我提起任何有关她受伤、手术和康复的细节。不过，她着重提到了——感恩。她这样写道：感恩身边人的陪伴和那些未曾谋面但给了我无数帮助的人，他们的出现温暖了我的世界；也感恩自己遇到的那些给我泼冷水的人，他们的出现间接地给了我回到球场的动力，让我可以像石灰一样，越泼我冷水，我越沸腾。就如我喜欢的那段话一样：“天将降大任于是人也，必先苦其心志，劳其筋骨，饿其体肤，空乏其身，行拂乱其所为，所以动心忍性，曾益其所不能。”

郝杰在回答我的问题时还写下了这样一句话——排球与我一直彼此相互影响着。

“排球影响了我的一生。”这几乎是所有排球人的标准答案，但我发现却很少有人会认真思考或者说认为自己还同时影响了排球。这是个有些与众不同的逻辑思维，于是我盯着这句话细细品味了良久，随后才渐渐意识到，正因为每一个排球人的存在，因为每一个无关乎成绩、能力、名气而仅仅是发自内心喜爱排球的独一无二的个体存在，才令排球的魅力能够一直经久不衰。如果少了基层排球人这些最基本的基数，那排球又会何去何从呢？所以，有时候换一个角度来看，究竟是谁影响谁更大呢？这确实是个很有意思的问题。

这一次的细聊，让我对郝杰这个小丫头有些刮目相看。她还是那么心思细腻，善解人意，懂得感恩，也看得出她真的长大了、成熟了，而这一切，要归功于她善于思考的头脑和深爱排球的那颗永恒的赤诚之心。

与郝杰有些不同寻常的排球之路相比，她在福建的队友林静的排球之路，就显得平稳顺利得多。

林静是个地道的漳州姑娘，由于漳州是女排的娘家，这份特殊的情结再加上小学三年级从黑白电视机里看到的女排比赛的经历，都令她血脉偾张，对排球充满向往。那一眼不经意间的凝神，注定了她今生对排球的情深。虽然她家在偏远的乡村，可电视里那块漂亮的排球场地仿如魔咒般吸引着她。她知道自己离憧憬的排球梦实在太遥远，不过遥远归遥远，她却从没放弃追逐排球的梦想。

从小，她就高出同龄人一大截，一次偶然的机会她被镇上的一位小学老师看到，并评说她“这么高，完全可以推荐到体校去啊”。老师的保证令她激动得恨不得用“普天同庆”来形容，然而接下来的日子，她迟迟没有得到任何音讯。

我不知道一个满心欢喜、充满期待的孩子是如何消解这份失落的，又是如何将内心的火热渐渐平息下来的，但我知晓，那种从望眼欲穿的期盼到不抱希望的无奈，总是要经历一段不为人知的漫长过程。林静是一个非常乖巧懂事又非常能吃苦的孩子，甚至还有着同龄人身上少有的一份沉稳内敛的气质。我不禁好奇，这段经历是否也对她的个性起到了重塑的作用？

五年级暑假，她经由亲戚相熟的体校武术教练的推荐，正式进入了漳州市体校排球队。三年的体校生涯，她在苦练排球技术的同时，还考上了当地最好的漳州一中。学习还是打球？如果学习成绩不好，那很容易就能做出打球的选择，可她偏偏学习又那么棒，这个难题成了她和她家人那段日子最大的困扰。

她的启蒙教练叶老师和杨老师，还有为了调她去省队的沙排许榕教练，都为她未来的发展出谋划策。她自己后来也渐渐想明白：此时放弃读书将来还有机会补上，但打球却是吃青春饭的，错过了就是错过了。而最终让她下定决心打排球的是当时已经担任国家队主教练的陈忠和。她的启蒙教练趁陈导某次放假回老家，便带着小林静去龙海找他，陈导观察一阵后鼓励道：“这孩子条件不错，好好练应该能练得出来。”陈导的评定给了小林静莫大的动力，想去更高水平的世界闯一闯的念头，在她心中如火焰般迸发着、燃烧着，异常激烈。

不想当将军的士兵不是好士兵。在我小的时候，我的教练就常常把这句话挂在嘴边鞭策我们，希望我们时刻保有渴求冠军的欲望、成为王者的野心。说穿了，欲望太重不是件好事，但在打球这件事上，没有欲望绝对是比欲望过重更可怕的。我在青年队时有一位队友曾说过，她只想在一队打球，并不想去国家队。我记得当时听闻后非常震惊，明明上天给了她能跑能跳又高挑的身材，却唯独没给她一颗敬业的雄心。在我看来，这实在是可惜得很。

与我那位队友相比，林静的条件并不算突出，但她从小就有进国家队的志向。她渴望能穿着国字号的球衣代表国家出战，就像小时候对着电视机在内心暗暗发誓的那样，她希望能实现自己的梦想，能用成绩回报爱着她的人们的期望。但国家队毕竟是经过万里挑一后才有资格进去的地方，可不是单纯地通过努力、拥有理想就能够实现的。有时她会觉得全力去拼就有机会，有时又会觉得希望实在太过渺茫，特别是每次国家队公布集训名单时，她只能用微笑和自嘲来掩饰内心的失落。

我一直觉得，离梦想比较远的人相对会比较务实一些，但我没想到林静即使经历过一次次的失败也从未熄灭的热情。有人可能会认为她的热情是不自量力，是痴人说梦，但其实她那深切的热情根本就是浓烈到无法放弃的不甘与不舍……写到这里，我的心再次隐隐作痛，也为自己的自以为是感到可笑。

而人呢，总归不是铁打的，难免会有情绪。林静同样也会在五味杂陈的心绪中斗争。如同2000年悉尼奥运会没有我的参赛资格、2001年瑞士女排精英赛出发前不到十小时我被突然刷下来一样，那种情绪难以言说，退缩和放弃的念头也仿若闪电般在头顶轰然炸开。不过，我终究是比林静幸运的，至少国家队还曾有属于我的赛服号码。而她，还有许多的她们，却没有这样的机会，甚至连奢望的机会都没有。

不放弃。这三个字说起来简单，要做到实属不易。而第一次让林静产生动摇的不是枯燥的日复一日的训练，也不是离梦想遥不可及的距离，更不是对未来的惶恐不安，而是磨人心志的伤病。踝关节的撕脱骨折、肋骨的陈旧性骨折、腰椎的椎弓崩裂、习惯性的大腿肌肉拉伤……伤痛一次又一次地摧残着她的信心和意志。她为此感到心力交瘁，更感到心痛。她描述当时的心情时这样写道：不是因为目标离你有多远或是这条路有多苦多累，而是每当你想去冲去闯的时候，伤病总是会像一头凶猛的怪兽一样，跳出来牵制你的脚步。

作为老伤号，我非常能理解林静的心情，但与我被许多人牵挂的伤情比起来，林静的伤病却没什么人知晓。其实像林静这样的排球人还有许多，她们的付出一点不比有名气的队员少。她们同样伤病累累，然而命运没有将她们选为时代的幸运儿。她们犹如舞台群演里最后一排的舞者，随着一个演出的落幕，最先而又匆忙地退了场。她们往往还没来得及被别人看清容貌、记住名字，就成了茫茫人海里，我们眼中的陌生路人。

有时，我不敢回想，如果我曾经因为某种原因错过或者被错过的话，我会在哪里？又做着什么呢？也许，我连这样娓娓道来的机会也没有吧。

懵懵懂懂地走过了十三年专业队生涯的林静，为自己进不了国家队、拿不到冠军、满身伤病却能一路坚持下来感到不可思议的同时，又深感欣慰。现在她成了漳州体校的一名排球教练，带着一群毫无基础的孩子打排球、冲击少儿组的各项冠军，她还考取了国家级裁判资格，并利用工作之余完成了运动训练专业方面的研究生学业。酷爱学习的她一直保持着孜孜不倦的学习态度，她“似乎”也过上了当年想象中的那种生活。

“似乎”。

我对她使用的这个词产生了强烈的兴趣，在这字面意思后，有一种不确定感。这不确定感隐约而模糊，却似乎又相当明确。我能在她的“似乎”中读到被设想过、改动过无数次的生活展望，她对现在的生活感到满足，但是，这个版本究竟是她当年心中位列第几的蓝本呢？

然而不管林静当年有多少个规划的蓝本，让她再选择一次的话，她说，仍旧会选择排球这条路，因为自己太爱排球了，也依然会做着入选国家队的梦。只不过，她希望能更早些接触运动理论和伤病预防的知识，这样能够帮助她更好地理解每个训练项目的目的和意义，她就可以更聪明地“偷点懒”。

排球是她生命中的重要导师，教会她团结协作、永不放弃，也教会她看淡得失，从一开始输球哭鼻子到后来能够微笑面对失败。人生没有常胜将军，更不可能事事顺风顺水，所以赢了没必要把头昂得老高，输了也没必要把头埋进尘土里。

林静的心境让我想起林清玄先生的一句话——我们要评断一个人格调与韵致的高低，要看他失败时的“残心”。

因为“残心”，每一滴水珠中的光泽有了特殊的色彩；因为“残心”，在每一片树叶上留下了不同的风的轨迹；因为“残心”，可以将夏荷与雪莲的心事书写在同一份充满韵味的心情里；也因为“残心”，让无数的排球人在面对逆境，或是转身离开时的背影，多了几许怡然超脱的壮美。

这是郝杰和林静的故事，其实她们的故事也是许许多多排球人的缩影。绝大部分排球人没有国家队的经历，更别提拿世界冠军、奥运冠军了，有的人甚至在整个运动生涯中，连一个小比赛的冠军都没有拿过，可能有人都没体验过站在领奖台上的滋味。但所有的困难和现实，都没有令她们停下追逐梦想的脚步、消减她们渴求胜利的欲望，即使默默无闻，她们也无怨无悔。正是每一代排球人里无数个默默无闻的她们，才奠定了中国女排的辉煌。

谨以此篇，向那些付出了同样多的努力，同样优秀的她们表示一份钦敬之意。

冠军，代表了职业生涯中的成就，然而许多人竭尽全力也没有机缘获得，可我们每一个人仍然能够成为自己生命中的独一无二的冠军。

就像种植在自家简陋的花盆里那些不知名的小花，因为春光，不经意间就悄悄地绽放了独有的生命之色，看起来是那么的不起眼，就算将它置于人潮前，也未必会有人留意到它，但它却比百花园中独傲的花魁显得更加美丽。因为在它饱满的花瓣里，有我们的心血，我们的热情，我们的期盼，还有我们深切的爱。

而这份爱，犹如秋叶一样，匝地，悄声，却有力。

后　记

在我的自传《夜越黑星星越闪耀》临近完结前，我就开始琢磨：排球人有那么多精彩的故事，每一个人的经历都可以写成一本书，我是不是应该做点什么？

当初步的构思形成，方向确定，我便将想法最先告诉了我曾经的队友，她们无不为我加油鼓劲。对每一位受访者进行采访的过程都是非常愉快的，与其说是采访，不如说是纯粹的聊天和叙旧，充其量是在叙旧时我会夹带着做些提问罢了。

在记录的整个过程中，我最大的感触就是真诚和信任。他们每一个人都毫无保留地对我畅所欲言，没有一丝怀疑和担忧，更不曾有过丝毫的顾虑和犹豫。出于对我的信任，他们甚至都不需要我保证什么，就和我说着掏心窝子的话。

而最让我动容的是大家的眼泪，每一个人在受访时都红了眼眶，还有不少人在我面前肆意地落泪。那些不为人知的内心世界随着滚落而下的泪珠，总是灼得我心痛不已。

每到这时，我的脑海中总会划过一句话——没有毫无缘由的命中注定，只有勤勤恳恳的默默耕耘。

惆怅与悲伤，是我在写作时常常会倏然袭来的一种情绪，因为几乎他们每一个人都对当年的记忆产生了模糊的感觉。特别是听到老女排的前辈们回忆往事时，她们七嘴八舌地讨论着，却没有一个人能完整又准确地叙述出曾经的点点滴滴。看着她们日常互怼，笑得像孩子般灿烂，我的心反倒是极痛又复杂的。许多细节已经无从考究，不光事件，连最初的心情也可能随着时光的流逝，与所有珍贵的回忆一起被尘封和埋葬了。

我们都在渐渐老去，连同记忆也一并老去了。

沉浸在回忆中，彼此的目光对视，朦胧间，仿如看到了对方眼中，有一位举杯执扇对着深邃夜空微微欠身的君子。那一欠身，可以是敬天地山河，敬花香百里，也可以是敬明月清风，敬万物空灵，更可以是敬斗转星移的肃杀，敬吉光片羽的流传。

不知何时起，我从最开始单纯地为了记录而写，慢慢地，觉知这已经不是一个简单的记录任务，而是一种莫名强烈的使命。当我在电脑里敲上终章句号的瞬间，我竟不自觉地深深呼了口气。那种如释重负之感，既微妙又令我自豪。

虽然，从采访，到听录音，将每一个字记录纸上，再将其中的精华整理成文字，整个过程对我来说是件很辛苦的事情。但看着他们每一个人在我的笔墨下，在众人面前展现出他们鲜为人知的另一面时，我觉得自己付出的一切都是值得的。

有点遗憾的是，由于现实的一些条件所限，我无法将所有排球人的故事一一记录下来。

我自知才疏学浅，文笔有限，也没有所谓光风霁月般的胸怀，只是对排球的热爱，对排球人最深切的感同身受的了解，让我有了最单纯的动力，并以此将真实的历史留存下来，提炼出其中的一些精髓，以飨读者。

最后，再次感谢所有与我分享心路历程的排球人，谢谢你们的信任和支持。也祝愿中国排球的未来，辉煌灿烂。

赵蕊蕊

2020年6月于深圳